초고층 호텔 살인사건

초고층 호텔 살인사건

1983년 10월 20일 초판 발행
2004년 1월 25일 중쇄 발행

지은이 모리무라 세이이치
옮긴이 김정우
펴낸이 이경선
편 집 정희주
펴낸곳 해문출판사

등록 1978년 1월 28일 제3-82호
주소 서울시 마포구 합정동 392-2 써니힐 202호
전화 325-4721~2, 325-2277
팩스 325-4725
전자우편 haemoon21@yahoo.co.kr
홈페이지 www.agathachristie.co.kr

값 8,000원

ISBN 89-382-0365-4 (04830)
ISBN 89-382-0355-7 (세트)
※잘못 만들어진 책은 바꾸어 드립니다.

국립중앙도서관 출판시도서목록(CIP)

```
초고층 호텔 살인사건 = The murder in a
high-rise hotel / 모리무라 세이이치 지음
 ; 이가형 옮김. -- 서울 : 해문출판사,
2004 p. ;   cm. -- (Mystery best ; 10)

 ISBN  89-382-0365-4 : ₩8000
 ISBN  89-382-0355-7(세트)

833.6-KDC4
895.635-DDC21            CIP2004001801
```

Morimura Seiichi
초고층 호텔 살인사건

모리무라 세이이치 / 김정우 옮김

해문출판사

차 례

서 장 ················· 어둠 속의 밀회 / 7
제 1 장 ················· 빛의 십자가 / 10
제 2 장 ················· 사람이 떨어지다 / 21
제 3 장 ················· 고층(高層)의 밀실 / 37
제 4 장 ········ 현장에 없었기에 증명된 알리바이 / 43
제 5 장 ················· 굴욕적인 조건 / 58
제 6 장 ················· 정략결혼 / 65
제 7 장 ················· 불륜의 현장 / 78
제 8 장 ················· 두 번째 희생자 / 92
제 9 장 ················· 밝혀진 미스터리 / 98
제10장 ················· 일곱 시간의 공백 / 107
제11장 ················· 불가능한 거리 / 114
제12장 ········ 업무위탁계약 제 12조 B항 / 131
제13장 ················· 부패한 시체 / 142
제14장 ················· 고독한 경영자 / 156
제15장 ················· 시체은닉의 목적 / 164
제16장 ················· 살인의 IC(인터체인지) / 171
제17장 ················· 스쳐 가는 연인 / 188
제18장 ················· 하늘에서 날아온 유서 / 207
제19장 ················· 또 다른 공백 / 216
제20장 ················· 살인경로 / 225
제21장 ················· 분리된 밀실 / 234
제22장 ················· 구원받지 못한 사람들 / 239
후 기 ················· / 255

●등장인물●

이하라 도메기치 - 이하라 그룹의 회장
이하라 교헤이 - 도메기치의 아들이며 이하라 넬슨 호텔의 사장
이하라 아야코 - 교헤이의 아내이며 동서은행장 노조에 마사유키의 딸
오자와 히데히로 - 이하라 넬슨 호텔의 사장 제1비서
기모토 에이스케 - 이하라 호텔 전무이며 이하라 회장의 사위
기모토 노리코 - 에이스케의 아내이며 교헤이의 이복 여동생
고레나리 도시히코 - 부용은행장의 둘째 아들이며 정신박약자
고레나리 유키코 - 도시히코의 아내이며 아사오카 데쓰로의 딸이자 교헤이의 연인
아사오카 데쓰로 - 전원급행전철의 사장이며 이하라 도메기치의 라이벌
토마스 소렌센 - 미국 넬슨(NI)사에서 파견된 이하라 넬슨 호텔의 총지배인
오쿠아키 다케오 - 이하라 넬슨 호텔의 냉방기술자
야마모토 기요유키 - 이하라 넬슨 호텔의 객실부장
니스경감 - 본청 수사본부장이며 사건 담당 지휘자
야마지 - 본청 니스 반의 형사부장
가사이 - 본청 니스 반의 형사
구사바 - 본청 니스 반의 형사
요코와타리 - 본청 니스 반의 형사
시모타 - 본청 이시하라 반의 형사
오카와 - 본청 이시하라 반의 형사
나카야마 - 마루노우치 서 서장
하야시 - 마루노우치 서 형사
무라타 - 마루노오치 서 형사
마쓰바라 - 오사카 부경본부 경감
요시야마 - 이하라 넬슨 호텔 변호사

서장 어둠 속의 밀회

"이런 식의 만남은 싫어요. 언제나 시간에 쫓기면서 사람들의 눈을 피하니까 만나는 것 같지가 않아요."

여자는 어둠 속에서 옷을 입으며 말했다.

행위 뒤의 여운을 음미할 시간도 없다. 짧은 시간을 찾아내 몰래 만나고, 만나면 서로의 육체를 탐하는 것뿐이다. 여기는 도심을 벗어난 정사전용의 호텔이다. 이런 장소가 오히려 아는 얼굴을 만날 우려가 없다. 그들의 밀회는 '동물'의 그것이었다. 두 사람은 좀더 인간다운 데이트를 하고 싶었다. 그러나 시간은 인간이기 이전에 동물적인 굶주림을 간신히 면할 정도밖에 주어지지 않았다.

"이젠 그런 억지소리는 않기로 하지 않았소. 나도 당신과 조금 더 차분한 시간을 갖고 싶어. 아니, 항상 함께 있고 싶어. 그러나 서로의 환경이 그걸 용납하지 않잖아. 그런 것쯤은 이미 알고 있지 않소. 우리들의 환경은 태어날 때부터 그렇게 정해져 있는 거야."

남자는 나른한 몸을 침대에 누인 채 몸치장을 하고 있는 여자 쪽으로 초점이 맞지 않는 시선을 보냈다. 그 역시 슬슬 침실을 나가지 않으면 안 될 시간이다.

커튼을 친 창문에서 새어드는 희미한 저녁광선이 바로 조금 전까지 모든 것을 남자의 탐욕에 맡겨 버리고 놀랍도록 방자하게 열어 젖혔던 알몸이 정숙한 유부녀로 변해 가는 여자의 변모를 비추고 있다. 그리고 몇 시간 후에는 시치미를 뗀 얼굴로 집으로 돌아오는 남편을 맞이하겠지. 여자가 자신을 진심으로 사랑한다는 것은 잘 알고 있었다.

부득이한 사정으로 자신과 결혼할 수 없었던 여자의 어쩔 수 없는 연기라는 것을 잘 알고 있으면서도, 이 여자가 자신이 아닌 딴 남자의 아내라는 사실이 견디기 힘들었다.
 이런 식으로 만나는 것이 싫은 건 그녀 이상이었다. 그러나 만나지 않는 것보다는 확실히 좋았다. 만나기만 하면 적어도 동물적인 욕망이라도 이룰 수는 있기 때문이다.
 한 시간, 심할 때는 30분 가량 기막히게 짧은 시간을 이용하는 이 데이트는, 아무리 생각해도 가능성이 없는 두 사람에게는 최소한의 애정 교류 방법이었다.
 "평생 서로의 존재를 몰랐더라면 좋았을걸."
 옷을 입고 난 여자는 이별을 고하기 전 남자에게 말했다.
 "정말로 그렇게 생각하나?"
 남자는 여자의 눈 속을 들여다보았다.
 "아니에요. 아무리 괴로워도 당신을 모르는 내 인생이란 생각할 수 없어요."
 여자는 어린애가 싫다고 도리질하는 것처럼 고개를 흔들며 아직 알몸인 남자의 가슴속으로 따뜻하고 포동포동한 몸을 던졌다. 그걸 힘껏 받아들인 남자는 여자의 입술을 격렬하게 빨았다. 여자도 남자 이상으로 응했다. 남자는 또다시 일어나려는 욕망을 황급히 억누르고 여자의 몸을 떼어내듯 밀어냈다.
 "이젠 갈 시간이군. 만일 우리의 관계가 조금이라도 의심받게 된다면 다시는 만날 수 없어."
 "또……, 다시 만나 주는 거죠?"
 여자는 벌써 눈물을 머금고 있었다.
 지금 그녀가 울기라도 하면 한 시간 정도로 끝나지 않는다는 것을 남자는 지금까지의 경험을 통해 알고 있었다.
 "만약 만나 주지 않으면 난 미칠 거예요."
 "그것은 나도 매한가지야. 그럼, 이젠 가야지."
 여자는 눈앞에 놓인 이별의 슬픔에 눈물짓고, 남자는 다음 데이트를 생각하고 있었다. 간신히 여자는 남자에게 떨어져 나가려고 했다.

"부탁이에요, 같이 가요."

여자는 문손잡이를 쥐면서 뒤를 돌아본다.

"위험해. 만약에 누가 보면……."

"염려 없어요. 변두리 호텔인걸요."

여자의 눈에 진지한 빛이 서려 있었다. 남자는 그 눈빛에 빠져들었다. 지금 헤어지면 언제 다시 만나게 될지 모른다. 남자도 여자와 함께 있는 시간을 조금이라도 연장하고 싶었다.

그들은 몸을 움츠리듯 호텔을 나갔다. 거리에는 완전히 어둠이 깔려 있었다. 설마 이 부근에 아는 얼굴이 있으리라고는 생각하지 않았으나 그래도 긴장되는 순간이었다.

무사히 밖으로 나오자 하나의 범죄를 끝낸 공범처럼 그들은 긴장을 풀었다. 그 순간을 포착하고 섬광이 그들에게 뛰어들었다.

깜짝 놀라 굳어버린 두 사람을 향해 플래시가 확인사살을 하듯이 두 번, 세 번 어둠을 절단했다.

제1장 빛의 십자가

1

 소화(昭和) 40년 12월 24일, 크리스마스 이브의 밤이다. 도쿄 도(都) 지요타 구(區) 다케히라 정(町)의 파레스 사이드에 새로 준공된 지상 62층인 초고층 호텔 '이하라 넬슨 호텔'의 간다(神田) 방면으로 향한 벽면에 거대한 빛의 십자가가 떠올랐다.
 벽면에 유례 없는 규격으로 배치된 각 객실의 창문들이 십자가 모양이 되도록 점등된 것이다. 아래쪽에서 탐조등의 강렬한 빛을 받아 더욱 장대한 '빛의 십자가'가 되었다. 대도시의 밤을 아로새기는 화려한 조명을 모조리 압도하면서 '빛의 십자가'는 밤하늘을 꿰뚫듯 우뚝 솟아 있었다.
 '빛의 십자가'는 모체인 62층의 특수 철근으로 만든 기하학적 무늬를 밤하늘의 어둠 속으로 용해시켜 마치 거대한 십자의 발광체가 지상에서 직접 하늘을 향해 솟아오르고 있는 것처럼 보였다.
 내일 개관할 예정인 이하라 넬슨 호텔이 크리스마스 이브에 선사하는 호화찬란한 이벤트였다. 웬만한 자극에는 좀처럼 동요를 않는 도쿄 사람들도 이 대규모 이벤트에는 깜짝 놀란 모양이다. 지나가던 통행인, 운전사, 승객 등의 시선은 '빛의 십자가' 쪽으로 쏠렸다. 그 때문에 그날 밤 예기치 않은 교통사고가 늘어날 정도였다.

 같은 시각 이하라 넬슨 호텔의 신임 사장으로 취임한 이하라 교헤이는 호텔 맞은편 10층 건물인 에이신 빌딩 옥상의 고급 레스토랑 '봉구'에 있었다. 이곳에서 이하라 넬슨 호텔의 동쪽 벽면이 가장 잘 보인다. 그는 오늘 밤 이곳을 빌려 호텔 건설에 공로가 있는 사람과 경영상 중요 관계자들을 초대했다.

산해진미로 꾸며진 뷔페 테이블 사이를 화려하게 치장한 손님들과 호스티스들이 오간다. 도내에서도 일류라고 소문난 음식점을 출장시켰는데 요리는 음미될 대로 음미된 품목들뿐이다. 호스티스들도 긴자(銀座)의 일류 음식점의 인기 있는 여자들만 깡그리 불러왔다. 그러나 아무리 일류의 호스티스나 요리를 갖춰도 그것이 볼품이 없어 보일 정도로 그날 밤의 손님들은 호화로웠다.

정치가도 있었고 실업가도 있었고 작가도 있었다. 가수나 인기 스타가 있는가 하면 프로야구 선수나 스모 선수도 있었다. 마치 도지사의 선거운동처럼 도쿄에 있는 유명인사의 태반이 모여 있었다.

그들을 한자리에 불러 모은 이하라 교헤이는 갸름하고 약간 신경질적인 얼굴인데 일본인치고는 윤곽이 뚜렷하고 지적으로 보이지만 표정이 부족했다. 그는 마른 타입이고 키가 큰 편이다. 사소한 움직임에도 어딘지 모르게 우아하고 좋은 환경에서 자란 것이 엿보인다.

이제 서른이 갓 넘은 젊은 나이로 일본, 아니 동양 최대 호텔의 사장으로 취임한 이하라 교헤이에게는 그만한 배경과 환경이 있었다.

그의 위치에 비해서 표정은 별로 출중치 못했다. 그것은 곁에 바짝 기대여 손님들에게 애교를 부리는, 노출이 많은 대담한 디자인의 금실과 은실이 섞인 이브닝드레스를 입은 화려한 얼굴의 몸집이 큰 여자 때문인 것 같았다. 그 여성은 1년 전 천만 엔을 들였다고 소문난 호화 피로연을 열고 결혼한 교헤이의 아내 아야코이다.

그 이름처럼 매사에 화려한 짓을 좋아해 결혼 전부터 영화배우 등과 요란스럽게 염문을 퍼뜨리고 있었던 아야코가 교헤이의 마음에는 들지 않는 것 같았다. 그러나 아버지인 이하라 도메기치가 강경하게 권했기 때문에 그는 거절할 수 없었다. 도메기치가 강하게 권한 것도 당연했다. 아야코의 아버지는 전국에서 1, 2위 예금량을 자랑하는 '동서은행'의 부행장 노조에 마사유키였던 것이다. 차기 행장이 될 확률이 가장 높은 노조에의 딸을 며느리로 맞아들여서 융자 라인을 확립시키겠다는 도메기치의 정략이었다.

이하라 재벌은 기업규모가 큰 데 비하면 급격하게 팽창했기 때문에 차례차례로 융자처를 넓혔지만 주거래은행이라는 것을 갖지 못했다.

이건 오르막길일 경우에는 은행 쪽 경영관여를 최소한도로 억압하여 편리하고 좋았으나, 일단 사양길에 접어들면 관계은행끼리 대립하고 서로 책임전가를 하기 때문에 구제될 길이 있는 것도 구제될 수 없게 된다. 재계의 '멧돼지'로 불리고, 여태껏 저돌적인 경영을 해왔던 이하라 도메기치가 드디어 강력한 주거래은행의 필요성을 인식하게 된 것이다. 이러한 이유로 그는 좋아하지도 않는 아들을 강제로 설득시켜 노조에 아야코와 결혼시켰다. 그러나 한 달도 채 못 되어 이하라 도메기치가 죽는 바람에, 자신의 임종이 가까워진 것을 깨닫고 자기가 없는 후의 일을 굳혀둔 것이라고 보는 사람들이 많았다.

처음부터 이 부부 사이에는 정략결혼이라는 것이 뚜렷해서 신혼의 달콤한 무드 같은 것은 조금도 찾아볼 수 없었다. 내성적이며 지성파인 교헤이와 매사에 화려한 아야코는 처음부터 성격이 맞지 않았다. 그러나 그는 부친의 명령에 거역할 수 없었다. 어렸을 때부터 그렇게 배워 왔다기보다는 몸에 익은 것이다.

그의 아버지처럼 입지전적인 인물에게는 모든 것이, 결혼이건 가족이건 무엇이건 자신의 '왕국'을 안정, 확대하기 위한 수단이 되지 않으면 안 되었던 것이다. 아내인 노조에 아야코도 그러했다. 위대한 부친의 보신과 세력 확장을 위한 살아 있는 도구로서 그녀는 아무런 저항도 없이 교헤이에게 시집을 온 것이다. '도구'끼리의 결혼에는 처음부터 인간의 감정 같은 것은 없었다. 아니, 감정은 나중에 생겨났다. 최초의 무관심이 성격의 불일치에 의해서 증오로 증폭된 것이다.

이 신혼부부에게는 서로를 증오하는 것만이 '위대한 아버지'에 대한 최소한의 반항이었다.

부부가 바짝 다가서서 초대 손님들에게 상냥하게 애교를 떨고 있지만 사정을 알고 있는 사람에게는 두 사람 사이에 어색하게 맴돌고 있는 싸늘한 분위기를 감출 길이 없었다.

그런 의미에서 두 사람의 등 뒤로 찬란하게 빛나고 있는 거대한 십자가는 양갓집에서 태어났기에 짊어진 무거운 짐으로 보였던 것이다.

2
사람들은 이하라 도메기치처럼 평생 수많은 주(株)를 매점하여 회사를 탈취하는 일에 열중한 사람은 없다고들 말하고 있다.

동북지방 빈농의 막내로 태어나 초등학교도 제대로 졸업하지 못하고 청운의 꿈을 안고 상경한 그는 남달리 명예욕이 강했으며 금의환향의 의욕에 불타고 있었다. 일개 사환으로 출발하여 착실하게 기반을 굳히고 모아둔 돈으로 주식을 샀다. 투기에 대한 천재적인 감각을 가지고 있어서 처음에는 차익을 노리고 주식을 사고팔고 했는데 점차로 경영권 탈취를 목적으로 하는 매점으로 발전해 갔던 것이다.

멧돼지란 별명은 무모한 폭주를 뜻하는 것이 아니라 산간벽지에서 양가들만 모여 있는 재계로 뛰어들어 방약무인(함부로 행동하는 태도. - 역자 주)으로 마구 날고뛰는 데서 붙여진 것이다. 그러나 이하라는 남들이 뭐라고 하던 간에 자신의 길을 걷겠다는 듯이 주를 마구 샀고, 그러한 매점과 탈취 끝에 일대 아성을 쌓아 올렸다. 이것이 바로 도쿄 서쪽에 방대한 노선망을 갖는 동도고속전철을 핵심으로 하는 계열사만도 60여 개가 넘는 '이하라 그룹'이다.

멧돼지와 같은 반면 이하라에게는 입지전적 인물의 공통점인 콤플렉스가 있었다. 그것은 양가만이 모여 있는 재계에서 자신의 혈통이 너무 비천하다는 사실이었다.

"어떤 명문이라도 2, 3대 거슬러 올라가면 모두 농부나 고기잡이다. 명문이라고 해봤자 뻔하다."
하며 겉으로 큰소리를 쳤지만, 귀족이었던 무나가타 겡이치로의 딸을 아내로 삼은 것도 그의 콤플렉스 때문이었다.

한편 스스로 '일본 제일의 기부왕'이라고 자랑할 정도로 각종 사회

시설이나 고향의 학교에 기부를 했고 그 총액은 20억 엔에 이르렀다.

그러나 그의 필사적인 자기주장에도 불구하고 재계에서는 눈여겨보지 않았다. 그가 필사적으로 '이하라 도메기치, 여기에 있노라.' 하고 주장하면 할수록 '벼락부자가 된 촌놈'이라는 냉소를 사는 것이다.

때마침 만국박람회와 동계올림픽 등으로 해외에서 일본에 대한 관심이 높아져 일본을 방문하는 외국인의 수가 더욱 불어났다. 그 때문에 도쿄의 호텔은 절대수가 부족했고 모처럼 일본을 찾아온 외국인을 수용할 수 없는 사태에 이르렀다.

그렇게 되면 '관광 일본'이라는 명성에도 누가 되므로 대형 호텔의 건설이 국가적으로 장려된 것이다. 그래서 발탁된 것이 이하라 도메기치였다. 어찌 되었든 그는 돈과 토지를 왕창 가지고 있었다.

실업가로서 야사적(野士的) 존재이며 기회가 오면 자기의 존재를 주변에 확인시키려고 좀이 쑤셔 못 견딘다. 국책이 우선이고 기업 이익이 두 번째인 이 계획은 계산이 정확하고 예리한 상인에게는 안 된다.

계산보다도 명예를 우선시 하는 인간이 이상적이었다. 이하라의 약점을 멋지게 움켜쥐고 한 번 일본을 위해 희생정신으로 일본 제1의 호텔을 만들어 달라고 정부 요인으로부터 간곡한 부탁을 받은 그는 자신의 이름을 호텔과 함께 남길 수 있다는 흥분에 취해버렸다.

이렇게 해서 세워진 것이 총 공사비 250억 엔을 투자한 지상 62층, 높이 203m, 객실 수 3천 개의 동양 최대 규모인 '이하라 넬슨 호텔'이었다. 뿐만 아니라 호텔 사업에는 아마추어인 이하라를 위해서 미국의 호텔업자 넬슨 인터내셔널, 통칭 NI사가 경영지도를 담당하여 경영상 문제도 일단 해결되었다. 그런데 이하라 도메기치는 신축 호텔의 완성을 보지 못했다.

하층부의 철골 건립이 완료되고, 입주식 직전에 전부터 증세가 보였던 심장부전의 발작을 일으켜 어이없게도 숨을 거두어 버렸다. 공사 당사자와 관계자는 당황했지만 거액의 자본을 투자한 호텔의 건설을 중단할 수는 없었다. 급히 건설책임자를 이하라의 장남인 교헤이로 바꾸고 무턱대고 공사를 계속했던 것이다. 그리고 이하라 사후 11개월 만인 오늘, 간신히 '그랜드 오프닝'의 전야에 이른 것이다.

알코올이 적당하게 돌고 연회장의 여기저기에서 떠들썩한 웃음소리와 교성이 들린다. 사치를 다한 요리와 골라 뽑은 미녀에 에워싸여 손님들은 모두가 유쾌했다.

"아버지의 후광도 이쯤 되면 훌륭한 것이군요."

"정말입니다. 그러나 저 젊은 사장이 이하라 그룹의 대들보를 지탱해 나갈 수 있을까요? 선친께서 작고하신 후 계열사에서 반란이 잇따라 있어서 꽤 큰일인 것 같던데 말이죠."

"젊은 사장이 2세치고는 꽤 인물이 괜찮다는 소문입니다만 아무튼 부친께서 워낙 거물이어서……."

이와 같은 말을 연회장 한 구석에서 하고 있는 사람들도 있었으나 그런 속삭임이 교헤이의 귀에는 들리지 않았다.

이야기를 나누는 손님들의 시선은 눈앞을 가로막고 있는 거대한 '빛의 십자가'에 옮겨졌다. 그것에 눈을 옮기는 것은 초대받은 손님들의 에티켓이었다. 또한 의례적인 의무감을 전혀 느끼지 않을 정도로 장대한 인공미의 극치이기도 했다.

아버지의 후광으로 보통의 경우라면 코흘리개 꼬마취급을 당할 나이에 동양 최대의 호텔 사장으로 앉게 된 교헤이에게 질시나 반감을 갖는 자들도 십자가의 아름다움에 대해서는 의견이 일치했다.

"오늘 이 자리에는 나오지 않았습니다만 선대에겐 '싱이치'라는 아들이 더 있습니다."

한 사람이 사연을 아는 듯 말했다.

"방계회사의 부사장으로 있습니다만 그는 자기 쪽이 선대의 적자라고 생각하고 있기 때문에 불쾌해서 나오지 않았겠지요."

"그건 또 무엇 말인가요?"

"실은 지금 2세 사장은 후처의 자식입니다."

손님은 상당히 떨어져 있는 교헤이에게 들릴 까닭도 없는데 음성을

제1장 빛의 십자가 15

등장인물의 계보

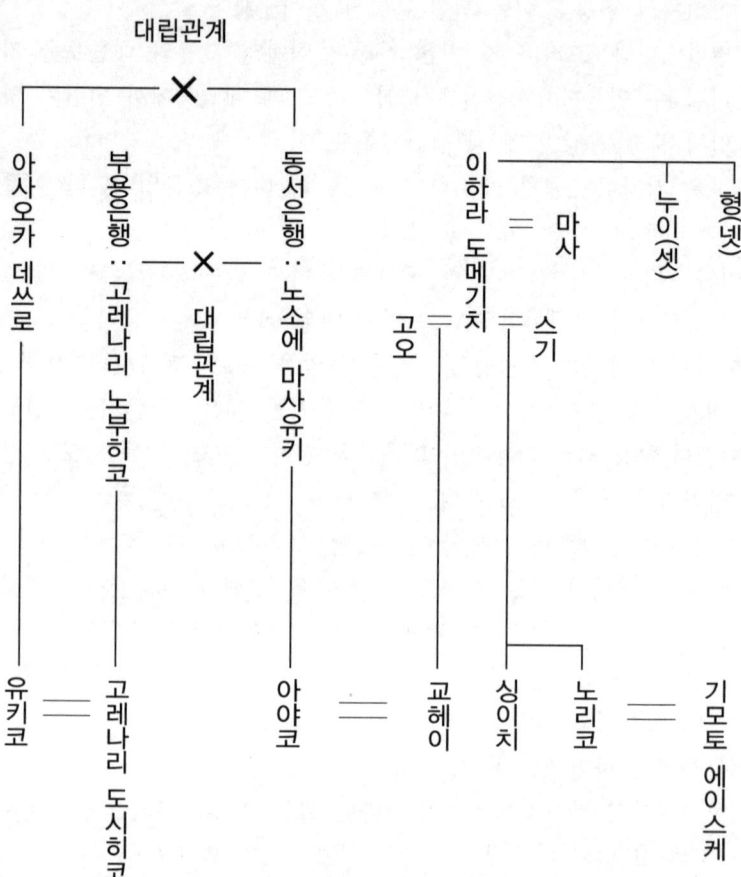

죽였다. 그가 얘기한 바에 의하면, 이하라 도메기치는 본처인 마사(무나가타 겡이치로의 딸)와 사이에 아이가 없어 당시 남편을 여의고 이하라 가에 하녀로 와 있던 고오에게 교헤이를 낳게 했다. 나중에 마사가 병사해서 고오가 본처로 들어왔다.

그 후, 출입하던 상인의 딸 스기와 관계를 가져 태어난 것이 싱이치와 노리코였다. 싱이치는 현재 방계회사의 부사장을 맡고 있지만 그에겐 하녀의 아들이 적자행세를 하고 이하라 그룹의 핵심적인 존재인 이하라 호텔의 사장으로 부임한 것이 불만이었다.

고오가 도메기치하고 관계했을 때 이미 임신 중이였다는 이야기를 어디선가 들었던 싱이치는,

"교헤이는 부친 도메기치의 핏줄이 아닌지도 모른다. 어떤 핏줄인지도 모르는 녀석에게 이하라 도메기치가 심혈을 기울여 건축한 이하라 호텔을 맡기는 것은 부친을 모독하는 일이며 이하라 일족의 치욕이다."라며 떠들어댔다.

그러나 교헤이가 상대하지 않자 다음에는 혈액검사를 요구해 왔다. 싱이치는 친누이동생의 남편인 기모토 에이스케가 이하라 호텔 사장 자리에 눈독을 들이고 있는 것도 마음에 들지 않았다. 뿐만 아니라 상황을 더욱 복잡하게 만드는 도메기치의 형제들이 있었다. 막내인 도메기치에게는 네 명의 형과 세 명의 누이가 있었다. 그들은 모두 건재해 있었고, 하녀의 아들인 교헤이나 첩에게서 태어난 싱이치 남매에게 좋은 감정을 가지고 있을 리 없었다. 이 같은 꿍꿍이가 거미줄처럼 뒤섞여서 도메기치 사망 후 이하라 왕국의 주권을 서로 노리고 있었다.

"가난한 농민이었던 사람들이 갑자기 막대한 유산을 분배받았기 때문에 욕심들이 난 것이지요."

"젊은 나이에 이토록 큰 재산을 맡게 된 2세 사장은 경영상의 문제 외에도 친척간의 갈등 때문에 고생이 크겠군요."

"젊은 사장 곁에 있는 같은 나이 또래의 남자는 누구입니까?"

다른 손님이 속삭였다.

"아아, 저게 기모토 에이스케입니다. 교헤이의 배다른 누이동생의 남편입니다. 대단한 수완가로 새 호텔의 전무입니다. 선대에 매수된 기모토 호텔 사장의 아들인데요, 선대가 속죄를 할 생각이었는지 자기의 회사에 넣어 주었지요. 그런데 그가 두드러지게 두각을 나타내어 지금은 이하라 그룹에 없으면 안 될 인재라고 합니다."

"아아, 그 기모토 호텔의……."

손님이 기억을 되살리는 표정이 되었다.

기모토 호텔은 이즈 지방에서 전통적인 호텔망을 가진 호텔업계 굴지의 명문이었다. 그런데 도메기치가 주를 남몰래 사들여 경영권을 빼앗았다. 그 때문에 기모토 가가 몰락한 것을 아직도 사람들은 생생하게 기억하고 있다.

"그렇습니다. 기모토 에이스케로서는 원수의 딸과 결혼한 셈인데, 지금 회사에 중심인물이 되어 가고 있으니 아이러니한 일이지요."

"기모토의 곁에 있는 아름다운 부인은 누구입니까?"

손님은 스물 너덧 살의 단색 화복(和服)차림의 여자를 눈으로 가리킨다. 샹들리에 밑에서 연보라 빛이 반짝이듯 반사되어 여자의 우수에 찬 듯한 아름다움을 강조하고 있었다.

"아아, 아사오카 데쓰로의 딸 유키코입니다."

"그 아세아 홍업의……, 재계의 괴물이라고 불리고 있는."

"그렇습니다. 역시 1년 전에 부용은행장 고레나리 노부히코의 차남 도시히코와 결혼했지요. 아사오카와 이하라는 서로 둘도 없는 호적수였는데 자식들은 관계없다는 것일까요. 저기를 보세요. 약간 떨어져 남편 도시히코 씨도 있군요. 부용은행 융자계열 하에 있는 고레나리 상사의 중역일 겁니다."

"하긴 동서은행과 부용은행은 라이벌이었지요."

"이하라 교헤이가 동서은행 부행장의 딸을 아내로 삼고 아사오카 데쓰로의 딸이 부용은행장의 아들과 결혼한다. 재계의 인맥은 복잡하군요."

"고레나리 도시히코 씨와 얘기하고 있는 남자는 누구인가요?"

"아마 야마모토라고 하는 새 호텔의 객실부장이라고 생각됩니다. 도쿄 호텔에 있었는데 발탁해 왔다고 하더군요."

"미스터 소렌센의 모습이 보이지 않는군요."

손님 중 한 사람이 문득 깨달은 듯이 말했다.

"정말 그렇군요."

다른 한 사람이 장내를 둘러보며 대답했다.

몸집이 큰 금발의 미국인이니 당장 눈에 띌 것이다.

"이상한데? 새 호텔 총지배인이 될 소렌센이 파티에 오지 않을 까닭이 없을 텐데."

또 다른 사람이 의아한 표정을 지었다. 토마스 소렌센은 미국의 NI사에서 파견된 호텔맨 생활 20년이 넘는 진짜 호텔맨이다.

NI사의 호텔망이 세계적으로 확장하는데 그의 수완이 크게 한 몫한 것으로 알려져 있다. 어떤 지역의 진출이 결정되면 먼저 그가 첫 감독으로서 출장한다. 현지 호텔업자와 합병을 하게 되면 설계 단계부터 많은 발언을 하고 매사를 NI식으로 해 버린다. 경영권을 튼튼하게 굳혀 놓고 다음 진출국으로 마치 새로운 사냥감을 사냥하듯이 부임해 간다고 한다. 유명하다기보다는 오히려 악명이 높은 개시꾼이었다. 여자에 대해서도 굉장히 능수능란했고, 가는 곳마다 염문을 퍼뜨리고 다녔다. 이번 신축 호텔 개업 때도 일본에 호텔맨이 없는 것도 아닌데 굳이 미국 NI사에서 경영 지도를 받을 필요가 있는가 하고 상당한 반발이 있었지만 소렌센에게 첫눈에 반해버린 이하라 도메기치가 강경하게 밀고 나갔던 것이다.

"제게 영업을 맡겨 주시면 객실가동률을 연간 90% 이상으로 올리겠습니다." 하고 소렌센은 이하라에게 허풍을 떨어 보인 것이 이하라가 호텔 건설에 발을 내딛게 된 직접동기였다는 소문도 있다.

현재는 게이힌 지구 호텔들의 객실 수 부족 때문에 높은 가동률을

제1장 빛의 십자가 19

유지하고 있지만 애초부터 계절 따라 기복이 심한 영업이어서 연간 평균 90% 이상의 객실가동률을 유지한다는 것은 대단한 일이었다.

만약 실제로 소렌센의 허풍에 이하라가 움직였다고 한다면 대규모 사업을 개시하기에는 상당히 단순하고 경솔한 짓이었다. 어찌되었든 화제의 주인공인 소렌센이 이 자리에 모습을 나타내지 않는다는 것은 이상했다.

"여보게, 저게 뭘까?"

손님 중 한 사람이 창 밖을 가리켰다. 따라서 몇 사람의 시선이 손가락의 연장선을 쫓는다. 십자가의 가로대 보다 약간 밑 부분인 창문에 검은 점이 떠올랐다.

"사람 같은데!"

"뭘 하는 거지?"

"창문에서 몸을 내밀고 있어."

속삭임이 파문처럼 손님들 사이로 번져 웅성거림으로 확대되었다.

"자살이다!"

"아니, 누구에게 떠밀리고 있어."

"큰일이다, 떨어진다."

"누가 가서 막아라!"

연회장은 삽시간에 소란스러워졌다.

그러나 다음 순간, 검은 점은 창 밖으로 밀려나와 추락하는 하나의 물체가 되어 빛의 수직선 아래로 사라졌다. 부인들과 호스티스들이 비명을 질러댔다. 십자가를 등지고 떨어지는 물체가 시야에서 사라지기 직전 분명히 인간의 형체를 취한 것을 역력하게 볼 수 있었다. 거리가 비교적 가까웠기 때문에 그 영상은 선명하게 비쳐졌다.

제2장 사람이 떨어지다

1

대소동이 벌어졌다.

젊은 손님들이 엘리베이터 쪽으로 달려갔다. 현장으로 구경 갈 생각인 모양이다. 아니 젊은 사람뿐만 아니라 상당한 연배도 섞여 있었다. 몇 살이 되어도 구경꾼 근성은 사라지지 않는 모양이다.

"오노하라에게 연락하게. 나는 지금부터 현장으로 가보겠네."

사건을 목격한 신임 사장 이하라 교헤이는 곁에 있던 비서에게 명령을 하고 급한 걸음걸이로 연회장을 빠져나갔다.

오노하라는 호텔의 보안과장이다.

순식간의 일이지만 사람이 떨어진 창문은 십자가의 가로대 아래쪽이었으니 10층에서 20층 사이일 것이다. 그 높이에서 떨어졌다면 우선 목숨은 구하기 어려울 것이다. 내일의 개업을 위해 오늘 밤 호텔에 투숙하고 있는 사람은 중요 관계자뿐이다. 창문은 손님이 손으로 열지 못하도록 되어 있지만 바깥 공기를 마시고 싶다는 사람을 위해서 별도로 개방시켜 주기도 한다.

"도대체 누가 떨어진 걸까?"

사장실 소속의 제2비서인 나카누마 게이코는 다이얼을 분주하게 돌리며 생각했다.

나카누마가 다이얼을 돌리고 있을 때 보안과장인 오노하라는 이미 사건을 알고 있었다. 크리스마스 이브의 대대적인 이벤트라는 소문이 나돌아 수많은 눈이 주시하고 있었기 때문이다.

사건은 목격자들에 의해 호텔 쪽으로 통보되었다. 목격자들 중에는 사람이 떨어진 것이 15층 부근의 창문이라고 꽤 정확하게 가르쳐 준 사람도 있었다. 그때 오노하라가 취한 조치는 적절하고 민첩했다.

부하 두 명을 16층으로 급히 보냄과 동시에 자기는 남은 부하와 함께 사람이 떨어졌다고 짐작되는 동쪽의 벽면 밑으로 달려갔다. 떨어진 장소는 방화용인 듯한 얕은 연못이었다. 주변에 1m 가량의 바리케이드가 쳐져 있어서 옆으로 다가가지 않으면 안을 볼 수 없었다.

현장을 직접 비추는 조명은 없었으나 벽면을 밝히는 빛의 반사로 시체가 있는 부분은 비교적 잘 보였다.

오노하라는 시체를 본 순간 도저히 살아나지 못할 것이라고 생각했다. 물 속에 엎드려 있으나 손상 정도로 보아 즉사했으리라고 생각되었다. 수면이 온통 붉게 물들어 있었기 때문이다.

"외국인 같은데."

바리케이드를 둘러싸고 있던 사람들에게서 그런 속삭임이 들린다. 핏덩어리와 같은 시체의 머리 부분에 금발이 약간 보였기 때문이다.

"구급차는 불렀나?"

"아니, 경찰에 먼저 연락해야 할걸."

에워싸고 있던 사람들은 제멋대로 지껄이고 있었다. 시체를 구경하기 위해 구경꾼들이 몰려들고 있었다. 아마 시간이 경과될수록 늘어날 것이다. 오노하라는 이미 구급차와 경찰에 연락을 마쳤고, 현장에 손대지 말라는 관할서의 지시대로 부하들에게 명령하여 풀 둘레에 밧줄을 치도록 했다.

다급한 사이렌을 울리며 구급차와 순찰차가 거의 동시에 도착했다. 마치 순찰차를 뒤따라오듯 관할서와 본청 수사 1과의 형사들이 달려왔다. 호텔에서뿐만 아니라 십자가를 구경하던 수많은 사람들로부터 누군가 사람을 떨어뜨린 것 같다는 신고가 여러 번 겹쳤기 때문이었다.

형사들이 제일 먼저 한 일은 구경꾼들을 현장 주변에서 쫓아내는 일이었다.

"아아, 수고가 많군."

본청에서 달려온 나스 경감은 이미 현장에 도착해 있는 낯익은 관할서의 형사 무라타에게 말했다.

"이거야 정말, 설마 호텔 창문에서 떨어지리라고는……."

"타살 혐의가 있는 모양인데."

"지금 목격자를 조사하고 있습니다만 떨어질 때 상황이 아무래도 누가 떠민 것 같습니다."

"만약 타살이라고 한다면 범인은 멍청한 시간에 범행을 저질렀군. 하필이면 호텔 벽에 '빛의 십자가'가 그려져 있고 많은 사람들의 눈이 모여져 있을 때이니 말일세."

나스 경감의 말은 모든 수사관이 생각하고 있는 점이기도 했다. 아마도 충동적인 범행이리라. 그렇다면 범인의 검거는 시간 문제였다.

죽은 사람의 신원은 이미 알고 있었다. 재빠르게 현장으로 달려와 현장 보존을 담당한 호텔 보안과장 오노하라가 호텔의 총지배인 토마스 소렌센이라고 확인했기 때문이다.

시체는 수면에 나와 있는 부분만 보아도 두개골이 부서져 뇌가 거의 튀어나와 있는 것을 알 수 있다. 안구도 한쪽은 없어진 것 같았다. 머지않아 풀의 물을 뽑아내고 안을 상세하게 검사해야 할 것이다. 시체는 떨어지고 시간이 얼마 경과되지 않아 생생했다.

현장은 잡품창고 측면이어서 평소 관계자 외에는 사람이 출입하지 않는 장소였다. 때때로 의자나 침대, 기타 가구를 운반하는 차가 멈출 정도였다. 그곳은 지형과 호텔 건물구조상 지상보다 지대가 높아 8층의 천장 부분에 해당했다. 사람이 떨어진 곳은 대략 2m 정도의 얕은 연못이었고, 최초 설계에서는 전위품(前衛品)의 공간으로 꾸밀 예정이었으나 공사 도중 변경되어 용도 불명인 채 남겨진 것이다.

시체는 연못 한복판에 떨어져 있었다. 연못 바닥에 5cm쯤 고여 있던 물은 16층에서 굉장한 가속도로 떨어지는 것을 막는 데 아무런 도움도 되지 않았던 모양이다. 문자 그대로 피의 풀이었다.

2

"이건……, 너무 심하군!"

연못이라기보다는 웅덩이 한복판에 토마토케첩을 쏟아 놓은 것처럼 완전히 망가져 버린 시체의 비참한 모습에 각오를 하고 온 검시관조차도 잠시 바리케이드 주변에 서 있었고, 가까이 가려는 사람도 없었다. 잠시 후, 바지를 걷어올리고 구두를 신은 채 피와 살이 녹아 있는 웅덩이 속으로 풍덩풍덩 들어가는 사람이 있었다. 무라타 형사였다.

시체 및 현장조사와 병행하여 나스 경감은 부하와 함께 목격자와 호텔 측 관계자의 진술을 듣기로 했다.

우선 부근을 지나가던 간다의 회사원,

"업무 때문에 약간 늦어져 7시 조금 전에 호텔 앞을 걷고 있는데 동쪽에서 '빛의 십자가'가 떠올랐습니다. 아니 전부터 십자가는 빛나고 있었던 모양인데 시각 관계상 갑자기 눈으로 뛰어 들어온 것같이 보였습니다. 너무나 아름다워 잠시 걸음을 멈추고 넋을 잃고 바라보고 있는데 15층 창문이 열리고 사람이 밀려 나왔습니다. 잠시 동안 그는 밀려나지 않으려고 싸우는 것처럼 보였으나 순식간에 아래로 떨어졌습니다. 그래서 정신 없이 여기로 달려왔지요."

같은 시간 부근을 지나가던 두 명의 직장 여성,

"5시에 회사를 나와서 친구와 함께 찻집에서 노닥거리다 밖으로 나오는데 마침 호텔 벽에 십자가가 빛나고 있었습니다. 잠깐 바라보면서 걷고 있는데 별안간 검은 그림자가 떨어졌습니다. 너무나 갑작스러운 일이라서 주의해서 보지 못했습니다만, 누가 밀어 떨어지는 것 같이 보이진 않았습니다. 어쩐지 인형 같았죠. 그렇지만 순식간의 일이라서 잘 모르겠습니다."

또한 그날 밤 6시 30분경부터 이하라 호텔에서 빛의 십자가의 이벤트가 있는 것을 알고 있던 호텔 종업원,

"6시 30분경 베이뷰 페이스, 호텔의 동쪽을 그렇게 부르고 있습니다만, 이 베이뷰 페이스가 잘 보이는 거리로 나가 점화되는 것을 기다리

고 있었습니다. 사람이 떨어진 것은 점화 후 약 20분쯤 지나서였습니다. 떨어지기 전에 저항하는 것 같았습니다만 확실하진 않습니다. 지상에서 상당한 거리가 있는데다가 아래에서 올려본 것이라서 잘 보이지 않았습니다."

증언은 다소 차이가 있었지만 사람이 떨어진 시간은 6시 50분에서 6시 55분경으로 대체로 일치하고 있었다. 그때 시계를 들여다본 사람이 많이 있었고, 사건 직후 7시 시보를 들은 사람도 있어서 시간은 믿을 만했다. 그 중에서 인형이 떨어진 것 같다는 직장 여성의 증언이 약간 걸리기는 했으나 그것은 바로 취소되었다.

때마침 사건을 배율이 높은 망원경으로 보고 있던 목격자가, "떨어지기 전 꽤 심하게 저항하고 있었습니다. 떨어지기 직전에 인형과 바꿔치기 한 것도 아닙니다. 저항하던 사람과 떨어진 사람은 틀림없이 동일 인물이었습니다. 유감스럽게도 방안의 상태는 보이지 않았습니다." 라고 증언을 한 것이다.

그 외에도 떨어지기 전 상당히 격렬한 저항을 하고 있었다는 것을 목격한 사람이 몇 사람이나 있었다.

소렌센이 밀려 떨어졌다는 것이 목격자들에 의해 증언되자, 이젠 밀어 떨어뜨린 인간이 문제가 되었다.

수사의 초점은 소렌센이 투숙한 16층에 집중되었다. 소렌센이 호텔측에서 제공받아 거실로 쓰고 있던 방은 16층의 소파가 있는 디럭스 싱글 룸 1617호실이다. 보통 침대 외에도 소파가 있었는데 낮에는 소파이지만 밤에는 등받이를 펼치면 침대로 사용할 수 있었다. 손님이 많이 찾아오는 사업가나 마음에 드는 여성을 데리고 올 수 있는 플레이보이에게 적합한 방이다. 넓이도 트윈 룸과 같은 정도였다. 실내에는 뒤진 흔적이 없었다.

먼저 1617호실이 검증되었다.

"미스터 소렌센은 언제부터 이 방에 묵고 있었습니까?"

나스 반(班)의 최고 선임자인 야마지 형사가 방까지 안내해준 호텔 보안과장 오노하라에게 물었다.

"호텔 객실에 에어컨과 온수가 들어온 것과 거의 동시입니다. 이 달 중순 15일경부터입니다."

"개업은 내일이지요?"

"영업 개시는 내일부터지만 호텔 자체는 지난 달 20일에 준공했습니다."

"그러면 종업원은?"

"견습을 겸해서 10일경부터 배치되어 있습니다."

"그렇다면 이 16층 스테이션에도 종업원들이 있었겠군요."

"정식은 아니지만 층계주임을 비롯해서 세 사람의 보이가 있었을 겁니다."

"오늘 밤 16층에 투숙할 예정이었던 사람은 미스터 소렌센 외에 누가 있었습니까?"

"아마 4, 5명 정도 있다고 들었습니다만 자세한 것은 스테이션에 물어보지 않으면 모릅니다."

그 문제에 대해서는 지금 수사관들이 스테이션에서 조사를 하고 있을 것이다. 야마지가 오노하라에게 질문하는 동안 본청에서 온 요코와 타리 형사와 관할서에서 온 하야시 형사가 실내를 엄밀히 조사하고 있었다. 객실의 검증과 병행해서 스테이션을 조사하는 것은 본청의 구사바와 가사이 형사이다. 두 사람이 모두 나스 반, 제4호 조사실 소속으로 끈질긴 형사들이다.

호텔 건물은 Y자형으로 짧은 세로축의 치수가 빡빡한 형태를 이루고 있다. 스테이션은 Y자형의 중심부에 있는데 보이나 메이드 대기실과 같은 곳이다. 룸서비스 외에 투숙객의 서비스나 방의 정비가 이곳에서 이루어진다.

"미스터 소렌센이 추락했을 때 어느 분이 스테이션에 계셨습니까?"

구사바 형사가 단도직입적으로 물었다.

"저를 위시해서 보이가 세 사람 있었습니다."

"그 사람들은 지금 모두 여기에 있습니까?"

"네. 오노하라 과장께서 말씀이 있으셨고, 오늘 밤은 어차피 내일 개업을 대비하여 여기서 밤새 대기하기로 되어 있습니다."

니시다라고 자신을 소개한 중년의 여성은 한눈에도 이 방면에서 한결같이 일해 온 접객업계의 베테랑다운 모습이었다. 그녀는 발음이 또렷한 말투로 대답했다.

"그 사람들은?"

"여기에 대기시켜 놓았습니다."

니시다는 안쪽 대기실에서 세 명의 보이를 불러왔다. 모두가 고등학교를 갓 나온 듯한 젊은 남자들이었다.

"왼쪽부터 룸 보이인 오오이 군, 사사키 군, 그리고 베스 보이인 쭈조 군입니다."

니시다 층계주임이 한 사람씩 소개했다. 룸 보이라는 것은 대충 알겠으나 베스 보이라는 것은 모르겠다. 가사이 형사가 물으니 룸 보이의 견습이라고 대답을 한다.

"최근에는 베스 보이를 두는 곳이 적어졌지만 우리 호텔에서는 손님과 접촉이 가장 많은 객실계(係)에서 실례되는 점이 없도록 견습생을 두기로 했습니다. 오늘 밤은 개업 전이어서 손님이 투숙하고 있지 않기 때문에 저와 세 사람이 대기하고 있습니다만 내일부터는 두 사람의 견습생이 더 근무하기로 되어 있습니다."

니시다는 다소 자랑스러운 듯 설명했다. 형사들은 호텔업자의 특유의 영어가 많은 대화에는 질색이었으나 '공항 살인사건' 이후 왠지 모르게 영어에 익숙해져 대충 알아듣고 있었다.

"그럼, 여러분이 모인 자리에서 물어 보겠습니다. 미스터 소렌센이 틀림없이 1617호실에 있었습니까?"

구사바는 드디어 사건에 관계된 질문을 하기 시작했다. 곁에서 묵묵히 메모를 하고 있는 가시이도 긴장한 기색이었다.

"6시 조금 전 전야제 환영회에 참석하기 위해 옷을 갈아입으려고 방으로 들어가시는 것을 보았습니다."

니시다가 대표로 대답했다.

"어디서 미스터 소렌센이 떨어졌다는 연락을 받았습니까?"

"보안과에서입니다."

"사건 전후 상황을 될 수 있으면 상세하게 말씀해 주십시오."

"7시 조금 전이었습니다. 보안과에서 내선 전화가 걸려와 16층 동쪽에서 누가 떨어졌다는 연락을 받고 각자 분담하여 손님이 묵고 있는 방을 조사해 보니 총지배인님 방의 창문이 열려 있고 본인은 방에 없었습니다. 무척 이상한 일이라고 생각하고 있는데 보안과의 이시하마 씨와 요시노 씨가 달려왔습니다."

"방의 열쇠는 어떻게 되어 있었습니까?"

"물론 잠겨 있었습니다. 도어는 닫기만 해도 자동으로 잠기는 문입니다."

"그렇다면 당신들은 다른 열쇠로 열고 들어갔군요."

"예, 제가 보관하고 있는 플로어 마스터키를 사용했습니다."

"당신들이 달려가기 전에 1617호실을 출입한 사람은 없었습니까?"

"보안과에서 연락을 받은 것과 동시에 우리들이 객실로 달려갔습니다만 1617호실에서 나온 사람은 없었습니다."

"당신들이 달려가기 전에 나왔다고는 생각되지 않습니까?"

"이 오오이 군이 6시 30분경부터 스테이션 앞에서 대기하고 있었는데 아무도 나간 사람이 없었다고 합니다."

여드름투성이인 오오이라는 보이가 커다랗게 수긍했다.

"오오이 군의 눈을 피해 비상계단 등으로 달아나는 것은?"

"비상계단 역시 스테이션 바로 앞에 있습니다. 제가 그 앞에서 눈을 크게 뜨고 있었으니 제 눈을 피할 수는 절대로 없습니다."

아까부터 뭔가 지껄이고 싶어서 좀이 쑤셨던 모양인지 보이는 입이 뿌루퉁해져 있었다.

"하긴 그렇군."라며 구사바는 오오이 군의 오늘 밤 열띤 직무태도를

상사 앞에서 인정해 주고,

"오늘 밤 16층에 투숙한 사람들은 어떤 사람들입니까?"

하고 질문방향을 바꿨다.

같은 층에 투숙한 사람이라면 소렌센을 밀어 떨어뜨리고 그 층에서 달아나려고 애를 쓸 필요가 없다. 범행 후 자기 방으로 달아나면 그만이고 스테이션의 사각에서 행동할 수도 있을 것이다.

"오늘 밤 16층에 숙박하신 분은 모두 호텔 관계자입니다. 먼저 1617호실에 총지배인, 두 칸 건너 1620호실에 이하라 사장님, 바로 그 옆 방인 1621호실에는 비서인 오자와 씨, 그리고 A동 쪽의 1607호실에는 야마모토 객실부장, 복도를 끼고 맞은편 1651호실에는 야자키 식당부장, 그리고 C동 끝 방인 1680호실에는 에어컨 장치의 감독인 오쿠아키 씨입니다."

니시다가 설명해 준 16층 내부구조에 의하면 호텔은 짤막한 Y자형 건물로 왼쪽이 A동, 오른쪽이 B동, 세로 쪽에 해당하는 곳이 C동으로 불리고 있다. 객실은 A, B동에 1인용이 각각 30실, C동에 2인용이 20실, 16층에는 합계 80개의 객실이 있었다.

스테이션, 엘리베이터, 비상계단은 Y자의 중심부에 설치되어 있어 같은 층에 출입하는 사람은 스테이션에서 한눈에 볼 수 있었다.

건물의 동쪽, 즉 빛의 십자가가 있는 쪽은 도쿄 만(灣)이 보이기 때문에 '베이뷰 페이스', Y자의 왼쪽 밑은 황궁(皇宮)을 향하고 있으므로 '팰리스뷰 페이스', 오른쪽 밑은 히비야 공원을 내려다 볼 수 있다고 해서 '파크뷰 페이스'라고 불렸다.

"미스터 소렌센이 떨어졌을 때 다섯 사람은 모두 방에 있었습니까?"

"야자키 부장님과 오쿠아키 씨는 계셨습니다만 사장님과 다른 두 분은 안 계셨습니다."

"세 사람이 나가는 것을 보았습니까?"

"보지 못했습니다."

"그러나 오오이 군이 감시하고 있지 않았습니까?"

형사는 앞서 오오이가 눈을 커다랗게 뜨고 있었다는 말이 생각났다.
"특별히 감시하고 있었던 것이 아닙니다. 우리들은 손님을 감시할 생각은 없으니까요. 언제라도 도울 수 있도록 대기하고 있을 뿐입니다."라며 퉁명스럽게 볼을 내민다.

그러나 그것은 서비스업자와 형사의 언어 사용의 차이일 뿐이고, 그의 눈이 사건발생 전에 번쩍이고 있었다는 것만 확인하면 그만이다.

"그래, 대기하고 있었는데 아무 것도 보지 못했던 이유는?"

구사바는 호텔 보이에게 타협하듯 재차 물었다.

"제가 스테이션 앞에서 대기한 것은 6시 30분이었으니 그 전에 사장님이나 부장님께서 나가셨는지도 모릅니다."

"1617호실과 다섯 사람의 방 이외에 객실은 어떻게 되어 있었습니까? 요컨대 16층에는 모두 80실이 있다는데, 다른 객실의 도어는 개방되어 있었습니까 아니면 잠겨 있었습니까?"

지금까지 잠자코 메모를 하던 가사이 형사가 물었다. 메모 담당은 단순히 메모만 하는 것이 아니라 취조 형사가 빠뜨린 것을 보충해 주지 않으면 안 된다. 당사자가 빠뜨리기 쉬운 맹점을 냉정한 제3자로서 보좌해 주는 것이다. 형사가 2인 1조가 되는 건 이와 같은 의미도 있었다. 구사바는 가사이에게 질문하는 역할을 넘기며 과연 예리한 곳을 찌르고 있다고 생각했다. 만약 모든 방이 열려 있었다면 범인은 소렌센을 떠민 후 가까이 있는 방으로 들어가 일단 몸을 숨기고 달려오는 호텔의 종업원이 돌아간 틈을 타 유유히 도주할 수 있기 때문이다.

"내일의 개점에 대비하여 딴 방은 언제나 손님에게 제공할 수 있도록 모두 잠겨 있습니다. 안내된 방이 열려 있으면 손님께서 불쾌해 하니까요."

그러나 니시다의 말은 가사이의 착안을 거뜬히 뭉개버렸다.

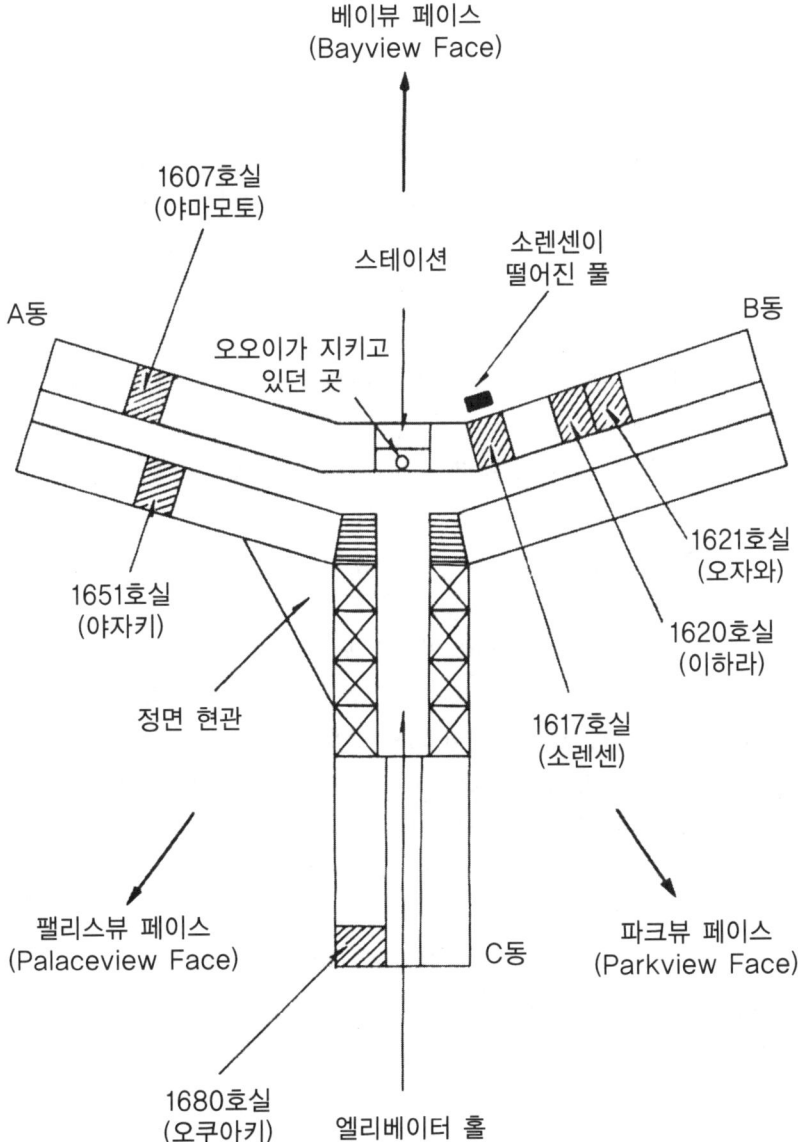

3

일단 1617호실에 집결한 수사관 일동은 현재까지 판명된 사실을 종합해 보았다.

① 오후 6시 30분, 이하라 넬슨 호텔의 베이뷰 페이스에 빛의 십자가가 점등되었다.

② 거의 같은 시각 호텔의 베이뷰 페이스 맞은편에 세워진 에이신 빌딩의 옥상에 있는 레스토랑 '봉구'에서 이하라 넬슨 호텔의 사장 이하라 교헤이 주최 '호텔 그랜드 오프닝'의 전야제가 약 3백 명의 명사를 초대하여 열렸다.

③ 거의 같은 시각 호텔 16층 룸 보이 오오이는 스테이션의 정 위치에 있었다.

④ 6시 50분~55분경, 호텔 16층 부근에서 사람이 추락하는 것을 많은 사람들이 목격했다.

⑤ 몇 사람의 목격자가 사람이 밀려 떨어진 상황을 증언했다.

⑥ 6시 55분, 호텔 보안과장 오노하라는 목격자들로부터 연락을 받고 추락 현장인 베이뷰 페이스 쪽 잡품창고 옆으로 달려가 동 장소인 콘크리트 연못 속에서 토마스 소렌센의 시체를 발견했다.

⑦ 거의 동시에 보안과에서 연락을 받은 16층 객실계는 베이뷰 페이스의 객실을 체크한 결과 16층 주임인 니시다가 1617호실의 소렌센의 방 창문이 열려 있고 본인이 없는 것을 발견했다.

⑧ 니시다가 1617호실로 달려간 것은 7시보가 울린 직후였다. 그러나 동실 및 다른 어떤 방에서도 사람이 나온 것을 보지 못했다.

⑨ 6시 30분부터 사건이 일어날 때까지 스테이션에서 오오이가 대기하고 있었다.

⑩ 그날 밤 소렌센 외에 16층의 객실에 투숙했던 사람은,

1620호실 — 사장 이하라 교헤이

1621호실 — 제1비서 오자와 히데히로

1607호실 — 객실부장 야마모토 기요유키

1651호실 — 식당부장 야자키 히로시
1680호실 — 기술부원 오쿠아키 다케오
등 5명이었으나 사건 당시 방에 있던 사람은 1651호실의 야자키와 1680호실의 오쿠아키 두 사람뿐이다.

⑪ 이하라 사장은 부인 및 1607호실의 야마모토 부장, 그리고 호텔의 간부와 함께 6시 30분부터 '봉구'의 리셉션에 참석하고 있었고 사건의 목격자 중 한 사람이기도 하다.

⑫ 1617호실 검증 결과, 비품이나 가구, 집기 등이 정 위치에서 벗어나 있던 것을 원위치에 돌려놓은 흔적이 보였다. 그러나 핏자국이나 지문, 기타 범인의 것이라고 생각되는 유류품은 발견되지 않았다.

4
"어떻게 생각하나?"
나스는 부하와 관할서 형사들이 있는 한복판에서 오목눈을 번뜩거렸다. 젊었을 때 폐를 앓고 오른쪽 늑골을 몇 갠가 떼어냈기 때문에 어깨가 쳐져 있다. 또한 위궤양으로 위도 절반쯤 절개해서, "내 몸에 건강한 부분은 한 군데도 없다."라며 쓸데없는 것을 자랑하고 있지만 수사에 보이는 정열과 집념은 남보다 뛰어났다.
"약간 걸리는 점이 있는데요."
야마지 부장형사가 얼굴을 들었다.
나스 반에서 최고 선임자로써 상당한 연배인데도 소년 같은 동안(童顔)이다. 코밑엔 언제나 땀이 솟아 있었다.
"지금까지는 분담해서 조사를 했기 때문에 알아차리지 못했지만 이렇게 데이터를 모아 보니 아무래도 마음에 걸립니다."
말해 보라는 듯 나스가 눈짓으로 재촉했다.
"우선, 소렌센이 떨어진 것이 6시 50분에서 55분 사이, 목격자의 연락을 받고 오노하라가 16층 스테이션에 연락함과 동시에 현장으로 달려간 것이 7시경, 같은 시각 16층에서는 주임이 소렌센의 방에 가 있었고, 돌발 사건치고는 모든 사람들이 참으로 요령 있게 척척 움직였습니다. 그런데 첫째로 어느 목격자도 16층에서 떨어진 것을 확인하지 않았는데 오노하라는 어째서 16층이라는 것을 알았을까요?"

야마지는 나스를 주시하고 있던 눈을 동료들 쪽으로 돌렸다.

"그건 소렌센이 16층에 투숙하고 있는 걸 알고 있었기 때문이 아닐까요?"

관할서에서 온 하야시 형사가 말했다.

"아니, 그럴 리가 없어."

야마지는 머리를 흔들었다.

"오노하라가 목격자에게 통보를 받았을 때는 떨어진 사람이 소렌센이라는 걸 몰랐을 거야. 그가 추락자의 신원을 알게 된 것은 현장에 도착한 후였어. 그때는 이미 16층에만 연락을 해두었고."

야마지의 얘기에 일동은 긴장했다.

목격자는 틀림없이 순식간에 일어난 일이라 10층에서 20층 부근일 거라는 대략적으로만 말했고 '16층'이라고 확인한 사람은 없었다. 가장 정확한 증언을 한 목격자도 '15층 부근 창문에서'라는 애매한 표현을 썼다. 그럼에도 불구하고 오노하라는 처음부터 16층에만 연락한 것이다. 그 말은 그가 미리부터 16층에서 사람이 떨어지는 것을 알고 있었다는 것이 된다. 떨어진 사람이 소렌센인지 모를 때는 10층에서 26층 사이의 모든 층을 체크하도록 각 층에 연락하는 것이 당연하다.

형사들이 달려갔을 때는 이미 추락자의 신원이 오노하라를 비롯해서 몇 사람의 호텔 관계자에 의해 확인된 후였다. 그 때문에 소렌센의 방으로 바로 안내된 것을 그다지 이상하다고 생각하지 않았으나 지금 데이터를 시간의 경과에 따라서 배열 검토해 본즉 분명히 이상한 상황으로 되어 있었다.

"다시 한 번 오노하라를 만나 보지."

나스가 야마지의 의견을 받아들였다. 하야시와 무라타가 곧 방을 뛰어 나갔다. 그러나 야마지의 의문은 당장에 해명되었다. 그날 밤 종업원을 각 층에 배치하기는 했으나 객실은 모두 잠겨 있었고 호텔 관계자가 투숙한 것은 16층과 5층뿐이었다는 사실을 알게 된 것이다.

베이뷰 페이스의 전면에 있는 일본식 정원의 수목에 가려져 6층 이하 목격자들의 사각이 되어 있었고, 또한 그 부근에서 떨어졌다고 하면 시체가 그처럼 손상될 까닭이 없었기 때문이다. 지형관계로 베이뷰 페이스는 8층 높이에 있었던 것이다.

이로써 오노하라가 시체를 확인하기도 전에 16층에만 연락한 까닭을 알았다. 그러나 오노하라에게 돌렸던 의혹은 풀렸지만 그로 인하여 더욱 이해하기 어려운 상황이 되었다.

즉, 6시 50분에서 55분 사이에 소렌센이 떨어졌고, 거의 같은 시각 층계 주임이 달려간 문제의 1617호실에서는 아무도 나온 사람이 없었던 것이다. 밀어 떨어뜨린 후 호텔 종업원이 달려갔을 때까지의 짧은 시간이 범인을 위한 유일한 가능성인데 그것도 6시 30분경부터 사건 발생까지 스테이션에서 대기하고 있던 룸 보이에 의해서 부정되었다. 소렌센이 16층에 투숙한 것을 노려 16층처럼 위장하고 실제로는 15층이나 17층에서 밀어 떨어뜨린 것이 아닐까 하는 생각도 16층 외의 모든 방들이 잠겨있어 방안에 들어갈 수 없다는 사실에 의해서 부정되었다.

"누군가 내부에 있는 사람이 또 하나의 열쇠를 사용해서 16층 부근에서, 가령 바로 위나 아래에 있는 1517호실이나 1717호실에 소렌센을 데리고 가서 밀어 떨어뜨린 것은 아닐까요?"

이와 같은 의견이 제시되어 조사한 결과, 또 하나의 열쇠는 분명히 보관되어 있지만 독일제의 매우 정교한 실린더 자물쇠여서 제조업자 외에는 만들 수 없다는 것을 알았다.

일단 다짐을 해두기 위해서 16층을 제외한 10층에서 20층까지의 각 스테이션과 1617호실의 바로 윗방과 아랫방을 검사해 보았으나 어떤 종업원도 그날 밤 소렌센의 모습을 보지 못했다는 것을 증언했고, 각 방에도 사람이 싸운 흔적이 없었다.
"자살할 목적으로 뛰어내린 것을 밀려 떨어진 것으로 오인한 것이 아닐까?"
이러한 의견이 재차 거론되었다. 그렇지 않으면 밀어 떨어뜨린 범인이 반드시 호텔 종업원 중 누군가에 의해 발견되지 않으면 안 될 상황으로 되어 있었기 때문이다.
"어쨌든 해부결과를 기다려 보자."
나스는 신중한 어조로 말했다. 많은 목격자가 한결같이 잘못 보았다는 것도 이상한 일이고, 뿐만 아니라 그들 중에는 배율이 높은 망원경으로 본 사람도 있었다. 또한 자살이라면 그 이유도 조사해보지 않으면 안 된다. 사건 당시 16층에 있었던 두 사람의 호텔 관계자 주변도 더욱 엄밀히 조사를 해야 한다. 경솔하게 판단할 수는 없다.

제3장 고층(高層)의 밀실

1

이튿날 오후 해부결과가 나왔다. 사인은 두개골 분쇄와 전신타박이며 사망시간은 목격자들의 증언과 거의 일치된 전날 밤 24일 오후 6시부터 7시 사이라고 추정되었다. 뿐만 아니라 흥미 있는 사실은 시체의 팔이나 안면, 흉부 등에 격투의 흔적이라고 생각되는 피하출혈이 보였던 것이다. 피부에 검붉은 보랏빛이 나타내고 있어서 생전에 받은 손상이라는 것을 말해 주고 있었다.

목격자들에 의해 증언된, 즉 소렌센이 밀려 떨어졌으리라는 상황이 해부에 의해서 확인된 것이다. 이로써 소렌센의 추락사건은 타살로 확정되었다. 수사본부가 관할서인 마루노우치 서에 개설되었다.

같은 날 오후 4시, 제1회 수사회의가 마루노우치 서 제1회의실에서 열렸다. 출석자는 의장으로 관할서의 나카야마 서장, 본청 수사 1과에서 나온 나스 경감을 위시해서 제4호 조사실 사람들 및 관할서에서 본부로 투입된 수명의 형사, 그 외 감식반원을 포함해 총 20여명이다.

회의는 나카야마 서장의 간단한 인사 후 사건의 담당지휘관이 된 나스 경감의 사건발생 전후 상황 및 여태껏 판명된 제반 사실 설명으로 시작되었다.

"피해자의 시체에서 생활반응이 나타나서 이 사건은 타살로 확정되었소. 그러나 이렇게 되면 현장의 상황이 아무래도 기묘해집니다. 밀려 떨어진 것이 몇 사람의 목격자와 해부에 의해 입증되고 있으면서도 범인의 모습이 전혀 보이지 않고 있소. 피해자의 사망추정 시간은 해부에 의하면 어젯밤 6시부터 7시경이며 이것이 다수의 목격자에 의해서 6시 50분에서 55분까지라고 상세하게 한정되어 있소. 사건 전후 상황을 다시 한 번 확인해 보면 목격자의 신고를 받은 호텔 보안과장이 16층 스테이션에 연락하고 추락현장으로 달려간 것이 7시경이고, 거의 같은 시각 스테이션의 주임이 소렌센의 방으로 갔습니다. 그러나 주임은 1617호실에서 나오는 사람을 보지 못했소. 더구나 그날 밤 6시 30분경부터 사건발생 연락을 받을 때까지 스테이션의 정 위치에 보이 한 사람이 대기중이었는데 그는 1617호실에 출입한 사람을 보지 못했소. 스테이션은 비상계단과 엘리베이터 홀 앞에 위치해 16층에 출입하는 사람은 싫건 좋건 간에 한 번은 스테이션의 시야에 들어가지 않으면 안 됩니다. 그럼에도 불구하고 사건발생 전후에 1617호실을 출입한 자의 그림자도 보지 못했소. 범인은 보이가 스테이션에서 감시를 시작한 6시 30분 전에 침입했으리라는 것도 생각할 수 있소. 그러나 범행 후 어떻게 그곳을 탈출했는지 도무지 짐작이 가지 않소. 이런 터무니없는 경우는 없습니다. 어딘가 우리들이 찾지 못한 맹점이 있을 것이오. 그것을 여러분과 검토해 보고 싶소."

"이것은 일종의 밀실이군요."

나스가 입을 다물자 야마지가 코밑을 번뜩이면서 말했다.

"스테이션 앞에 있는 엘리베이터나 비상계단은 손님용이겠지요. 그렇다면 종업원용 엘리베이터와 같은 것이 따로 있지 않을까요?"

관할서의 하야시 형사가 발언했다.

"종업원용 엘리베이터나 계단은 분명히 있지만 그건 역시 스테이션 내부에 있어서 보이들의 눈을 속이고 사용할 수 없습니다. 뿐만 아니라 어젯밤은 '오오이'라는 보이가 스테이션 밖에 나와 있던 것 외에도 대기실에 주임과 다른 보이들이 있었으니 외부인이 출입하면 그들이 모를 까닭이 없지요."

스테이션을 직접 조사한 구사바가 하야시의 착안을 부정했다.

"사건 당시 16층에 투숙한 사람은 소렌센 이외에도 다섯 명이 더 있었습니다. 그중 방에 남아 있던 사람은 1651호실에 야자키 식당부장과 1680호실에 기술자 두 사람입니다. 그들의 범행은 불가능할까요?"

"요컨대, 이 두 사람은 스테이션의 보이 말고는 가장 현장 가까이 있었던 사람들입니다. 감시역의 보이나 달려간 주임의 눈에 띄지 않았다고 해도 어딘가 틈을 만들 수 있다고 생각합니다만."

"딴은 그렇군. 6시 30분부터 보이가 감시하고 있었고, 7시경 보안과에서 사건의 급보를 받고 분담해서 각 방으로 달려가는 동안에 그럴 틈이 있었는지도 모르겠군."

나스가 말했다. 자기들이 담당하는 층으로 터무니없는 연락이 오면 깜짝 놀라서 스테이션을 비울 경우도 충분히 생각된다. 니시다 주임은 분담해서 베이뷰 페이스의 사용중인 방을 체크했다고 증언했다. 분담해서 했다는 것은 짧은 시간이나마 스테이션에 전혀 사람이 없었다는 것을 의미하는지도 모른다.

이것은 재확인할 필요가 있다고 나스는 생각했다.

"방에 투숙하고 있었지만 사건 당시 방에 없었던 사람들도 검토할 필요가 있다고 생각합니다."

관할서의 무라타가 새로운 의견을 내놓았다.

"그러나 방에 없었다는 건 알리바이가 되잖소."

야마지가 반박했다.

"분명히 그렇습니다만, 세 사람의 부재자 중 이하라 사장과 야마모토 부장은 건너편 고층 레스토랑에서 사건을 목격하고 있었으니 확실한 알리바이가 있다고 할 수 있지요. 그러나 비서는 현재까지도 사건 당시 어디에 있었는지 모릅니다. 현장에 없었다는 것은 틀림없이 훌륭한 알리바이입니다만 동시에 어디에 있었는지 모른다는 것은 아무래도 마음에 걸립니다."

해부결과가 나올 때까지는 타살이라고 단정 지을 수 없기 때문에 본격적인 수사는 아직 개시되지 않았다. 이와 같이 전원이 모여 다시 한 번 데이터를 검토하면 확인할 사항이 차례로 떠오르게 마련이다.

"스테이션에 있던 사람들은 어떨까요? 그들이 범인이라면 일은 비교적 간단하게 할 수 있었을 겁니다."

본청에서 온 요코와타리 형사가 엉뚱한 의견을 말했다. 엉뚱하기는

제3장 고층(高層)의 밀실 39

했으나 가능성이 있는 의견이었다. 그들 중 누군가 혹은 전원이 범행에 가담했다면 밀실은 간단하게 해결된다. 나스 경감은 그것도 일단은 검토하겠다는 몸짓으로 적요란에 기입했다.

"스테이션 사람들이 범인이 아니더라도 범인을 감싸고 있는지도 모릅니다. 호텔 내부 사람의 범행이라면 감싸주고 싶은 심정도 있을 것 같습니다만." 구사바가 말했다.

회의는 명안을 짜내는 식으로 차례차례로 의견이 제시되었다.

"그러나 살인범을 감싸준다는 것은 다소 무리가 아닐까요. 게다가 호텔의 내부 사람이라고 하지만 아직 개관 전이라 친숙하지도 않을 것이고요."

하야시 형사가 반박했다. 이로써 앞서 비난받은 데 복수를 한 셈인데 당사자들은 특별히 신경 쓰는 것 같지는 않았다.

2

결국 회의에서 다음 5개 항목을 수사 방침으로 정했다.
① 야자키 식당부장 및 오쿠아키 기술부원의 사건 전후 행동 조사와 동기 수사.
② 사건 전후 스테이션의 공백 시간 유무에 대한 재조사.
③ 스테이션 요원의 행동과 동기의 조사.
④ 오자와 비서의 알리바이 조사.
⑤ 이하라 사장과 야마모토 객실부장의 동기 조사.

그리고 ①, ②, ③의 수사는 요코와타리·하야시 조가, ④는 야마지·무라타 조가 ⑤는 구사바·가사이 조가 각각 담당하기로 했다.

요코와타리 조는 먼저 스테이션을 재검사했다. 그리고 ②에 관해서 사건 전후 스테이션에는 '공백'이 전혀 없었던 것을 확인했다.

보안과에서 연락을 받은 것은 니시다 주임이다. 그때 오오이 군은 스테이션의 정 위치에 서 있었다. 베이뷰 페이스 쪽에서 사람이 떨어졌다는 연락을 받고 황급히 사람이 투숙중인 동쪽 객실로 달려갔다.
 1617호실에 간 것은 니시다였고 1620호실과 1621호실에는 오오이와 쭈조, 1607호실에는 사사키가 달려갔다. 플로어 패스 키(각 층의 모든 방에 맞는 열쇠)는 니시다 밖에는 가지고 있지 않았으므로 그때 부재중이던 1607, 1620, 1621호실에는 들어갈 수가 없어서 세 명의 보이들은 복도에 그대로 서 있었다. 따라서 복도는 그들의 시야 속에 있었다.
 만약 그 동안 범인이 탈출을 시도했다면 당연히 그들 중 누군가의 눈에 뜨였을 것이다. 뿐만 아니라 그 직후 보안과의 요원을 위시하여 호텔 관계자와 수사관들이 성난 파도처럼 밀려왔기 때문에 범인에게 탈출의 기회는 전혀 없었다. 부재중이었던 3개의 객실은 그 후 바로 '패스 키'에 의해서 개방되고 범인이 숨어 있지 않은 것이 확인되었다.
 동시에 야자키의 1651호실과 오쿠아키의 1680호실에도 사람이 가서 사건을 전하고 그때 투숙객 이외의 사람이 없었던 것을 확인했다. 사건이 사건인 만큼 화장실이나 옷장의 내부도 검사했다.
 요컨대 스테이션에는 공백이 없었던 것이 재확인된 것이다.
 다음으로 ③의 스테이션 요원의 수사에 관해서는 니시다도 보이들도 피해자와는 아무런 관련이 없었고 모두가 호텔 개업에 대비해서 개별적으로 채용되어서 공범관계가 성립할 여지가 없었다.
 그러나 수사를 진행하던 요코와타리 조는 매우 흥미 있는 사실을 알아냈다. 1651호실에 때마침 있었던 야자키 부장은 소렌센이 미국에서 데리고 온 식당·연회 관계의 베테랑으로 그가 미국에서 결혼한 아내 줄리아가 실은 전부터 소렌센과 관계가 있었다는 정보를 얻은 것이다. 야자키가 일본으로 온 것도 소렌센이 실력에 의한 발탁이 아니라 줄리아와의 불륜관계를 지속하기 위해 끌려왔다는 소문이다.
 다음으로 1680호실의 오쿠아키는 사건 며칠 전 에어컨의 온도 건으로 소렌센으로부터 호되게 꾸지람을 듣고 거의 사표를 내던질 뻔했는데 마침 그 자리에 있던 오자와 비서가 타일렀다는 것을 알아냈다. 이것이 그대로 살인동기가 된다고 생각하는 것은 경솔한 판단이긴 하지만 적어도 피해자에게 악감정을 품고 있는 사람 축에 끼울 순 있었다.

야자키에 관해서는 그의 아내와 소렌센의 관계가 훌륭한 살인동기가 될 것이다. 아내를 희롱하기 위한 방편으로 취직이 된 남편의 굴욕은 생각할 수 없을 정도로 깊었으리라. 마음속 깊이 피를 흘리며 상처를 소리 없이 홀로 달래면서 쌓이고 쌓인 굴욕을 단숨에 풀 기회를 노리고 있었는지도 모른다.

강약의 차이는 있지만 사건 당시 현장 부근에 있었던 두 남자가 저마다 동기를 보유하고 있었다는 것은 예사로운 일은 아니었다.

그러나 그들에게는 알리바이가 있었다. 현장 부근에 있었다는 것은 현장엔 없었다는 것이다. 부근이기는 하지만 현장 그 자체는 아니다.

그들이 현장에 가지 않았다는, 아니 갈 수 없었다는 것은 스테이션에 의해 증명되고 있었다. 몹시 짧은 거리와 시간의 간격에 의한 알리바이이기는 했으나 절대적인 것이었다. 요코와타리와 하야시는 이마를 마주 대고 조사해 온 데이터를 검토했으나 그들의 알리바이를 무너뜨릴 만한 틈을 발견할 수 없었다.

제4장 현장에 없었기에 증명된 알리바이

1

26일 아침, 야마지와 무라타 형사는 이하라 호텔의 제1사장비서인 오자와를 찾아갔다. 호텔이나 클럽 등의 고급 접객업은 형사들이 정면 현관으로 방문해 오는 것을 환영하지 않는다. 두 사람은 종업원 통용문 쪽으로 갔다. 정면 현관에 있는 금테로 치장한 도어맨과는 다르게 검은 유니폼을 입은 수위가 있었다.

뜻밖에도 이런 곳에서 정년퇴직한 형사를 만나기도 한다. 오늘은 그저께부터 현장 수사로 얼굴이 익숙해진 수위가 있었다.

오자와에게 면회를 신청하자,

"사장 제1비서인 오자와 히데히로 씨 말인가요?" 하고 되물었다.

수위는 내선전화로 잠깐 동안 통화를 하더니

"위층 로비에서 만나시겠답니다. 안내를 해드리지요."하며 일어섰다.

두 형사는 종업원 전용 통로로 안내되었다. 나지막한 천장과 회색의 벽은 마치 형무소 내부와 같은 살풍경이었다.

그곳을 3~4명 혹은 5~6명씩 떼를 지어 웨이트리스나 엘리베이터 걸 또는 어떤 임무를 맡고 있는지 알 수 없는 유니폼을 입은 종업원들이 걷고 있었다. 통로가 황량하게 느껴지는 만큼 복장이 다채로워 보였다. 종업원용 엘리베이터로 안내되어 1층으로 올라갔다.

어느 틈에 내려갔는지 알아차리지 못했지만 형사들이 엘리베이터를 탄 곳은 지하 5층이었다. 순식간에 1층에 이르러 또다시 통로로 안내되었다. 수위가 도어 한쪽을 누르자 형사들은 순간 세상이 변했는가 하고 생각했다.

'딸깍딸깍'하고 콘크리트 바닥을 울리던 구두소리는 푹신푹신한 카펫에 파묻히고 높은 천장에는 거대한 장식 줄과 같은 커다란 샹들리에가 늘어져 있다. 장대한 벽화와 우아한 BGM(배경음악), 부드러운 간접 조명 속을 정장차림의 남녀가 열대어처럼 화려하게 움직이고 있다. 외국인의 수가 압도적으로 많은 것 같았다.

형사들은 지금까지 그다지 관심이 없었던 자신들의 복장에 갑자기 열등감을 느꼈다. 수위는 유니폼이니 괜찮겠지만, 주위를 둘러보아도 형사들처럼 초라한 복장을 하고 있는 사람은 없었다. 그 수위도 그들을 소파에 안내하고는 지체 없이 가버렸다.

최근 수사계 형사들 중에도 멋을 내는 사람이 늘었지만 공교롭게도 야마지와 무라타는 복장에는 관심이 없는 편이었다.

"오늘이 개업 이틀째였군."

"그래서 이렇게 혼잡하군요."

"동양 최대 호텔이라서 구경꾼들이 많이 몰려왔는지도 모르지."

"연말인데도 할 일 없는 사람들이 많군요."

두 형사가 그런 말을 속삭이고 있는데 짙은 양복을 멋지게 입은 30세 전후의 날씬한 남자가 다가와서,

"오래 기다리셨습니다. 오자와입니다. 이번 일로 수고가 많으십니다."라고 인사를 했다.

두 사람이 오자와와 정식으로 이야기를 하는 것은 지금이 처음이다. 사건이 일어나고 현장검증 때 달려온 이하라 사장 뒤에서 얼씬거렸던 것 같기도 했다. 그러나 그때는 자살인지 타살인지 확실치 않았기에 시체 관찰과 16층 검사에 수사 초점이 놓여 있었고, 현장 부재자의 사정청취가 본격적으로 시행되지는 않았었다.

해부로 타살이 확정되었고, 수사회의에서 오자와의 사건발생시의 소재불명이 문제된 것은 어젯밤의 일이었다.

도망칠 우려가 없었으므로 오늘 아침에 듣기로 한 것이지만 그들을 대하는 오자와의 태도는 무엇 하나 꺼림칙한 점이 없는 듯 당당했다.

"예의 사건 때문에 오늘 또 찾아왔습니다."

명함을 교환하자 야마지는 단도직입적으로 물었다.

"사건에 다소라도 관련 있는 분들은 모두 찾아뵙고 있으니 부담 갖지 마시고 대답해 주십시오."

"어떤 일일까요? 제가 대답할 수 있는 일이라면 무엇이든지 물어보세요."

오자와는 접객업자 특유의 잘 훈련된 웃음을 지었다.

"미스터 소렌센이 떨어진 6시 50분에서 7시 사이에 어디 계셨습니까? 솔직하게 대답해 주시기 바랍니다."

두 형사는 오자와의 표정에 시선을 집중시켰다.

"그와 같이 짧은 시간 내의 행동을 물으시면 약간 곤란한데요."

오자와는 턱에 손을 대고 생각에 잠기는 몸짓을 했다. 표정에서 특별히 변화라고 할 만한 것은 찾아볼 수 없었다. 그러나 감정의 조절을 영업으로 하고 있는 사람이기에 믿을 수 없다.

"하지만 살인 사건이 있었던 시간이니 기억은 있으시겠지요."

야마지가 말을 던졌다.

"아니, 잊어버렸다는 게 아닙니다. 5분이나 10분 정도의 짧은 시간 동안 어디서 무엇을 하고 있었느냐고 물으셔도 증명할 수 없다는 뜻입니다."

변명은 그럴 듯했다. 몇 일엔 무엇을 하고 있었느냐 라든가, 어느 날 밤에는 어디에 있었느냐 라는 것이면 증명하기 쉽겠지만 5분이나 10분 동안의 알리바이를 요구하면 곤란한 경우가 많다.

"그럼, 그 시간에 있었던 장소를 증명할 수 없다는 것인가요?"

야마지는 그런 사정은 헤아리지 않고 직선적으로 추궁했다.

"그렇습니다. 마침 그 시간에 나는 건너편 '봉구'에서 개최된 리셉션에 참석하기 위해서 거리를 걷고 있었습니다. 도중까지 왔을 때 사람들이 호텔에서 사람이 떨어졌다고 떠들어대서 '봉구'로 가는 것을 그만두고 급히 호텔로 돌아왔습니다."

오자와는 머뭇거리는 기색도 없이 대답했다.

"그때 누군가 아는 사람을 만났습니까?"

"아니오."

"사장의 제1비서인 당신이 리셉션에 늦은 건 어떤 까닭인가요?"

"다음 날 개업 준비로 자질구레한 사무가 남아 있었기 때문입니다."

야마지는 썩 잘하는 해명이라고 생각했다. 개업 전야이므로 그와 같은 사무가 산더미같이 쌓여 있는 것은 충분히 인정된다. 자질구레한 사무라면 혼자 처리했다고 해도 조금도 이상할 건 없기 때문이다.

"그러나 말입니다, 형사님."

이때 오자와의 미소를 띠었던 눈에 한순간 예리한 칼날처럼 차가운 빛이 지나갔다.

"형사님께서는 제가 사건이 있었을 때 어디에 있었느냐는 것만 문제삼고 16층 미스터 소렌센 방에 내가 없었다는 것은 조금도 생각해 주시질 않는군요. 총지배인께선 누군가에게 떠밀려 떨어졌다는 말을 들었습니다만 제가 그때 16층에 없었던 것은 확실합니다. 그것은 스테이션에 있던 사람이나 달려갔던 관계자들에게 물어 보시면 명백해질 겁니다. 아니, 형사님께서 이미 알고 계시는 일이 아닐까요. 그 자리에 없었던 제가 어떻게 사람을 밀어 떨어뜨릴 수가 있겠습니까? 사건이 일어났을 때 그 장소에 없었다는 것만 증명된다면 그가 현장 밖 어디에 있었던 간에 문제될 게 없지 않습니까? 그것이 알리바이라고 생각합니다만."

지금까지 형사들에게 일방적으로 추궁받던 오자와가 비로소 반격해 왔다. 그러나 그것은 형사들에게는 결정적인 반격이었다.

현장에 없었던 것이 분명한 사람에게 현장 이외의 어디에 있었는가의 증명을 요구하는 것은 대체로 넌센스였다. 그것을 알고 있으면서도 굳이 오자와를 추궁하는 것은 16층에 투숙했던 다섯 사람 중에서 그 한 사람만이 사건발생시의 소재가 분명치 않았기 때문이었다. 그 점에 수사본부는 의혹을 느낀 것이다. 그러나 이것은 추궁당하는 쪽에서는 극도로 불쾌한 일이었다.

오자와가 자신 있게 현장 부재를 주장하는 것은 설사 증인은 없어도 그가 그 시각 호텔의 외부에 있었기 때문이었으리라.

2

"어떻게 생각하나?"
오자와가 가버린 뒤 로비에 앉아 야마지는 무라타에게 물었다.
"글쎄요."
본청 수사 1과의 베테랑과 한 조가 된 젊은 무라타 형사는 신중하지 않을 수 없었다.
"오자와의 변명은 일단 합격입니다만 아무래도 꺼림칙한 것이 느껴집니다."
"허어, 어떤 점이?"
"오자와는 자신이 16층에 없었다고 너무나 자신 있게 말했습니다. 그것은 틀림없이 스테이션에서 확인되었습니다. 보통 알리바이라는 것은 사건발생 현장 이외의 어디에 있었다는 것을 증명하는 겁니다. 그러나 오자와는 현장에 없었던 것이 증명되었으니 현장 이외의 어디에 있었는가를 증명할 필요가 없다고 주장했습니다. 분명히 그의 말대로입니다. 그러나 그는 어째서 스테이션 사람들이 자신의 알리바이를 증명해 준 것을 알고 있었을까요?"
"나중에 알았을지도 모르지."
"그럴지도 모릅니다. 그러나 제게는 그가 처음부터 스테이션에서 증명해 줄 것을 알고 있었던 것 같습니다. 그러니 현장 이외의 어디에 있어도 문제가 아니라고 한 것입니다. 이건 알리바이임에는 틀림없지만 보통 알리바이와는 반대의 현상이 되고 있습니다. 만약 스테이션에서 증명을 해주지 않을 경우에는 오자와도 필사적으로 알리바이를 증명하지 않으면 안 되는 겁니다. 16층에 투숙하던 사람 중 유독 그만이 사건 당시의 소재가 불분명하니까요."
"스테이션이 증명해 주었기 때문에 안심해 버린 게 아닐까?"

야마지는 우선 반대 의견을 말했지만 그건 무라타의 마음을 부드럽게 해주어 그의 의견을 꺼내기 위해서였다. 실은 무라타의 의견이 점점 자신의 생각에 가까워지는 것을 기쁘게 생각하고 있었다.

"바로 그 점입니다만, 저는 하나의 가설을 세워 보았습니다. 만약 오자와가 어느 연유로 사건에 관련되었다면 어땠을까 하고요. 그런 경우 그는 스테이션이 자신의 알리바이를 증명해 주리라는 것을 반드시 알고 있었을 겁니다. 그렇지 않다면 스테이션의 증명은 아주 우연인 셈이니까요."

"그렇다면 스테이션이 공범이라는 뜻인가?"

그 수사 방향은 이미 부정되었다.

"아닙니다. 그런 뜻이 아니라 스테이션이 그렇게 증명하도록 계획한 게 아닌가 하는 겁니다."

"……."

"스테이션의 보이가 그날 밤 6시 30분부터 감시위치에 있었다는 것도 생각해 보면 오자와로서는 상당히 편리하게 되었습니다. 그날 밤은 개업 전이라서 손님은 아직 투숙하지 않았습니다. 그럼에도 불구하고 사건 약 30분 전부터 보이가 감시에 임했고, 더군다나 그들의 얘기대로 죽 대기하고 있었다는 것은 아무래도 지나치게 잘 짜여져 있습니다. 실제로 그전에는 스테이션에 사람이 대기하지 않았으니까요."

"그럼, 보이가 대기하도록 오자와의 지시가 있었다는 얘기로군."

야마지의 눈빛은 달려졌다. 반대의 알리바이에 왠지 모르게 불신감을 품고 있었지만 보이가 오자와의 도구(공범이나 종범(從犯)이 아니다)로 쓰여 지지 않았는가 하는 것은 새로운 견해였다.

분명히 손님도 없는데 6시 30분부터 갑자기 보이가 대기했다는 것은 지나치게 잘 짜여져 있는 일이다. 요컨대 부자연스럽다.

"다시 한 번 보이를 조사할 필요가 있습니다. 그 자신의 의사로 대기한 것인지 아니면 누군가의 명령으로 대기한 것인지……."

두 사람은 그 길로 16층으로 올라갔다. 스테이션은 오전 당번, 오후

당번, 야근 등의 삼교대제였고, 니시다 반은 마침 그 날 이른 당번으로 자리에 있었다. 그렇다고 하지만 당분간 교대제와는 관계없이 전원 총출동하는 형식으로 근무한다는 이야기였다.

대기위치에 있었던 오오이는 니시다의 명령이었다고 대답했고 또한 니시다는 오자와 비서로부터 사장과 총지배인이 6시 30분쯤 관내를 순찰할 것이니 대기하도록 연락을 받았다고 진술했다.

"오자와 비서! 정말로 오자와……씨였습니까?"

형사의 어조는 들떠 있었다. 수사에 있어서 비로소 커다란 성과가 있었던 것이다.

"예, 하지만 그것이 무슨 상관이……?"

니시다가 의아한 표정을 짓는데 또다시,

"그래서 사장 일행의 순찰이 있었습니까?"

"아니오, 그런 사건이 일어났기 때문에……."

"오자와 비서가 순찰 시간을 말하지 않았습니까?"

"얼마 후라고만 했습니다."

"가끔 사장님의 순찰이 있습니까?"

"있습니다. 사장님, 총지배인, 각 부의 부장이나 과장들까지 약 40~50명쯤 되었고 우리들은 그것을 호화행렬이라고 부르고 있었습니다."

"그 호화행렬인가 하는 것은 언제나 예고 없이 있습니까?"

"예고를 할 때도 있고 별안간 할 때도 있었습니다. 때에 따라 다릅니다. 간부들도 개업 전이어서 신경이 날카로운 모양입니다."

그렇게 말하고 니시다는 하지 않아도 될 말을 했구나 하는 가벼운 후회 같은 표정을 지었다. 그러나 이미 형사들이 알고 싶은 것은 거의 알아낸 후였다.

"한 가지 더 알려 주십시오. 그 순찰 연락은 언제나 오자와 비서가 합니까?"

"오자와 씨가 할 때도 있고 총무과에서 연락해 올 때도 있습니다. 그것도 경우에 따라 다릅니다."

지금까지 명확하게 대답하던 니시다의 어조에서 주저하는 기미가 보였다. 갑자기 형사들에 대한 경계심이 일어난 모양이다. 혹은 쓸데없는 말을 해서 상관에게 꾸중을 듣고 싶지 않다는 자기 보호 본능 때문인지도 모른다.

이쯤 되면 생각했던 대로 수확을 얻을 수 없게 된다. 자칫 무리하게 강요라도 하면 사실과 다른 비뚤어진 진술을 하게 된다.

또다시 관계 부서를 조사해본 형사들은 16층 외의 어느 부서에도 그 날 순찰이 있다는 연락을 받지 않았다는 것을 알아냈다. 그리고 실제로 순찰은 시행되지 않았던 것이다.

그것도 순찰중에 취소된 것이 아니라 처음부터 없었던 것이다.

"사장을 한번 만나볼 필요가 있겠군."

"뿐만 아니라 사장은 그때 분명히 전야제 파티에 출석하고 있었지요? 그런 곳에 나가 있는 사람이 순찰을 할 까닭이 없습니다."

만약 순찰의 통고가 사장 명령을 사칭하고 이루어졌다면 오자와에 대한 의혹은 씻을 수 없는 것이 된다.

두 형사는 당장 행동을 개시했다. 상대가 동양 최대 호텔의 사장이라도 상관없다. 이것은 살인 사건의 수사이다. 사건에 관계가 있는 자와는 닥치는 대로 부딪쳐야만 한다.

그러나 용의자는 아니었으므로 상대의 형편에 따라야만 했다. 비서를 통해 면회를 요구하자 5분간이라면 만나겠다는 얘기였다.

"5분간이라, 아니꼽게 구는군."

야마지는 쓴웃음을 지었다.

"어쩔 수 없지요. 상대는 이 호텔에서 천황 폐하 이상의 존재입니다. 게다가 개업 시초여서 현기증이 나도록 바쁠 때니까요."

무라타가 사장을 변호하는 입장이 되었다.

프런트 뒤쪽에 있는 '종업원 전용'이라고 영어로 쓰여 있는 도어를 밀었더니 기능성 위주의 황량한 방이 나왔다.

그곳 안쪽에 사장실이 있었다. 내부는 객실과 똑같이 호화로운 분위기의 공간이었다. 전면에 있는 사무실의 타이프라이터나 차들이 왕래하는 금속성의 잡음은 문을 닫으면 완전히 차단된다.

호텔에서는 건물의 가장 좋은 곳을 손님용으로 모두 양보하기 때문에 종업원용 사무실은 잠수함처럼 창문이 없는 것이 보통인데, 여기만은 벽을 막아 특수한 투명도를 가진 유리로 꾸며져 있었다. 외부와 차단해서 방을 만들었는데 외부와 일체 되어 있는 느낌을 준다.

전면에는 호텔의 자랑인 일본식 정원에 잔디가 펼쳐 있어서 실내에 깔아 놓은 녹색 카펫과 연결된 듯 보였다.

"개업 초가 되어서 전쟁과 같은 소동입니다. 시간이 넉넉하지 못해서 죄송합니다."

이하라 교헤이는 5분간이라는 쓸쓸한 인터뷰에 응해 준 사람치고는 매우 상냥하게 의자를 권했다.

오자와의 모습은 보이지 않았고 실내에는 젊은 여직원이 구석에 놓인 책상에서 뭔가 쓰고 있었다.

형사들의 시선을 눈치챘는지 이하라는 여자에게,

"잠깐, 자리를 비켜 주지."

하고 명령했다. 2세 도련님 사장치고는 꽤 눈치가 빠르다.

"바쁘신 것 같으니 바로 질문을 하겠습니다."

야마지는 서론을 빼버리고 본론으로 들어갔다.

"사장님께서 그저께 사건이 발생했을 무렵 사내 순찰 예고를 16층 스테이션에 하도록 오자와 비서에게 명령하셨습니까?"

"아아, 말씀을 들으니 생각나는군요. 그런 명령을 한 듯 합니다. 그러나 마침 같은 시간에 리셉션에 나갈 예정이 생각나서 결국 순찰을 하지 못했습니다."

"중지 연락은 했습니까?"

"특별히 하지는 않았을 겁니다. 사내의 일이라서 대수롭지 않으니까요."

"오자와 비서는 16층에만 순찰의 연락을 했습니다만."

"그건……, 아마도 내 방이 16층에 있기 때문이겠지요."
여기까지 이야기를 했을 때 책상의 전화가 울렸다.
수화기를 들고 그는, "모두 모였나? 알았네. 그럼, 곧 가지."
하고 짧게 대답하고 그는 상냥한 얼굴로 형사들을 보며,
"대단히 죄송합니다만 지금부터 중요한 회의에 나가야 합니다. 정말로 수고가 많으십니다. 우리 호텔의 자랑인 커피라도 올릴 테니 아무쪼록 천천히 쉬어 가십시오." 하며 일어섰다.
좋은 환경에서 자란 웃음을 띤 얼굴 속에는 하나의 맘모스 호텔을 이끌어나가는 젊은 경영자의 위엄 같은 것이 느껴졌다.

두 사람은 호의만을 받고 사장실을 물러났다. 다시금 인사과와 사내를 여기저기 돌아다니다가 형사들이 본부로 돌아온 것은 겨울 해가 빌딩 뒤로 떨어진 후였다.

3

형사들이 모아온 자료가 수사회의에서 논의되었다. 하루의 수사수확으로는 상당한 성과라고 할 수 있었다.
먼저 요코와타리 조가 스테이션을 믿을 수 있는 것과, 사건발생시 방에 남아있던 야자키 히로시와 오쿠아키 다케오의 동기라고 할 수 있는 것을 보고했다.
다음으로 야마지 조는 오자와의 '현장에 없었기에 증명된 알리바이'에서 스테이션의 '대기'가 오자와의 명령(사장명이긴 했지만)에 의한 것이라는 말을 하자 수사관들 사이에 웅성거리는 소리가 들렸다.
"이하라 사장은 분명히 순찰 예고를 오자와에게 하도록 지시한 것을 인정했습니다만 오자와는 그것을 16층에만 전했습니다. 16층에 연락한 직후 사건이 발생한 것이라면 그것도 납득이 가지만 그가 니시다에게 대기를 하도록 명령한 것은 6시 30분 전이었습니다. 소렌센이

떨어진 것은 6시 50분에서 55분 사이입니다. 이 정도 시간이면 호텔 전관에 예고할 수 있었을 겁니다. 그럼에도 불구하고 오자와는 16층에만 연락했습니다. 그로서는 16층만 대기하고 있으면 된 겁니다. 자신의 알리바이를 증명해 주기 위해서."

야마지를 대신하여 발언을 마무리한 무라타는 수사관 일동을 둘러보았다. 일동은 무라타의 행동에서 야마지 조가 조사해 낸 데이터에 대한 자신감을 느꼈다.

"오자와에게 동기가 있나?"

나스 경감이 물었다.

"유감스럽지만 지금까지 조사한 바로는 특별히 동기라고 할 만한 것이 없었습니다. 그러나 아무래도 부자연스런 점이 많습니다."

"계속 탐색해 보게."

나스로서는 사소한 어색함 때문에 동기가 없는 인간을 쫓는 예상수사가 되는 것을 우려하고 있었다. 개업 전야였다. 몇 십 명이라는 종업원이 사방팔방에서 모여 동양 최대 호텔을 개관하기 직전이었으니 모든 것이 순조롭지 않았을 것이다. 아니 순조롭기는 고사하고 수많은 트러블이 있었을 것이다.

제3자의 냉정한 눈으로 보면 부자연스럽게 보이지만 내부 사람으로서 상황을 잘 살펴보면 지극히 당연한 상태였는지도 모른다. 나스는 곧잘 '프로의 눈으로 보지 말게.' 하고 말했다.

프로의 매서운 눈으로 보기 때문에 아마추어가 보는 것과 달라지는 것을 우려해서이다. 그래서 진실을 발견할 수 있다면 다행이지만 프로로서 지나치게 의심의 눈으로 보면 오히려 단순한 표면의 현상을 놓치게 되는 수도 있다.

무라타의 뒤를 이어 야마지가 오자와의 경력을 보고했다.

오자와 히데히로는 현재 28세이고 수년 전, 사립대학인 F대를 졸업함과 동시에 정규 입사시험을 치르고 이하라 그룹의 핵심 기업체인 동도고속전철에 입사했다. 얼마 후 그의 하나를 듣고 열을 깨닫는 예리한 두뇌를 도메기치에게 인정받아 사장실 근무로 발탁되었다.
 그 후 교헤이가 신축한 호텔의 사장으로 부임함과 동시에 동도고속에서 옮겨와 제1비서가 되었다. 출생지가 북 알프스 산록이어서 산을 좋아했고 고등학교와 대학시절을 줄곧 산악부로 활동했으며, 리더로 상당히 고도의 등반을 했던 모양이다. 그러나 입사와 동시에 등산을 그만두었다. 그는 등산 외에도 스포츠라면 무엇이든지 할 줄 아는 만능 스포츠맨이었다. 카메라도 프로급으로 언제나 소형 카메라를 들고 다녔다. 현재 그는 독신이며 특별히 사귀는 여성은 없다고 한다.
 "호텔의 인사 관계와 주변을 대충 탐색한 것뿐이니 표면적인 데이터뿐입니다만 좀더 조사하면 뭔가 더 나올 거라고 생각합니다."
 계속 조사할 것인가 아닌가를 나스의 판단에 맡기는 얼굴로 야마지는 보고를 끝냈다.
 마지막으로 말문을 연 것은 수사방침 ⑤의 이하라 사장과 객실부장 야마모토 기요유키를 담당한 구사바와 가사이 조였다.
 "우리들은 아직 이하라 사장과 야마모토 객실부장에게 직접 부딪쳐 보지는 않았습니다만."
하고 가사이는 서론부터 말했다.
본인에게 관계되는 사항을 직접 알아보는 것은 좋은 조사 방법이 아니다. 이미 널리 알려진 사실도 공연히 본인이나 그 측근자에게 물었기 때문에 숨겨지는 수가 있다. 특히 본인의 입장이 미묘 복잡할 때는 더욱 그렇다.
 "이것을 살인동기라고 할 수 있는지 경솔하게 판단할 수는 없지만, 소렌센과 이하라 사장 사이가 최근에 경영상의 일로 꽤 팽팽했다고 합니다."
 "호오." 하는 소리가 어디선가 들리고 수사관들의 눈이 가사이의 입 언저리에 모였다.
 "소렌센은 경영 실무를 맡겨 준다면 저금리 외자의 장기융자를 알선해 주는 한편 객실을 항상 90% 가동을 선대 사장에게 약속했었고,

그것이 호텔 건설의 직접동기가 되었다는 겁니다. 그런데 선대가 죽자, 소렌센은 갑자기 그런 약속을 한 사실이 없다고 말하기 시작했다고 합니다. 선대와는 구두약속뿐이라서, 아무런 증거가 없는 것을 빌미삼아 소렌센은 객실가동률 90% 유지란 터무니없는 소리라고 꿈이라도 꾸고 있는 게 아니냐며 아주 쌀쌀맞게 굴었던 모양입니다.

그러면서도 경영위탁금으로 총수입의 5%를 이익이 있던 없던 간에 받겠다는 악착스러운 태도에 젊은 이하라 사장도 격분해서, 그런 무책임한 사람에게 경영을 위탁할 수는 없다며 이하라 호텔은 일본인만으로 경영해도 충분하다고 말했다는 겁니다.

그 때문에 두 사람은 심한 언쟁을 했고, 그동안 여러 번 붙잡고 싸우려던 일도 있었다는 겁니다. 종업원들의 입이 무겁고 게다가 정상급들의 경영상 복잡한 갈등에 관계되는 일이기 때문에, 우선 이 정도밖에는 모릅니다만 앞으로 계속 조사를 해나가면 더욱 재미있는 사실이 떠오를지도 모릅니다."

"소렌센과 이하라 사장 부인 사이에 스캔들은 없는 것 같은가?"

유심히 듣고 있던 나스가 눈을 들었다.

이하라 아야코가 몹시 화려하고 자유분방한 여자이며 소렌센이 상당한 플레이보이였다는 것을 연관시켜 본 것이다. 소렌센은 부하의 아내와 적당히 재미보고 있는 남자인 것이다. 아름답고 자유분방하며 상류사회의 우아한 분위기가 태어날 때부터 몸에 배어 있는 유부녀에게 국제적인 플레이보이가 손을 댈 가능성은 충분하다.

만약 그렇다면 이하라 교헤이의 동기는 매우 강한 것이 된다. 사업상 알력에다가 아내까지 빼앗긴 것이다. 이것은 충분히 살인 동기를 형성한다.

지금까지는 이하라에게 절대적인 알리바이가 있고 소렌센과 대립관계였던 것이 떠오르지 않았다. 때문에 소렌센과 이하라의 아내와의 스캔들은 생각하지 않았지만 수사의 진전과 함께 플레이보이인 외국인과 방종한 유부녀를 연관지어 생각하지 않을 수 없게 되었다.

"유감스럽지만 아직 거기까지 확인하지 못했습니다. 사장 부부의 프라이버시에 관한 일이기 때문에 누구나 입이 무거워집니다. 그러나 시간을 들여서라도 반드시 찾아내겠습니다."

같은 생각을 하고 있었던 가사이는 진심으로 유감스런 표정을 지으며 말했다.

"1607호실에 있던 야마모토 객실부장 쪽은 어떤가?"

나스는 다음을 재촉했다.

"그 사람도 동기가 있는 사람이라고 할 수 있습니다. 그 일에 관해서는 직접 조사한 구사바 형사가 말씀드릴 겁니다."

가사이에 이어 구사바가 입을 열었다.

"종업원 휴게실에 잠입해서 알아낸 건데요……."

구사바는 프랑스의 유명 희극배우를 닮은 우스꽝스러운 풍모로 담담히 이야기를 시작했다. 형사답지 않게 확 트이고 사람을 따르게 하는 분위기는 아무리 입이 무거운 사람이라도 말을 하게 만드는 것이다. 나스는 어쩐지 우스워졌다. 구사바는 호텔의 종업원 휴게실 같은 곳에 정말로 어울린다고 생각되었기 때문이다.

그와 같은 나스의 생각을 아는지 모르는지 구사바는,

"야마모토는 전에 동도 호텔의 프런트 과장대리를 지낸 사람인데 이하라 호텔의 개관 때 객실부장으로 스카우트된 겁니다. 그런데 소렌센이 야마모토의 어학실력이 부족한 것을 지적하며 적임자가 아니라고 했다는 겁니다. 야모모토를 비난한 것은 소렌센이 미국에서 데리고 온 부하를 야마모토 자리에 앉히고 싶었기 때문이라는 소문이 나돌고 있습니다. NI사와 경영 위탁계약에는 종업원의 인사권까지도 일임하고 있으므로 호텔 측에서는 야마모토에게 동정은 하고 있지만 어쩔 수 없었다고 합니다. 일단 부장 명칭은 붙어 있지만 불원간 물러날 운명에 있었습니다. 이런 꼴이라면 동도 호텔에 있는 편이 나았다고 본인도 자주 푸념을 했고 모든 게 소렌센 때문이라고 몹시 원망하고 있었답니다."

"그것은 온당치 않군."

나스는 눈을 치켜 올렸다.

"그럼, 오자와를 제외한 그날 밤 16층 투숙객 네 사람에게는 모두 동기가 있다는 것이 되네. 현시점에서 동기가 보이지 않는 것은 오자와 한 사람인 셈인데 행동에 미심쩍은 점이 있어. 요컨대 16층에 투숙했던 사람은 모두 수상하다는 결론이지. 요코와타리 군과 하야시 군은 계속 야자키, 오쿠아키를 쫓아 주게. 야마지 조는 오자와를. 그에게 아무런 여자관계가 없다는 것도 마음에 걸려. 털어 보면 뭔가 나올지도 모르지. 가사이 군은 이하라 사장의 주변, 특히 미국 소렌센의 본사와 경영상의 마찰을 중점적으로 탐색해 보게. 구사바 군은 소렌센과 이하라 부인과의 스캔들 유무 및 야마모토의 동기도 깊이 파헤쳐 보도록 하게."

이외에 기타 형사들이 담당할 수사대상의 범위와 정도를 분할하고 그 날 회의는 끝났다.

그러나 회의는 16층에 투숙한 내부인 전원이 일단 의심스러운 인물로서 거론되었을 뿐 현장의 불가능한 상황은 조금도 해결되지 않았다.

제5장 굴욕적인 조건

1

"총 매상고의 5% 위탁수수료란 분명히 우리들 아니, 일본의 호텔업자들을 얕보고 있는 겁니다."

야마모토 객실부장이 격한 어조로 말했다. 소렌센 생전에는 죽은 듯이 기를 펴지 못했던 야마모토가 그의 죽음과 맞바꾼 것처럼 기운을 되찾고 있었다. 모처럼 이하라 호텔에 스카우트되어 새로운 기회를 잡았다고 생각했는데 미국에서 인사권을 쥔 소렌센에게 '대기 발령'을 당한 야마모토였다. 그의 입장에서 본다면 자신의 기회를 짓뭉개려는 인간이 죽었기 때문에 검은 구름이 걷히고 햇살이 비추는 것같이 느껴졌으리라.

숨을 몰아쉰 것은 야마모토 한 사람만이 아니었다. 소렌센이 미국에서 데리고 온 NI사의 인간들에게 주도권을 빼앗기고 신축 호텔의 새로운 기분을 맛보지 못한 소위 일본파들은 이번 기회에 NI사와 절연을 할 셈으로 적극적으로 반격에 나섰다. 애당초 NI사의 업무 제휴는 이하라 도메기치가 소렌센을 통해 단독으로 결정한 것이다.

"일본의 호텔 경영은 세계적으로 뛰어난데 새삼스럽게 NI사와 제휴를 해야 하는지 이해할 수 없다. NI사와 제휴를 하고 있는 곳은 모두 호텔업에 익숙하지 못한 후진국뿐이다."

하고 회사 내에서도 상당한 반대의견이 있었으나 이하라 도메기치가 한 마디로 묵살해버렸다.

그러나 악착스러운 도메기치가 5% '마진'이라는 굴욕적인 조건을 삼켜 버린 이면에는 말 못할 사정이 있었다. 그것은 도메기치와 NI사의 넬슨 사장 사이에 호텔 경영과는 별도로 NI사로부터 장기 저리의 외자를 도입하는 이면 묵계가 있었던 것이다.

그것이 도메기치가 죽자 NI사에서는 양 사장간의 구두약속뿐이고 계약서가 없는 것을 얼씨구나 하고서 '마진'만 계약대로 요구하고 외자도입 건은 모르는 체 해버렸다. 부친으로부터 이면계약을 알고 있었던 이하라 교헤이는 계약 이행을 강경하게 요구했다.

그러나 NI사는 성의 있는 태도를 보이지 않았고 미결 상태로 개관을 한 것이다. 이하라 도메기치와 NI사간의 이면계약을 알게 된 일본측에서 소렌센의 죽음을 계기로 NI사 추방을 꾀했다.

물론 현 사장인 교헤이도 반 NI파였으므로 한층 기세가 올라갔다.

개업 후 얼마 되지 않은 현재, 영업의 실무적인 검토를 해야 할 간부회의가 전적으로 NI사의 추방으로 조여진 것은 그 때문이었다.

소렌센이 죽고 갑자기 형세가 나빠진 것을 민감하게 깨달은 NI사 측 사람은 회의에 출석하지 않았다. 소렌센의 후임으로 NI사 극동지구 호텔 부장 헨리 스토로스먼이 머지않아 취임하기로 되어 있다. 소렌센과 비교해 다소 그릇이 작은 인물이지만 그가 오면 사내의 세력 분포도는 미묘하게 달라질 것이다. NI사 측 세력을 때려 부수려면 지금이 절호의 기회였다. 또한 소렌센의 죽음은 충격적인 사건이었으나 요행히 생활 회전이 빠른 일본인들은 곧 잊어 주었기 때문에 호텔의 이름에는 그다지 영향이 없었다.

"당장 NI사와 계약을 파기해야 합니다."

모두의 의견은 일치되었다.

그러나 상대방에게 아무런 계약위반 사실이 없는데 일방적으로 파기할 수는 없다. 소렌센에게 이하라 측이 경영을 위탁한 것은 그의 호텔맨으로서 경험과 능력이 있었기 때문이다. 소렌센이 죽은 지금, 업무위탁계약 18조 A항 'NI사의 파견사원이 고의 또는 과실로 인해서 중대한 손해를 몰고 온 경우'의 해제 조항에 해당하는 것으로 파기하겠다는 강경 의견도 있었다.

"그러나 소렌센의 죽음을 18조 A항에 적용시키는 것은 무리입니다."라며 반 NI파이기는 하지만 신중파인 경리담당 중역 치구사 시게

제5장 굴욕적인 조건 59

오가 주장했다.

결국 회의는 18조 A항에 해당된다, 안 된다 등으로 갈라져 같은 말을 되풀이하였을 뿐이다. 감정적으로는 지금 당장이라도 NI사와 손을 끊고 싶지만 계약상의 결함을 찾아내는 것이 어려웠다. 반 NI사의 강경파도 법률적으로는 불리하다는 것을 알고 있었다.

고문변호사인 요시야마에게 상의를 해도 치구사와 같은 의견이었다. 다만 요시야마 변호사는 한 가지 재미있는 말을 했다.

"소렌센을 살해한 범인이 NI사의 인간이라면 해당될 여지가 있다." 는 것이다. 그러나 살인범을 찾아내는 것은 호텔맨 직무가 아니다.

결국 회의의 결론은 지금까지 일방적으로 이하라 측에 불리하게 만들어진 조건을 소렌센의 죽음을 계기로 다소나마 완화시키는 방향으로 움직이자는 것으로 끝났다.

2

이하라 교헤이는 피곤했다. 출근하면 개업 직후 거대 호텔의 사장 업무와 부친이 남겨 놓은 왕국의 업무가 산더미처럼 쌓여 있다.

집에 돌아가면 냉정한 아내와 황량하고 메마른 가정뿐. 어디를 가도 참된 자신을 찾을 곳이 없는 것처럼 느껴졌다.

솔직한 말로 교헤이로서는 호텔 경영에 NI사가 개입하건 말건 아무래도 좋았다. 부친이 쌓아올린 왕국이 어찌되던 알 바 아니다.

그저 어디 건 부친의 권위가 미치지 않은 곳으로 가고 싶었다. 태어날 때부터 자신은 부친의 꼭두각시로 양육되었다. 사물을 보는 법과 생각하는 법, 가치 판단의 기준도 부친이 가르쳐 주었다.

아내도 부친이 찾아준 여자였고 이하라 넬슨 호텔 사장자리도 부친이 마련해 준 것이다. 사장이란 명색뿐이고 부친의 유지에 따라 부친의 노신(老臣)들이 자신의 주변에 자리 잡고 있어서 발언을 할 여지가 거의 없었다.

NI사의 계약파기에 관해서 그들이 아무 말도 하지 않는 것은 자신들의 보신책과 우연히 일치되고 있기 때문이다.
"이젠, 정말 진저리가 난다!"
교헤이는 커다란 소리로 외치고 싶었다. 그러나 그에게는 고함을 지르는 것조차도 허용되지 않았다. 교헤이처럼 거대 기업주의 아들로 태어난 사람은 그가 좋아하고 싫어함에 관계없이 부친이 깔아 놓은 노선 위를 걸어야만 하게끔 운명지어져 있었다.
요컨대 그는 처음부터 인간이면서도 인간이 아닌 것이다.
그러나 지금까지 부친의 꼭두각시로서 모든 것을 감수해 왔던 교헤이는 부친이 죽고 나자 인간으로서 급속히 눈을 뜨기 시작했다. 부친의 억압 밑에서 소리를 죽이고 있었던 인간으로서의 모든 부분이 일제히 되살아나는 것이다. 압력이 크고 억압의 기간이 길었던 만큼 되살아나는 힘은 반동적으로 격렬함을 가지고 있었다.
아무리 인간으로서 눈을 떴다고 한들 당장 그 날부터 제멋대로 할 수는 없었다. 부친은 죽었으나 남겨진 형벌도구는 너무나 거대했다.
왕국에는 사원과 그 가족을 포함해서 몇 천, 몇 만 명의 생활이 걸려 있다. 이하라 교헤이는 부친이 씌워준 형벌도구 속에서 서서히 자신을 되찾으려고 생각했다. 그것은 부친의 왕국을 자신의 왕국으로 만들어 버리는 것이다. 요컨대 고용된 얼굴만 임금님에서 진짜 임금님이 되는 것이다.
그렇게 하려면 자신을 가로막는 자는 닥치는 대로 없애야 한다. 설사 부친을 도와 왕국을 쌓아올린 창업 공신이더라도 용서할 수 없다.
NI사가 이하라 호텔의 경영에 참여하건 참여하지 않건 아무래도 상관없는 일이지만 적어도 업무 제휴는 부친의 유지가 깃들어 있다.
현재 당면한 문제는, 그들을 제거하는 것으로 부하들과 의견이 일치되었다. 계약을 간단하게 파기할 수 있다고는 생각하지 않는다.
그러나 부친이 호텔 번영을 위해 심혈을 기울여 만들어 낸 NI사의 제휴계획을 부친이 죽은 지 1년 만에 파기 혹은 변경하려는 것만으로도 통쾌했다. 이것을 시작으로 부친이 목에 걸어준 형틀을 조금씩 벗어야 한다. 그것은 엄청난 노력이 수반되는 작업이었다.

"나 자신의 왕국으로 바꿀 때까지 과연 내 체력과 정신력이 지탱할 수 있을까?"

3

레저 산업은 지난날 '암흑산업'이라고 불릴 정도로 산업계에서는 미개척 분야였다. 사실 지금까지 레저 산업은 중소기업이 많았고 접객업적인 색채가 강했다.

그러나 경제성장률 제1위, 레저 관련 소비지출 5조 엔을 넘는 현재 암흑산업이기는커녕 무진장한 금광이 되었다.

고도성장으로 말미암아 돈과 시간이 생긴 사람들이 죄악시했던 레저와 놀이문화를 아무런 구속도 받지 않는 자유행동이라고 생각하게 되었다. 사람들은 여가 속에서 사는 보람을 느끼게 된 것이다.

레저는 이미 여가가 아니며 인생 그 자체라는 사고방식이 지배적으로 된 것이다. 많은 돈을 벌기 위해 많은 일을 하려고 하는 것보다는 이만큼 일을 했으니 이만큼 놀겠다는 식으로 일과 노는 것을 분명하게 생각하게끔 되었다. 물론 놀이에는 창조적인 것도, 향락적인 것도 있었다. 이리하여 국민의 레저 수요는 왕성해지고 여태껏 레저 산업과 무관했던 대기업까지도 잇따라 진출하게 되었다.

레저 산업이란 그 형태도 다양해지고 범위도 애매했다. 빠찡꼬, 터키탕, 마작을 위시해서 수송기관, 출판, 신문, 섬유, 자동차, 식품업 등도 넓은 의미에서 레저 산업에 들어간다.

그 중에서 어떤 사람의 눈에도 분명한 레저 산업이 호텔업이다. 말하자면 호텔업은 레저 산업의 최상급인 것이다. 레저 산업만큼 다양함과 동시에, 또한 이처럼 유행에 민감한 분야도 없었다. 홀라후프, 침실용 인형이 온 세상을 휩쓸었는가 하면 미국 크래커가 천하를 움켜잡았다. 지난날의 엘리트 산업인 영화는 이제 사양산업의 대표였다.
 그러나 이토록 경쟁이 격심한 분야에서 꾸준하게 발전하고 있는 것이 관광산업이며, 관람레저에서 '관광레저'로 고급화, 대형화되고 있다. 이러한 경향 속에서 호텔업은 그 지위가 높아지고 거대화되었다.
 만국박람회와 동계올림픽 등 국제 행사가 계속 있었고, 정보 시대의 개막으로 외국 방문객의 수가 비약적으로 늘어나 객실 수가 부족해졌다. 그 때문에 외국인이 집중되는 게이힌 지구의 호텔은 연간 객실 이용률이 92% 이상이라는 믿어지지 않는 숫자를 기록하고 있었다.
 이 현상을 대자본주가 가만히 보고만 있을 까닭이 없었다. 우선 기존 호텔업자가 증설을 꾀하며 민영전철, 항공, 백화점, 부동산업 등 관련 업자를 위시하여 상사, 방송, 석유, 식품, 어업, 은행 등 여태껏 호텔과는 관계없던 자본가도 너나 할 것 없이 적극적으로 뛰어들었다.
 이하라 그룹도 레저 산업의 개발붐에 뒤늦지 않으려고 재빨리 NI사와 제휴하고 업계 최대 규모를 가진 호텔을 건설한 것이다.
 뿐만 아니라 호텔업은 자본이 100% 자유화되어 있다. 미국의 유력한 호텔업자들도 경제성장률 세계 1위이며 국민 총생산고가 자유세계 제2위인 일본을 매력 있는 시장으로서 호시탐탐 노리고 있었다.
 다만 일본의 땅값이 극단적으로 비싸기 때문에 직접 진출보다 업무제휴에 의한 간접 진출의 가능성이 농후했다. NI사의 이하라 호텔 위탁경영권 취득에 의한 진출은 그 가능성이 실현된 것이다. 업계에서는 이것을 미국 자본의 대일 진출의 포석으로 보고 격심한 경계를 보였다. 처음 한동안은 업무제휴 정도지만 다음에 합작하고 출자비율을 높이고 경영권을 탈취하는 것이 최종 목적이라는 것이다.
 지금까지 외국 자본이 일본의 기업을 가로챈 예를 보더라도, 처음에는 일본 측에 과반수 주를 갖게 한 후 나중에 증자를 요구하고 일본 측이 증자에 대응할 지급능력이 없다고 보면 주식을 사버리는 경우가 많았다.
 외자 측이 의도적으로 합작회사를 사업 부진에 몰아넣는 게 아닌가

하는 경우도 있었다. 일단 부진에 빠지면 거대한 암석과 자갈 정도로 기업 차가 있는 일본과 미국의 자본 승부는 뻔했다. 4, 5년간 한 푼을 벌지 않아도 끄덕도 않는 미국 자본과 오늘이라도 벌어들이지 않으면 해나갈 수 없는 일본 기업과는 처음부터 어울리지 않은 만남이었다.
 이하라 그룹이 제아무리 거대함을 자랑해도 NI사와 비교할 경우엔 커다란 격차가 있었다.
 그러나 이하라 교헤이가 NI사와 절연을 생각한 것은 그러한 경계심에 영향을 받은 것이 아니다.

제6장 정략결혼

1

"이렇게 늦도록 도대체 어디를 싸다니는 거야?"

집으로 돌아가자 남편인 도시히코가 기다렸다는 듯 유키코에게 소리쳤다. 귀 밑 비스듬히 볼 언저리가 가늘게 떨리고 눈에는 파란 불꽃이 금방이라도 일어날 듯이 번쩍이고 있다. 살이 엷고 뼈대가 가는 도시히코의 작은 몸집이 이럴 때는 뭔가 다른 세계의 생물처럼 불쾌하게 느껴진다.

이제부터 짧아도 한 시간 남짓 지옥 같은 고문이 시작되는 것이다.

유키코는 각오를 하면서도,

"무슨 말씀이에요? 아직 8시 전인데요."라며 반박했다.

이러는 것이 남편을 더욱 부채질하고 고문의 시간을 늘리는 효과밖에 없다는 것을 잘 알면서도 솔직히 사과할 수 없는 기분이었다.

어쨌든 매일 나돌아 다니는 것은 아니다. 오늘도 정말이지 한 달 만의 외출이었다. 결혼 전 나를 알고 있는 사람이라면 믿지 않으리라. 남편은 내가 집안에 박혀 있기만 하면 만족할 것이다.

그러나 무엇 때문에 그토록 남편에게 예속되어야 하는가. 나는 도시히코의 노예도 아니며 인형도 아니다. 살아 있는 여자, 그것도 아직 싱싱한 젊은 육체를 가진 여자인 것이다.

뿐만 아니라 내가 자진해서 아내가 된 것도 아니다. 유키코의 마음에 쌓이고 쌓인 것이 나쁜 결과가 되리라는 것을 잘 알고 있으면서도 저도 모르게 반항적인 자세를 취하게 했다.

"뭐라고! 저녁 8시라는 시간이 올바른 주부가 귀가하는 시간이라는 건가?"

아니나 다를까 도시히코의 얼굴이 점점 험악해졌다.

앞이마와 뒤통수 가 튀어나온 짱구 머리에다 약간 정신박약아 같은 얼굴은 화를 내면 정신이상자와 같은 무서운 표정이 서린다.
유키코는 어쩌면 자신을 죽일지도 모른다는 공포를 느꼈다.
"그렇지만 한 달 만이에요." 항의하고 싶은 마음을 꾹 참고 "미안합니다."
하고 사과한 것은 그 공포심 때문이다.
"사과해서 되는 일이 아니야. 대관절 어디 갔었지?"
"잠깐, 물건을 사려고……."
"물건을 사는 데 이렇게 시간이 걸리나?"
"돌아오는 길에 우연히 학생시절 친구를 만나 차를 마시다 이야기가 길어졌어요."
"그 친구 이름은? 학생시절이라니, 대학 땐가 아니면 고교 땐가? 들어간 찻집은 어디에 있는 뭐라고 하는 곳이지? 그리고 어디서 뭘 샀는지 자세히 말해!"라며 꼬치꼬치 캐묻는다.
그것은 벌써 보통 사람이 하는 짓이 아니었다. 이미 남편도 아니다. 세상의 법칙에 따라 '동거하고 있는 남자'에 불과하다.
증오의 감정 외에 아무것도 없는 이성과 결혼해서 앞으로의 인생을 그 사람과 살아야만 한다면 세상의 법칙이란 것이 얼마나 비인간적이고 가혹한 것인가 하고 그녀는 때때로 생각했다.
그러나 이혼이라는 말을 조금이라도 비치면 그는 자신을 그 자리에서 죽일지도 모른다. 유키코는 아직 죽고 싶지 않았다.
여자로서 가장 행복해야 할 젊은 시절에 아버지의 명령으로 정신이상자와 같은 남편에게 시집왔지만 이대로 그의 노예로서 부질없이 죽고 싶지는 않았다. 살아만 있다면 언젠가는 기회가 있으리라고 그녀는 생각했다. 아무쪼록 그 기회가 여자로서 활기가 있는 동안에 찾아와 주기를 간절히 바랬다.
끈덕지게 싫은 소리를 늘어놓는 걸 듣고 유키코가 간신히 해방된 것은 그로부터 꼬박 한 시간 후였다.

같이 살고 있는 가정부도 도시히코의 발작이 시작되면 자기 방으로 숨어 버린다. 아마도 방에서 언쟁을 숨을 죽이고 듣고 있으리라.

집은 아시야에 도시히코의 부친이 5천만 엔이나 들여서 두 사람을 위해 지어준 것이다.

기능과 외관이 충분히 고려되어 젊은 부부가 살기에는 지나치게 넓은 공간과 모든 시설이 갖추어져 있지만 행복한 부부생활에 필요한 두 사람의 유대는 무너져 버린 것이다.

하긴 그런 것은 처음부터 없었다. 정신적으로 결핍된 것을 물질로 보충했던 결혼이었다. 그래도 부부로서 생활을 계속하는 동안 애정이 우러나서 잘 되는 경우도 있다. 그러나 유키코의 경우는 최초에 있었던 단절이 시간이 흐르면 흐를수록 확대될 뿐이었다. 단절을 메울 노력조차도 하지 않았다.

그나마 이미 부부생활을 지탱하기 어려운 것을 깨닫고 새 출발을 생각했다면 아직도 구원의 길은 있으련만. 도시히코는 모처럼 손에 넣은—그것도 부모의 위광으로—아름다운 아내를 내놓을 생각은 꿈에도 없었다. 아내는 자신만의 것이며 타인이 손을 대는 것은 고사하고 보여 주지도 않았다.

진귀한 물건을 받은 아이처럼 자신의 영토 내에 꼭꼭 숨겨 두고 자신만 즐기고 있는 것이다. 물질적 혜택만 받고 정서가 결핍된 가정에서 자란 사람의 정신적 기형이 그곳이 있었다.

2

유키코의 부친은 재계에서 괴물이라고 부르는 아세아 홍업의 사장 아사오카 데쓰로이다. 정수리가 홀랑 벗겨진 대머리에다가 혈색이 좋은 불그스레한 얼굴 한복판에 있는 듯 없는 듯한 엷은 눈썹과 가느다란 눈과 코는 납작하게 짜부라져 있고 입술은 두꺼웠다.

정말로 비천한 것을 그려 놓은 듯한 얼굴인데 유키코 같은 아름다운 딸이 태어난 것은 학습원 최고의 미녀라고 불리는 자작(子爵) 고쓰소이치로의 딸을 아내로 맞이했기 때문이었다.

아사오카 데쓰로는 나이카타켄 다카타의 가난한 농가에서 태어나 초등학교만 졸업하고 고향을 뛰쳐나와 상경했다. 그리고 맨주먹과 다리 하나로 오늘의 지위를 쌓아올린 입지전적인 인물이었다. 도중에 병역을 치루는 등 우여곡절은 있었으나 그의 운은 '손톱에다 불을 켜듯이' 모은 돈으로 쓰러져 가는 자동차 회사를 매입한 때부터 트이기 시작했다.

그 후 군부 출입을 인정받고 급격하게 성장했다. 종전과 잇따른 혼란기가 또다시 그에게 행운을 가져다주었다. 아사오카 자신이 그 시절 일에는 입을 다물고 말을 하지 않았으므로 자세한 건 모른다. 아마 그는 군부로의 자유 출입을 이용해서 수단과 방법을 가리지 않고 돈을 번 모양이었다.

이것으로 돈을 벌어들인 그는 몰락 귀족이 먹고살기 위해서 내놓은 저택이나 별장 등을 헐값에 사들였다.

이번에는 경영부진으로 방매되는 전원급행전철(田園急行電鐵)을 매수했다. 그것을 모체로 그는 숙원이었던 민영전철업계로 진출한 것이다. 동시에 회사명을 아세아 흥업이라고 개명했다.

여태껏 매입한 화족(華族)의 저택이나 별장을 호텔로 개조하고 자동차 회사와 합병하여 민영전철을 중심으로 한 종합관광사업으로서의 체제를 확립했다. 그의 약진을 도와준 것은 동향(同鄕)의 정치가 시라네 데쓰노신과 변호사 시나가와 고조였다.

특히 시라네와는 초등학교 동급생으로 친밀한 접촉을 가졌다. 시라네가 나중에 재무장관이 되었을 때 아사오카와 시라네의 개인 사무실에 전용 직통전화가 가설되었다는 소문이 있었을 정도였다.

어떤 국유지 불하문제에 관해서 시라네가 아사오카에게 부당한 이익을 주었다는 혐의로 야당의 시끄러운 국회의원으로부터 추궁당한 적도 있었다.

시나가와는 히로시마 고검의 검사장을 마지막으로 퇴직한 검찰계의 장로 격이다. 역시 다카타 출신으로 아사오카의 초등학교 은사님의 형이었다. 그는 동향이라는 것 말고도 아사오카의 불굴의 성격이 마음에 들었던 모양이어서 각별히 귀여워해 주었다.

아사오카가 꽤 약삭빠른 장사를 과감하게 할 수 있었던 것도 배후에 시나가와라는 배경이 있었기 때문이다. 어쨌든 거물 스폰서를 가진 아사오카는 비약적으로 세력을 확장했다.

그의 독주를 가로막은 사람이 있었다. 그것이 이하라 도메기치였다. 두 사람의 대립은 아사오카가 전원급행을 매수했을 때부터 시작되었다. 노선이 이하라의 동도고속전철과 도처에서 부딪쳤기 때문이다.

애당초 전원급행이 기울어진 것도 동도고속에게 손님을 빼앗겼기 때문이었다. 아사오카는 과감하게 신형 차량으로 바꾸고 연선(沿線)을 종합개발하고 본업이었던 자동차업의 저력을 투입하여 연선에 거의 완전하게 버스 노선망을 쳤다.

'걷지 않고 현관에서 도심지까지 전원급행으로'의 멋진 광고문은 버스 노선이 그다지 발달되지 않았던 그 당시에 크게 인기를 끌어서 단번에 열세(劣勢)를 만회한 정도가 아니라 거꾸로 동도고속에 커다랗게 손해를 끼쳤다.

"고작 병신 같은 자동차업자 주제에."
하고 깔보던 이하라는 아사오카의 멋진 수완에 놀람과 동시에 몹시 자존심이 상해 맹렬한 역전 대책을 강구했다. 그것은 멧돼지의 별명에 어울리는 기세였다. 이렇게 되자 비슷한 태생과 성격을 가졌던 두 사람은 라이벌 의식을 몽땅 드러내고 맞섰다.

생애 최대의 라이벌을 만나게 된 아사오카는 자기의 기반을 확고히 하기 위해 부용은행의 융자 그룹에 들어갈 것을 생각했다. 부용은행은 예금량으로 동서은행과 항상 수위를 다투고 있는 도시은행이었다.

도시은행의 예금획득 경쟁은 처절했다. 새로운 단지가 조성되면 가장 많이 찾아오는 것이 은행 외근직원이라고 할 정도로 은행은 예금

권유작전을 맹렬히 펴고 있었다.

예금이 은행경쟁의 표면이라면 대출은 그 이면이다. 거래회사나 성장기업에는 다른 은행을 밀어젖히고라도 끼어 들어가지 않으면 안 된다. 자기 은행의 융자계열 확대를 위해서는 피를 흘리는 것도 주저하지 않을 정도다.

일류은행의 예금량 차이가 종이 한 장 차이여서 항상 시소게임을 연출하고 있는 것 같은 현상이므로 은행의 우열은 융자계열의 질량에서 판가름된다. 한편 기업도 일류은행의 배경을 얻는 것이 그 존속발전을 위해서 필요한 일이다.

아사오카는 이하라가 동서은행에 접근하고 있는 것을 알고 동서의 라이벌인 부용은행에 접근했다. 그는 부용은행의 행장인 고레나리 노부히코의 차남 도시히코에게 딸 유키코를 시집보냈던 것이다.

자본의 결합이라는 지극히 물질적인 관계에 앞서 비린내 나는 섹스의 결합을 선행시킨 것은 아이러니컬했다.

결국엔 인간이 조작하는 것이므로 이 같은 매체가 결합에 촉매 역할을 하게 되는 것이다. 그러나 촉매로 이용당하는 인간은 피로웠다. 그들의 인간성은 단 한 조각도 인정받지 못한다. 회사를 위해서라든가 다른 인간의 행복을 위해서라는 구실로, 또한 대개는 그와 같은 구실조차도 필요로 하지 않고 한줌 인간의 야심이나 욕망을 위해서 희생이 되어 버린다.

고레나리 유키코도 부친과 사업을 위해서 희생된 여자였다. 호화로운 웨딩드레스를 몸에 걸치고 일류 호텔에서 식을 올려도 내용은 봉건 시대의 '가문을 위한' 결혼과 똑같았다.

"이것이 네게 가장 좋은 것이다."

안타깝게도 부친은 정말로 그렇게 믿고 있었다.

"결혼하기 전 좋다거나 싫다는 감정은 결혼한 후 오랜 생활에 비하면 거품과 같은 것이다. 네게는 그 사람이 가장 적합하다. 내가 선택해 준 상대를 믿어라."

데쓰로는 자신만만하게 말했다. 부친에게 반항한다는 것은 생각조차 못한다. 태어날 때부터 부친의 도구로 운명지어진 유키코는 2세의 나쁜 점만을 노출시킨 듯한 정신박약아 같은 고레나리 도시히코와 단 한 번 맞선을 보고 그로부터 한 달 후 그의 아내가 된 것이다.

결혼 피로연은 두 사람의 사이에 결핍되어 있는 것을 보충이나 하듯이 극도로 성대했다. 그리하여 유키코의 온몸의 털이 곤두서는 것 같은 생활은 그날 밤부터 시작되었던 것이다.

3
"당신은 정말로 내가 처음인가?"
첫날밤 일을 치른 후 도시히코는 의심스러운 듯 물었다.
상대가 눈치챘다면 그때는 별 수 없다고 생각했던 유키코였으나 도시히코의 확신이 없는 듯한 의심에 자진해서 불리한 말을 고백할 것도 없다고 생각하여,
"물론 처음이죠, 왜 그러세요?" 하고 시치미를 떼었다.
"당신 같은 미인이 여태껏 애인 한 사람도 없었다니 곧이들리지 않는걸."
아무래도 그가 육체적으로 의심한 것 같지는 않았다. 그렇다면 다른 방법으로 다룰 수 있다.
"하긴, 보이 프랜드라고 부를 만한 존재는 있었죠."
하고 무의식중에 대답한 것이 화근이었다.
도시히코의 표정이 갑자기 험악해졌다.
"뭐라고! 그걸 여태껏 숨기고 있었나? 중매쟁이는 아무 말도 하지 않던데. 틀림없이 그 남자와 깊은 관계가 있었겠군. 도대체 어떤 남자인가, 그 녀석은?"
도시히코는 눈에 경련을 일으키면서 추궁해 왔다.
유키코는 남편의 비약을 따라갈 수가 없었다.

"평범한 보이 프랜드에요. 특별한 관계는 아니었어요."

유키코는 항의했다. 보이 프랜드와의 관계를 의심받은 것에 대해서가 아니라, 보이 프랜드가 한 사람도 없다는 것이 이상하다고 해놓고 그런 존재가 있었다고 대답하자 깊은 관계가 있었을 것이라고 일방적으로 화내는 상대의 비정상적인 논리에 항의한 것이다.

유키코의 주변에는 여태껏 도시히코와 같은 남성은 없었다. 모든 것을 유키코 중심으로 생각해 주는 세련된 남자들뿐이었다. 처녀시절 그녀는 부친의 위대한 권력과 부를 등지고 모든 면에서 공주와 같았다.

때문에 도시히코와 같이 자기중심적이고 비약적으로 매사를 생각하는 남자를 처음 만났기 때문에 그녀는 화가 난다기보다는 놀라는 편이었다. 어쩌면 이것이 아내를 향한 남자의 진짜 모습인지도 모른다.

이 시점에서는 사랑도 증오의 감정도 없다. 부모의 사정으로 결혼시켜진 인형끼리의 위화감만 있는 것이었다.

"평범한 보이 프랜드? 홍, 그런 것은 믿을 수 없는데."

도시히코는 귀밑 부분을 실룩거리며 웃는다. 눈썹과 눈썹 사이가 넓어 멍청해 보이는 얼굴이 시기와 의심의 덩어리로 되어 있었다.

"남녀간에 섹스를 의식하지 않는 관계란 있을 수 없어. 당신에게는 보이 프랜드가 있었단 말이지, 그것도 몇 명씩이나. 그들이 나만의 것이어야 할 당신의 육체를 나보다 먼저 탐하고 있었던 거야. 절대로 용서 하지 않겠어."

"그런 말은 너무 심해요. 당신 주장으로는 여자들이 모든 보이 프랜드와 깊은 관계를 맺는 것처럼 들리는군요. 내 친구들은 학생클럽의 회원들이에요. 그런 친구라면 누구나 있지 않을까요?"

유키코는 말을 하면서도 어이가 없었다.

'대관절 이것이 신혼부부가 첫날밤 잠자리에서 나누는 대화인가?' 두 사람은 행위를 끝낸 뒤 아직 알몸인 상태였다.

'도대체 이 남자는?' 오늘부터 자신의 남편이 된 남자에게 대한 의혹이 그녀의 가슴에 싹텄다. 그건 남녀간에 일어날 수 있는 종류의 의심이 아니라 인간 그 자체에 대한 의심이었다.

"키스 정도는 했겠지. 아니, 틀림없이 했을 거야. 당신과 친구가 되고도 손가락 하나 대지 않는다는 것은 믿을 수 없어."

"그런 사람 없어요!"

"기를 쓰고 부정하는 것을 보니 키스했군, 누구야! 그 녀석은?"

유키코는 점점 슬퍼졌다. 상대는 뭐라고 해도 납득하지 않는다. 그녀의 말을 나쁜 쪽으로만 해석하고 무엇이 어찌되었든 간에 키스를 시키고 싶은 모양이었다. 입을 열면 상대에게 또 말다툼거리를 주게 되므로 그녀는 입을 다물기로 했다.

"왜 잠자코 있나? 어째서 대답을 안 하는 거야. 말을 않는 걸 보니 그런 사실이 있었군. 당신은 어떻게 생겨먹은 여자야. 내가 모르는 것을 이용해서 시치미를 뗄 생각이겠지만 그렇게는 안 될걸. 양가의 딸이라는 가면을 쓰고 어제까지 많은 남자들과 놀아났겠지. 이젠 사실을 고백해 봐."라고 말하는 도시히코의 눈에 번득번득 핏발이 섰다.

유키코는 끝까지 침묵을 지켰다.

이 사람은 지나치게 순진한가 봐. 결혼식이나 첫 부부관계를 맺은 것 때문에 몹시 흥분했나 봐. 아마 내일 아침이면 온순하고 상냥한 남편이 되어 오늘 밤 일을 사과하겠지. 유키코는 애써 낙관하기로 했다.

하긴 그녀는 남편에게 강하게 대항할 수 없는 약점이 있었다. 남편이 동정(童貞)인지 어떤지는 알 수 없으나 원숙해져 있는 유키코의 육체에서 과거를 알아차리지 못하는 것으로 봐서 남편의 섹스 경험이 미숙한 것은 알 수 있었다. 적어도 섹스에 있어서는 유키코 쪽이 도시히코보다 훨씬 베테랑이었다. 이것이 그녀의 약점이었다.

4

무슨 말을 해도 유키코가 뚜껑을 닫은 조개처럼 꼼짝하지 않고 있자 도시히코도 더 이상 싫은 소리를 계속하는 것이 무의미함을 깨달은 모양이다. 유키코는 다소 마음을 놓았다.

어찌되었든 이것으로 아침까지 시간은 벌 수 있다. 천 명이나 되는 하객을 초대한 결혼 피로연에 이어 바로 신혼여행을 떠나온 피로가 긴장이 풀리는 것과 동시에 폭발하듯 몰아쳤다.

하반신에 바람이 스치는 듯한 추운 감촉에 유키코는 갑자기 잠에서 깼다. 곁에 있어야 할 도시히코의 모습이 보이지 않는다.

'여보' 하고 익숙하지 못한 말로 부르려던 순간 그녀는 남편이 있는 장소를 알고 깜짝 놀랐다.

그는 이불 아래쪽을 걷어올리고 자신의 꼴사납게 벌려진 양다리 사이에 원숭이처럼 웅크리고 앉아 있지 않은가. '뭘 하고 계세요?' 하고 힐책하려던 목소리는 도시히코의 손에 들고 있는 것의 정체를 알고 전신에 끓어오르는 수치감 때문에 지워져 버렸다.

그가 들고 있던 것은 손전등이었다. 호텔에서 비상용으로 기둥에 걸어 놓은 것을 빼온 모양이었다.

"당신이 제 입으로 고백을 안 하니 내 눈으로 몸을 검사하는 거야. 남편이 아내의 몸을 검사하는 것은 당연하니까."

도시히코는 그녀가 잠에서 깬 것을 알고도 아무런 망설임 없이 소리쳤다. 유키코의 성대가 간신히 움직였다. 그것은 항의의 단어가 아니라 저도 모르게 비명을 지르고 있었다.

그녀는 마음속으로부터 공포를 느꼈다. 이 사람은 정상이 아니다. 정신이 이상하다. 어딘가 미쳐 있는 것이다! 여기에 있는 남자는 내 남편이 아니다. 폐쇄적인 명문에서 근친결혼을 거듭해 온 결과 부패한 핏덩어리인 것이다.

사랑하는 남녀간이라면 서로의 육체를 확인하는 것은 조금도 이상하지 않다. 그러나 상대를 잘 알지도 못한 채 결혼하게 되었는데 첫날밤 잠자리에서 아내가 잠든 후 과거의 증거를 잡기 위해서 아내 몸에 전등을 비추며 몰래 조사하고 있는 남자―공포심은 유키코에게 이성이나 수치심을 잊고 충동적인 행동을 일으키게 했다.

유키코는 잠자리에서 벌떡 일어나 알몸에 가까운 몸으로 방 밖으로 뛰어나가 버린 것이다.

일반적인 결혼이라면 이것으로 충분히 파혼이 된다. 그러나 그들의 결혼에 대자본의 존속과 번영이 걸려 있다. 부부간의 인간적인 화합 같은 것은 문제가 아니다. 요컨대 형식만이라도 부부로서 존속해 주면 좋았던 것이다.
　유키코도 자신의 역할을 잘 알고 있었고 특별히 저항을 느끼지 않았다. 그러나 고레나리 도시히코와 부부로서 생활을 시작하고 보니 비로소 자신이 발을 들여놓은 길이 상상도 할 수 없는 이상한 세계라는 것을 절감했다. 정상적인 세계라면 살아가는 동안 처음 느꼈던 아직 익숙하지 못한 까닭의 위화감은 조금씩 해소된다.
　그러나 이상한 세계에 익숙하기 위해서는 자기 자신이 이상하게 되는 수밖에 없다. 그녀는 그렇게 할 수가 없었다. 도시히코와 함께 사는 동안 증오와 위화감만이 확대되어 갔다. 처음에는 두 사람 사이에 결핍된 것을 보충해 줄 듯 싶었던 풍부한 재산도 그들의 단절에 박차를 가했다.
　결혼하고 한 달 만에 유키코는 도시히코에게 강경하게 요청해서 침실을 따로 가졌다. 도시히코가 승낙한 것에는 까닭이 있었다. 그의 기묘한 버릇은 신혼여행에서 돌아와서 곧 시작되었다.
　그는 부부 침실에 손때가 묻은 갓난애만한 헝겊으로 만든 토끼인형을 가지고 들어왔다. 그것을 침대 속으로 넣으려고 하자 유키코는 깜짝 놀라서,
　"그게 뭐예요?" 하고 타박을 주었다.
　그때만은 도시히코도 부끄러운 듯 웃음을 띠며,
　"내 페트야. 어릴 때부터 안고 잤기 때문에 이게 없으면 잠을 못 자. 이번 여행에는 가져가지 않아 잘 자지 못했어." 하고 변명했다.
　"내가 있어도?"

유키코는 기가 막혔다.
특별히 아내라고 생각해 주지 않아도 상관없지만 이제 갓 결혼한 신혼부부 침대에 인형을 들고 온다는 것은 어찌된 일인가?
"오랜 세월의 습관이라서……."
침대 속에 토끼인형이 빨간 유리 눈알을 번득이며 부부 사이에 누워 있는 것은 기분 나쁜 광경이었다. 유키코는 도시히코에게 안겨 있을 때도 그 토끼가 움직이지 않는 눈으로 가만히 노려보고 있는 것 같았다.
행위가 끝나면 도시히코는 인형의 볼을 비비고 킁킁거리며, 손때가 밴 냄새를 맡으며 잠들어 버리는 것이다. 그럴 때 그는 머리통만 큰 난쟁이같이 보였다.
"부탁이에요. 제발 인형은 데려오지 말아요!"
유키코는 몇 번이나 강경하게 요구했다. 한두 번은 그녀의 요구를 받아들여 인형을 멀리했다. 그러나 그런 날은 이리 구르고 저리 구르며 끝내는 한잠도 못 자는 모양이다. 잠을 못 이루면 젊고 성욕이 왕성한 남편이 하는 짓은 뻔했다. 드디어 유키코 쪽에서 손을 들었다.
여하튼 자신이 잠을 자기 위해서, 또한 도시히코의 행위를 최소한으로 줄이기 위해서 유키코는 토끼와 동침하지 않을 수 없었다.
어린 시절부터 토끼인형만을 상대해온 도시히코는 유키코보다 토끼인형 쪽에 친밀감을 느끼는 모양이었다. 인형에게서 얻을 수 없는 섹스를 유키코한테 만족시키고 인간적인 접촉에 의한 애정은 인형에게서 얻고 있는 모양이었다.
이것은 정서가 불안정한 유아에게 볼 수 있는 손가락을 빨거나 손톱을 씹는 등 이상행동의 일종이리라. 아니, 어린 시절 버릇이 그대로 굳어 버려서 어른이 되고도 버리지 못하는 것이다.
처음에는 불쾌했던 유키코도 그의 버릇을 핑계 삼아 침실을 따로 할 것을 제안했다.
"인형이 항상 노려보고 있는 것 같아 노이로제에 걸리겠어요."

인형을 버리던가 아니면 침실을 따로 쓰던가, 유키코는 도시히코가 인형을 버리지 못하는 것을 뻔히 알면서도 대답을 강요했다.
　도시히코도 자신의 유치한 버릇을 부끄럽게 생각했는지 끝내는 유키코의 요구를 받아들였다. 예상한 대로 침실을 따로 하는 것에 성공한 그녀는 서서히 행위의 간격을 벌어지게끔 해나갔다.
　신혼인 남편은 아내의 육체를 밤마다 요구했다. 세 번 중 한 번은 도시히코의 노크 소리를 듣지 못한 체하고 문을 열어 주지 않았다.
　"유키코, 이봐, 유키코. 벌써 자나? 나야, 열어 줘."
　고용인의 귀를 의식하여 속삭이듯 불러대는 남편의 목소리에 유키코는 굳은 몸을 더욱 침대 속으로 파고들었다. 그것은 암울한 기분이었다. 그러나 문 밖의 도시히코는 더욱 그러했으리라.
　"그에게는 토끼가 있어. 하지만 내겐 아무것도 없단 말이야."
　유키코는 머리까지 이불을 덮어쓰고 입술을 질끈 깨물었다.

제7장 불륜의 현장

1

연말연시는 눈 깜짝할 사이에 지나가고 추위가 서서히 풀렸는데 수사진 쪽은 도무지 진전이 없었다. 오자와를 제외한 16층 투숙객들에게 동기는 있었으나 범행의 불가능성도 움직일 수 없었다.

먼저 1620호실의 이하라와 1607호실의 야마모토는 소렌센이 떨어진 6시 50분에서 55분 사이에 건너편 에이신 빌딩의 레스토랑 '봉구'에 있었던 것이 많은 사람에 의해서 목격되었다.

다음으로 1651호실의 야자키와 1680호실의 오쿠아키는 그 시간에 소렌센의 방으로 갈 수 없다는 것이 스테이션에 의해서 증명되었다.

이것은 도저히 움직일 수 없는 확고한 증거였다.

다음은 동기의 문제였으나 먼저 오쿠아키를 조사한 요코와타리 조는 그가 지극히 건실한 사원이며 자신의 일에 한해서는 절대적으로 자신을 가지고 있고 납득이 가지 않는 한 누가 뭐래도 한 발도 양보하지 않는 사나이라는 것을 알았다.

사건발생 당일 에어컨의 온도 문제로 소렌센과 심하게 언쟁을 했는데 오쿠아키의 완강한 태도에 소렌센 쪽에서 굴복하고 꺾였는지라 그 문제는 그럭저럭 가라앉았다는 것을 알게 되었다. 그러나 오쿠아키는 그 완고함을 충분히 발휘하여 그날 밤 자신의 몸으로 인체 실험을 해 보겠다고 주장하며, 소렌센이 이젠 됐다고 하는 것을 뿌리치고 투숙했다는 것이다.

"내가 무엇 때문에 지배인을 죽입니까? 일 때문에 사람과 충돌한 것은 헤아릴 수 없을 정도로 많았소. 그때마다 사람을 죽인다면 나는 살인에 관한 세계 신기록을 세우겠군. 터무니없는 말도 쉬어 가면서 하시오."

오쿠아키는 의심받고 있는 것을 알게 되자 새빨개지며 화를 냈다.

격정형(激情型) 인간인 오쿠아키의 발작적인 범행이라는 것도 생각해보았지만, 그를 용의자로 보기에는 무리가 있었다. 소렌센이 이야기 도중에 양보했고 오쿠아키는 원한을 품을 타입이 아니었다.

다음으로 야자키의 동기가 문제되었다.

그러나 이것도 수사가 진행되는 동안 희박해졌다. 틀림없이 야자키의 아내 줄리아와 소렌센 사이에는 불륜 관계가 있었다. 그러나 줄리아는 본래부터 바람기가 있는 여자라서 미국에 있을 때부터 불륜을 저질렀고 상대는 소렌센 한 사람만이 아니었다.

뿐만 아니라 야자키에게 줄리아를 중매한 것이 소렌센이었다는 것이었다. 야자키는 두 사람 관계를 알면서 결혼한 것이었다.

"요컨대 상사의 정부였던 여자를 인수받고 그 대가로 출세를 보장받은 셈이지."

요코와타리는 침이라도 내뱉듯이 말했다. 청백하기로 이름이 높은 그에게 야자키의 행위는 참으로 견딜 수 없는 불결한 인간의 타산(打算)적 행동이었다.

그러나 야자키는 차례차례 소렌센에 의해 좋은 자리로 끌어 올려졌다. 일본사람은 도저히 승진할 수 없다는 외자회사에서 외국인 엘리트 스폰서를 얻는다는 것은 보신과 장래를 위해서 절대적으로 필요한 수단인지도 모른다.

그렇다고는 하나 그 대가로 상사가 실컷 먹다 남은 말하자면 음식찌꺼기와 같은 여자와 결혼하고, 뿐만 아니라 결혼 후에도 상사와의 관계 지속을 묵인하는 것은 괴로웠을 것이다.

그러나 야자키는 그것을 견딜 수 있게끔 대책을 세워 놓고 있었다. 야자키와 줄리아 사이는 일찍이 식어 있었고 부부란 명색뿐이었다.

그리고 줄리아를 멋대로 하게 놔두는 반면 자신은 젊은 엘리베이터 걸과 살림을 차리고 있었다.

공개채용으로 입사한 자기 딸 같은 여자에게 신입사원 훈련강사가 된 그는 영어 개인교습을 해주겠다는 명목으로 다른 것을 가르쳐 준 셈이다. 도쿄는 수학여행 때밖에 와 보지 못한 그녀는 보는 것이나 듣는 것이나 모든 것이 얼얼하여, 플레이보이의 본고장에서 단련된 야자키의 부드러운 솜씨에 간단히 자신의 가장 귀중한 것을 줘버렸다. 야자키는 지금 그 엘리베이터 걸에게 열중해 있었다.

소렌센이 죽었을 땐 이미 그 아가씨와 관계가 깊은 상태였다.

"젊고 발랄한 여자를 수중에 넣었는데 일부러 소중한 스폰서를 죽이면서까지 실컷 먹다 남은 마누라를 지켜야 할 까닭이 없습니다."

야자키의 행동과 속셈은 더러웠지만 살인의 동기라고 생각하면 제외하지 않을 수 없었다. 게다가 줄리아와의 관계가 동기라고 한다면 여러 남자들과 스캔들이 있는 것을 알고 있는 현재, 소렌센만 살해할 이유를 찾을 수 없었다.

이렇게 해서 남겨진 것이 이하라 교헤이와 야마모토 기요유키였다. 그러나 이하라 부인과 소렌센 사이에는 가사이와 구사바가 아무리 치밀하게 조사를 해도 추문이 떠오르지 않았다.

이렇게 되면 경영상 갈등이라는 것이 되는데, 소렌센 한 사람을 죽인들 사업이 어떻게 되는 것도 아니다. 계약은 이하라 그룹과 NI사 사이에 맺어진 것이다. 소렌센은 확실히 NI사의 유능한 인재에는 틀림없었으나 톱클래스는 아니었다.

NI사로서는 지사의 파견사원에 지나지 않았다. 파견사원 한 명을 제거한들 계약에 영향을 줄 수도 없겠거니와, 경영상 갈등을 깨끗이 해결 짓는 것도 불가능한 셈이다. 따라서 살인의 동기로서는 참으로 미약했다.

마지막으로 남은 야마모토 기요유키는 확실히 개인적이고, 구체적인 동기지만 소렌센이 죽어도 인사권은 여전히 NI사에 있고 계약 그 자체가 변경되지 않는 한 근본적인 해결책은 되지 않는다.

소렌센의 개인적인 의견으로 야마모토가 파면당할 뻔했으니 다른 지배인이 오면 다른 기회가 열릴지도 모른다. 그러나 그것도 상대방에게 달려 있는 것이다. 그와 같은 애매한 기대 속에서 살인을 하는 인간은 없을 것이다.

결국 처음에는 동기가 있었던 네 사람이 차례차례로 부정되었다. 이렇게 되면 이상하게도 처음부터 동기가 없던 오자와 히데히로의 존재가 아무리 싫다 해도 커다랗게 떠오르지 않을 수 없다.

처음부터 오자와가 수상하다고 의심을 품었던 야마지와 무라타 조는 집요하게 그의 주변을 캐고 있었다.

2
"미행당하지는 않았죠."

오랫동안 만나지 못한 굶주림을 성급한 포옹으로 메운 두 사람은 행위가 끝난 뒤 긴장이 풀리자 여자 쪽에서 먼저 입을 열었다.

여자는 남자의 젊은 육체가 바로 회복되는 것을 알고 있었다. 그렇지 않다면 과격한 포옹으로 모처럼 축적된 남자의 체력을 소모하는 행위는 하지 않았을 것이다.

"염려 없어요. 첫째로 경찰은 부인과 소렌센 사이만 의심하고 나 같은 건 쳐다보지도 않습니다. 미행당했다면 부인 쪽이겠지요."

남자는 땀으로 젖은 몸을 여자의 살갗에서 살며시 떼었다. 몸을 휘감은 대로 다음 행위로 들어가기에는 좀더 시간이 흘러야 한다는 것을 알고 있었다.

결국 욕망만으로 사귀는 남녀란 만날 때마다 신선미가 없어지고 회복하는 데 시간이 걸리는 모양이다.

"내가 미행을 당해요? 그런 실수는 않죠."

여자는 천하게 웃었다. 바로 이하라 아야코였다.

"어째서 그토록 자신하는 겁니까?"

남자가 물었다. 오자와 히데히로였다.

"후후, 익숙해서 그래요."

아야코는 서슴지 않고 대답했다.
"익숙해요? 미행당하는 일이?"
"경찰은 아니에요. 남편이 나를 의심하고 몇 번이나 미행한 것 같아요. 내가 딴 남자와 만나는 현장을 잡아 그것을 구실삼아 이혼을 요구할 생각이에요. 하지만 그렇게는 안 되죠. 나도 남편을 미워해요. 우리는 처음부터 결혼하는 게 아니었어요."
"그렇다면 이혼하면 되잖습니까?"
"싫어요. 그럼, 난 갈 곳이 없어요. 딸의 행복보다는 재계 명문으로서의 명예를 더 소중히 여기는 아버지가 성격 차이 같은 이유로 합의 이혼한 딸을 절대로 받아들이지 않을 거예요. 난 부유한 생활을 하면서 자랐어요. 별장이나 보석이 없는 생활을 생각조차 할 수 없어요. 이하라와 함께 있는 한 그런 불편을 느끼진 않죠."
"나는 별장이나 보석의 대용품인 셈인가요?"
오자와의 말투에 비꼬는 투가 섞여 있었다.
"오자와 씨!"
아야코는 정색을 하며 말했다.
"우리들은 조건부로 만나는 거죠? 서로 귀찮게 굴지 않는다, 어느 쪽이건 한쪽이 싫증나면 그것으로 끝내자, 그런 약속이었죠."
"그렇습니다. 지금도 그럴 작정입니다."
"그렇다면 그렇게 비꼬지 마세요. 당신 역시 자신의 욕망을 채우기 위해서 나와 만나고 있잖아요. 서로 자기가 가지고 있지 않은 육체를 교환하고 즐기는 것만으로 충분하지 않나요. 우리의 교제는 누구에게도 비밀이란 것, 그 점에 충분히 신경을 써 줘요."
"염려 마십시오, 부인. 나 역시 이같이 즐거운 교제를 되도록 오래 계속하고 싶습니다. 미행당하는 실수는 하지 않습니다."
"그럼, 한 번 더 안아 줘요. 난 아직도 만족하지 못 했어요."
아야코가 갑자기 응석을 부리며 다가왔다. 오자와의 욕망에도 다시금 불이 붙었다. 보석과 별장의 대역이라도 상관없다. 충분한 시간과 돈을 들여서 가꾸어 온 육체를 마음껏 포식할 수 있는 기회가 주어졌는데 무슨 불평이 있단 말인가. 설사 두 사람의 관계가 누군가에게 알려진다 해도 자신이 잃을 것이 거의 없다.

오자와의 가슴에 갑자기 잔인한 것이 치솟았다. 남자를 보석의 대용품으로밖에 인정하지 않는 여자. 그렇다면 이쪽도 상대를 완전히 물건으로 보고 가혹하게 괴롭혀 주리라.

이번에야말로 본격적으로 욕심 사나운 포식자의 태세를 갖추고 오자와는 잘 익은 여체에 달려들었다. 피차에 육체적 쾌락 이외에는 아무런 가치를 인정하지 않는다. 오로지 도구만으로서 접촉하고 있는 육체는 오히려 사디즘과 마조히즘의 미묘한 흥분을 자아내는 것 같았다.

오자와는 아야코를 침대 위에서 바닥 카펫으로 끌어내려 그녀의 알몸을 마구 탐식했다.

3

오자와에게 혐의를 두고 야마지와 무라타는 그의 주변에 집요한 감시망을 펼쳤다. 그 결과 그가 최근 한 달에 두세 번 비율로 낮 2시경부터 약 두 시간 가량의 공백시간을 갖는 것을 알아냈다.

형사들이 미행하는 것을 상대방이 알아채게 하는 실수는 저지르지 않았다. 그런데 눈치를 챈 것 같지도 않은데 오자와의 태도는 지나치게 용의주도했다.

오자와는 택시를 몇 번인가 바꿔 탔다. 일단 전차에 올라타서 발차시 문이 닫히려는 순간에 뛰어내린다. 백화점으로 들어가서 엘리베이터로 몇 번을 오르내린다. 이런 짓을 하면 아무리 뛰어난 미행선수도 손을 번쩍 들고 만다. FBI가 자주 쓰는 인해전술로 피미행자가 들릴 만한 곳에 먼저 사람을 잠복시키는 방법이 있지만 인원 부족인 수사본부에서 그런 흉내는 낼 수 없었다.

그러나 오자와는 특별히 미행당하고 있는 것을 눈치 챈 것은 아닌

듯 했다. 이러한 짓은 그가 지금부터 가려는 곳을 남에게 알리고 싶지 않다는 사실을 말하는 것이다.

행선지는 어디일까? 그곳에는 누가 기다리고 있을까? 전혀 알 수 없으면서도 오자와가 남에게 알리고 싶지 않은 장소로 한 달에 두세 번 간다는 사실을 알게 된 것은 큰 수확엔 틀림없다.

이와 병행하여 이하라 아야코와 소렌센의 관계를 확인하기 위해 주변을 수소문하던 가사이와 구사바 조는, 그녀도 역시 한 달에 두 번 가량 소재불명이 되는 사실을 알아냈다.

잠깐 외출을 할 때도 유명 탤런트나 가수를 아름다운 액세서리처럼 곁에 두던 아야코는 부정한 남녀관계를 상상케 했다. 그러나 실제로 조사해보니 틀림없이 록폰기나 아카사카의 나이트클럽, 고고 스낵에서 꽤 화려하게 놀고 다니지만 특정한 남자와 구체적인 관계는 나타나지 않았다. 아름답고 화려한 치장을 하고 있어도 그것은 어디까지나 치장에 그치고 있었던 것이다. 그러나 가사이는 단념하지 않았다.

그녀의 외모에서 확실히 부정(不貞)의 냄새를 형사의 육감으로 맡은 것이다. 남몰래 그녀를 살피고 있는 동안 한 달에 두세 번 소재불명이 되는 사실을 알아 낸 것이다. 그녀의 미행에 대한 경계심은 오자와 이상으로 날카로웠다.

그 정보는 곧장 수사회의에 제시되고 오자와의 소재불명 시간과 대조되었다. 두 사람의 공백시간이 완전히 일치되었을 때 본부에서는 비로소 오자와가 아야코와 불륜관계인 것을 알게 되었다.

"그들이 아무리 경계를 했어도 시간을 속일 수 없었던 거지. 언제나 두 사람이 같은 시간에 행방불명이라면 우연은 아니야. 미행을 따돌릴 수는 있어도 시간은 메울 수 없으니 말이지."

나스가 말했다.

"그러나 그들 사이에 불륜관계가 있다는 것이 소렌센 살해와는 어떤 관계를 갖습니까?"

하야시 형사가 물었다.

살해당한 것은 소렌센이다. 소렌센과 아야코 사이에 관계가 있다면 여자를 에워싼 치정관계가 생각되지만 아직까지 그들의 관계는 발견되지 않았다. 아무리 오자와가 아야코와 부정을 저질렀다고 한들 소렌센에 대해선 동기가 없는 것이다.

"바로 그 점이야."

야마지는 하야시의 의문을 받아들였다.

"오자와와 아야코의 관계는 따로따로 수사를 하다 우연히 찾아낸 거야. 그것도 아직 결정적인 것은 아니지. 우리들은 설마 이 두 사람 사이에 관계가 있으리라고는 생각하지 않았어. 그러나 오자와는 의심스러운 존재이고, 아야코는 소렌센과 관계가 있는 게 아닌가 하는 혐의를 처음부터 받았지. 요컨대 이 두 사람은 사건의 시초부터 관계자였던 거야. 따라서 사건의 관련자 사이에 불륜 관계가 있다는 것은 빠뜨릴 수 없다는 얘기지. 오자와에게 동기가 발견되지 않았지만 아야코를 통해서 뭔가 새로운 것이 떠오를지도 몰라. 애당초 오자와의 알리바이에는 애매한 점이 있었으니까. 그들이 소렌센 살해에 어떠한 관계를 갖는지는 모르나 두 사람, 특히 오자와를 한결 더 의심스럽게 하는 것은 틀림없어."

"바로 그거야. 여하튼 그들 사이가 계속되는 동안 현장을 잡아야 해. 특히 오자와의 주변에 감시망을 굳힐 필요가 있어. 녀석이 사건발생시 현장에 없었다는 것은 확인되었지만 그 대신 어디에 있었는지는 아직도 모르잖아. 그 시간에 이하라 아야코와 밀회를 하고 있었다는 것은 무리야. 첫째로 시간이 너무 짧았고, 게다가 오자와의 불명시간에 아야코는 건너편 빌딩에 있는 레스토랑에서 남편과 같이 손님들을 접대하고 있었단 말이야. 오자와가 주장하는 현장부재로 증명된 알리바이에 있어서 그가 어디서 무엇을 하고 있었는가는 점점 알 수 없게 되지. 당분간 그의 행동을 쫓아 보자고. 아야코와 관계가 떠오른 지금 그를 집중적으로 쫓아도 예상수사가 될 염려는 없을 테니까."

나스가 자신 있는 어조로 말했다.

매사에 신중한 그가 이 정도의 심증을 갖게 된 것은 동기에 관한 한 지금까지 수사에서 가장 멀리 떨어져 있었던 오자와의 존재가 매우 수상해진 것을 가리키는 것이었다.

4

고쿠레 유이치는 재빠르게 오자와의 모습을 발견했다. 오자와가 그를 알아보지 못한 것은 그가 등 뒤만 신경을 쓰고 전방에는 주의를 하지 않았기 때문이었다. 고쿠레는 말을 걸려다가 간신히 참은 것은 상대방에게 뭔가 까닭이 있는 듯한 모습을 눈치챘기 때문이었다.

지금 말을 걸면 오자와가 난처해하리라는 것이 오랫동안 샐러리맨 생활에서 상사의 안색만을 살펴온 그로서는 직감적으로 알 수 있었다. 뿐만 아니라 오자와는 자기에게 호의적이며 이것저것 이끌어 주는 같은 회사의 엘리트 사원이다. 사장의 주머니칼로서 중역들도 두려워하고 있는 그의 호의를 잃게 되면 오랜 고생 끝에 간신히 찾아온 기회를 잃게 된다. 순간적으로 그렇게 판단한 고쿠레는 건물 그늘에 몸을 숨겼다. 이쪽에서 알아본 것이 한 발 빨랐기 때문에 저쪽에서는 고쿠레가 있는 줄도 모르고 여전히 뒤쪽을 두리번거리며 지나갔다.

'누군가에게 미행당하고 있는가? 그런데 오자와 씨가 이런 곳에 무슨 일일까?'

그 같은 의문이 생긴 것은 그가 지나간 후였다.

여기는 시부야에서 전철로 몇 정거장 들어간 메구로 구의 주택가로 고쿠레의 아파트가 있는 곳이다. 오자와의 주소는 나카노 쪽 맨션이라고 들었다. 만약 우연히 만난 것이라면 그 같은 의문은 품지 않았겠지만 뭔가 사연이 있어 보이는 오자와의 태도에 호기심이 일어났다.

오자와가 사라져 간 방향, 즉 고쿠레가 걸어온 길 쪽에는 역과 택시 정류장이 있으니 아마 그는 그곳에서 전철이나 자동차를 탈 생각이겠지. 그러나 오자와가 온 방향에는 서민주택과 회사의 기숙사, 그리고 최근에 생긴 몇 개의 맨션과 비교적 깨끗한 호텔이 있을 뿐이다.
'아마 아는 사람 집에라도 놀러 왔겠지.'
아무리 생각해도 알 수 없었기에 고쿠레는 그렇게 생각하는 것으로 자신의 호기심을 납득시키기로 했다. 뿐만 아니라 오자와가 무슨 용건 때문에 자기가 살고 있는 동네에 왔다 해도 고쿠레에겐 관계가 없는 일이었다. 고쿠레는 하루의 근무로 피곤했다.

그는 이하라 호텔의 창고 검수계장(檢收係長)이다. 검수계란 출입업자가 매일 납품하는 여러 가지 호텔용품을 납품서와 대조해 보고 개수를 확인하는 임무이다.

호텔에는 쇠고기·생선·술 등 식료품에서 침대나 의자·책상 등의 가구류, 타월·비누·화장지 등 잡품까지 생활에 필요한 모든 물건이 납품되었다. 평상시라면 잡품만 검수하면 끝날 것이다. 그러나 개업 직후 업무분담이 명확하게 이루어지지 않은 시기였기 때문에 불평만 하고 있을 수는 없었다. 그 날 납품된 물품을 다 검수할 수 없어서 트럭에 쌓아둔 채 창고에 일단 넣어 두고 다음 날로 넘기는 것도 드문 일이 아니었다. 그러나 전에 있던 호텔과는 달라서 이 호텔에서는 계장이다. 큰 호텔인 만큼 부하들도 많았다. 평사원 때와는 달라서 보람도 있었다.

그는 10년 전 도내의 어느 유서 깊은 호텔의 납품계에서 호텔맨으로 출발했다. 영어를 다소 알고 있었으므로 본심은 프런트에서 일하고 싶었지만 연공서열이 엄격한 전통 있는 호텔에서, 더구나 대학출신들로 에워싸인 엘리트 집단 프런트에는 그와 같은 고졸자는 좀처럼 들어갈 수 없었다.

호텔에서는 인사과나 경리과 같이 손님들과 직접적인 접촉이 없는 부서를 음지라고 불렀다. 그런 의미에서 납품계 같이 언제나 창고 구석에서 바스락거리며 물품의 숫자나 맞추고 있는 부서는 음지 중 음지이며 가장 햇빛이 닿지 않는 부서였다. 아쉬운 대로 물품의 매입권이라도 가지고 있으면 출입업자에게 큰소리라도 칠 수가 있지만 애당초 그에게 그런 권한은 주어지지 않았다.
 승진의 가망도 거의 없어서 비관하고 있을 때 우연히 알게 된 것이 당시 이하라 호텔의 개업 준비실에 있었던 오자와였다.
 도심의 찻집에서 누군가를 기다리던 모양인 오자와는 약속시간이 되어도 상대가 나타나지 않자 자리를 일어섰다. 좁은 통로를 지나 출구 쪽으로 가려던 그는 바로 옆자리에 있던 고쿠레의 탁자 위의 잔에 옷자락이 걸렸다. 잔이 구르며 넘친 물이 고쿠레의 무릎에 흘러 떨어졌다. 그들은 이것을 인연으로 서로 알게 되었다. 오자와가 준 명함으로 그의 신분을 알게 된 고쿠레는 '새로운 무대로 옮겨 힘껏 일해 보고 싶다'는 희망을 비쳤다.
 이것은 사람을 구하려고 열심히 돌아다니고 있었던 오자와에게도 나루터에 있는 배처럼 꼭 들어맞는 이야기였다.
 "마침 검수 경험자가 없어서 곤란한 참이었습니다. 우선은 계장으로 와 주시지 않겠습니까? 더 좋은 자리를 제공하고 싶지만 다른 사람과 균형도 있고 해서요. 기회를 봐서 내가 상부에 더 좋은 자리를 얻도록 힘을 쓸 테니까요."
 이렇게 되어 아무런 미련 없이 이 호텔로 옮겨왔던 것이다. 그전 호텔에서는 계장조차도 정년까지 될지 안 될지 아득했었다. 여하튼 고쿠레에게 새로운 기회를 준 사람이 오자와였다. '기회를 봐서 더 좋은 자리에'라고 말한 것은 거짓이 아니어서 머지않아 과장대리로 승진을 내정 받을 참이었다. 검수과 과장대리라고 하면 과장대행이기는 하지만 물품의 매입권도 있다.
 이하라 호텔의 물품매입권이라면 대단한 권력이다. 출입업자 약 3백명, 매입품목은 약 1천 종류, 그가 '노'라고 하면 물품을 납품할 수 없기 때문에 업자 측에서는 고쿠레의 기분을 맞추는 일에 사활을 걸 것이다. 뇌물이 아니라 업자로부터 의례적인 인사만으로도 막대한 벌이가 된다. 오랜 식은 밥 생활에서 구해 준 오자와를 위해서라면 고쿠레는 과장이 아니라 물불도 가리지 않을 심정이었다.

그 오자와가 뭔가 사연이 있는 듯한 태도로 지나갔다. 고쿠레는 그에게 불리한 것 같은 일에는 결코 가까이 가지 않는 것이 도움을 받고 있는 자의 당연한 예의라고 생각했다.

도중에 슈퍼마켓에 들려 출근 때 아내에게 부탁받은 물건을 샀다. 그는 아직 어린애가 없는 맞벌이였다. 아내는 어느 신문사의 교환수이다. 그 때문에 어느 편이든 빨리 귀가하는 쪽이 저녁거리를 사오게끔 되어 있었다. 오늘은 아내가 당직이라서 8시가 지나서 귀가할 예정이었다.

그전 호텔에 있었을 때는 맞벌이를 하며 어려운 살림을 도와주는 아내가 고마웠는데 과장대리를 목전에 두자 갑자기 콧대가 높아져서 물건을 산다든가 저녁식사 준비를 하는 것이 귀찮아졌다.

"여보, 이젠 회사를 그만두어도 좋아." 하고 말했지만 이번에는 선임자가 되어 일하기가 편해진 아내가 그만두려고 하지 않는다.

아내가 적어 준 메모에 따라 저녁 반찬거리를 이것저것 사고 있자니 어쩐지 비참한 기분이 들었다.

'이젠, 무슨 일이 있어도 맞벌이는 그만두게 해야지. 첫째로 부하들에게 이런 꼴을 보이면 당장 위신을 잃게 되니까.'

식료품과 야채 봉지를 안고 슈퍼마켓을 나왔을 때 고쿠레는 굳게 결심했다. 고작 두 사람 분의 식료품이지만 며칠 분을 사놓은 것이라 상당한 중량이었다.

몇 번인가 손을 바꾸며 아파트 부근까지 다다랐을 때 저쪽에서 한 젊은 여자가 걸어왔다. 검소한 옷차림으로 되도록 남의 눈에 띄지 않게 신경 쓰는 모양이었으나 윤곽이 뚜렷하고 화려한 얼굴은 지나가는 남자들을 뒤돌아보게 할만했다. 얼굴을 가리기 위해 엷은 색의 선글라스를 끼고 있는 것이 오히려 유명 예능인의 미복잠행(微服潛行)과 같이 남의 눈을 끄는 효과를 자아내고 있었다.

그러나 고쿠레가 여자에게 끌린 것은 그 때문이 아니었다. 그는 여자의 얼굴을 기억하고 있었던 것이다. 그렇다고는 하나 그의 편에서 일방적으로 알고 있을 뿐이고, 여자 쪽에서는 전혀 알지 못하는 타인이었다.

그의 기억에 착오가 없다면 여자는 이하라 호텔의 이하라 사장 부인이다. 개업식 리셉션 파티에서 아름다운 공작새처럼 남편 옆에서 천하의 명사만을 모아 놓은 내빈들에게 상냥하게 인사하는 것을 먼발치에서 엿본 적이 있었다. 동서은행 부행장의 딸이라고 들었다. 자신 같은 사람은 발치에도 가까이 할 수 없는 구름 위의 여성이 이 같은 어중간한 시간에 변두리를 혼자 남몰래 걷고 있다.

'사람을 잘못 봤나?' 하고 순간 생각했으나,

'아니, 틀림없어. 절대로 사장 부인이다.'

하고 고쿠레는 자신을 가졌다.

저 아름답고 화려한 얼굴을 잘못 보았을 리가 없다.

'그러나 사장 부인이 어째서 이런 곳에?'

주변을 둘러보아도 차를 대기시킨 것 같지는 않았다. 그녀가 차도 가져오지 않고 이 부근을 서성거리고 있다는 것은 도저히 믿을 수 없는 일이었다. 더군다나 사장 부인이 고쿠레를 알아차리지 못한 것은 그를 모르기 때문이 아니라 뒤쪽에만 신경을 썼기 때문이었다.

그렇지 않으면 잠시 동안 자신을 유심히 바라보고 있던 그의 시선을 눈치챘을 것이다. 고쿠레는 자신도 모르게 길 옆 전봇대 뒤로 몸을 가리고 그녀가 지나가기를 기다렸다. 그가 섬뜩한 것은 그 순간이었다. 바로 조금 전 지금과 똑같은 행동을 한 것이 생각났기 때문이다.

그를 섬뜩하게 한 것은 자기 자신의 행동 때문이 아니라 똑같은 행동을 취하게 한 상대방 태도의 유사성에 있었다.

오자와도 사장 부인도 남의 눈을 피하듯이 걷고 있었다. 뒤쪽에만 신경을 쓰고 앞쪽은 소홀히 하며 말을 걸면 거북하게 생각할 것 같은 인상도 같았다. 그것은 한결같이 미행자를 경계하는 태도였다.

미행당하는 인간은 뒤에다만 신경을 쓰고 앞을 보지 않으므로 교통사고를 당하기 쉽다는 이야기를 어느 사건 관계로 호텔에 탐색 나온 형사로부터 들은 적이 있다.

'사장 부인과 오자와 씨가 같은 장소에서 거의 같은 시간에 미행자를 경계하면서 걷고 있다.' 이것은 결코 우연이 아니다.

고쿠레의 머릿속이 복잡해졌다.

'사장 부인과 오자와 씨가 설마?'

생각이 도달한 지점에서 떠오른 상상을 고쿠레는 일단 부정했다. 관계를 알리고 싶지 않은 남녀가 밀회 장소에 따로 와서 따로 가는 것은 상투적인 방법이다. 호텔업자는 이것을 '별도도착, 별도출발'이라고 부르고 있다. 명색이 호텔맨이고 보니 고쿠레의 연상은 빨랐다.

두 사람이 온 방향에는 설비가 좋고, 작지만 잘 정돈되어서 부유층의 숨은 정사 장소로는 안성맞춤인 호텔이었다.

일단은 부정했지만 모든 상황이 그것을 말해 주고 있었다. 생각해 보면 사장 부인과 사장 비서는 가장 내통하기 쉬운 처지가 아닌가. 사무에 충실한 남편으로부터 소홀해지는 아내와 남편의 비서는 때때로 접촉할 기회가 있었을 것이다. 한 사람은 자신의 절대적인 지배자의 아내이고 한 사람은 그녀의 남편보다 젊고 늠름한 비서다.

오자와나 사장 부인이 지배자이며 일의 노예인 사장에게 복수를 할 생각으로 내통하고 서로가 육체를 탐냈으리라. 고쿠레의 상상은 점점 커졌다. 그러나 만약 그 관계를 사장이 알게 되면 부인은 풍부한 물질의 혜택이며 명사의 아내 자리를, 그리고 오자와는 엘리트의 위치를 동시에 잃는다. 그들이 미행자에게 온갖 신경을 집중한 것도 당연한 일이었다. 두 사람이 뒤쪽만 주의한 나머지 앞쪽에서 온 고쿠레를 알아보지 못한 것은 아이러니였다.

"이로써 오자와 씨에게 받을 빚이 또 한 가지 생긴 셈이군."

고쿠레는 빙그레 웃었다.

제8장 두 번째 희생자

1

소렌센의 추락사건은 별다른 진전이 없는 채 시간만 헛되이 흐르고 계절은 따뜻해졌다. 그동안 몇 사람의 용의자가 떠오르다 사라졌다.

결국 오자와 히데히로가 가장 수상하다는 결론이었는데 소렌센에 대한 직접 동기는 아무것도 떠오르지 않은 채 이하라 아야코와의 불륜관계만을 찾아냈을 뿐이었고 수사는 한 걸음의 진전도 없었다.

현장의 납득할 수 없는 상황도 해명되지 않았다. 해명의 실마리조차도 파악할 수 없다. 16층에서 많은 사람이 지켜보는 가운데 사람이 떨어졌고, 또한 틈을 주지 않고 16층 현장은 폐쇄가 되었는데도 범인의 모습은 사라지고 없어졌다. 투신자살이 아니라는 것은 목격자의 증언과 시체에 남겨진 저항의 흔적으로 보아 분명했다. 요컨대 범인은 피해자를 떠밀어 떨어뜨리고 현장에서 연기처럼 사라져 버린 것이었다.

어처구니없는 일이 아닐 수 없다. 그러나 실제로 그런 일이 일어난 것이다. 수사본부에 초조한 빛이 짙어졌다.

오자와 히데히로가 행방을 감춘 것은 바로 그 무렵이었다.

"뭐야! 오자와가 어젯밤 퇴근 후 집으로 돌아오지 않았다고?"

그 정보가 처음 본부에 알려졌을 때 웬만한 일에는 꿈쩍도 않는다고 정평이 있는 나스도 약간 안색이 달라졌다. 슬슬 11시가 되어 온다. 9시 출근인데 정각이 되어도 나타나지 않고 아무런 연락도 없어서 그에게 볼일이 있던 이하라 사장이 제2비서에게 나카노의 자택으로 연락해 보니 관리인이 나와서 어제 나간 후 돌아오지 않았다는 얘기였다. 오자와는 어제 제시간에 퇴근했다. 출근도 항상 시간엄수였다.

오늘 결근하겠다는 이야기도 듣지 못했다. 오자와는 오늘 출근을 하지 않으면 사장이 곤란해진다는 것을 충분히 알고 있었을 것이다. 그는 빈틈없고 꼼꼼한 남자로서 무단결근이나 지각을 한 일이 동도고속에 입사한 이래 한 번도 없었다. 이하라 교헤이는 오늘 무슨 일이 있어도 오자와에게 물어 보지 않으면 안 될 업무사항이 있었기 때문에 직원들을 분담시켜 그가 갈 만한 곳을 샅샅이 찾도록 했다.

그러나 행방을 알아낼 수 없었다. 경찰 측도 그에게 주목은 하고 있었으나 피의자로서 결정된 것은 아니기 때문에 형사가 항상 잠복할 정도의 감시는 하지 않았다.

'아야코와 만나고 있는 게 아닐까?' 하는 나스의 의문은 그녀가 어젯밤부터 자택에서 한 발자국도 나가지 않았다는 사실이 밝혀져 바로 부정되었다. 아야코가 오자와의 행방을 알고 있을 가능성도 있었으나 그녀와 오자와의 관계를 이하라는 아직 모르고 있어 공공연하게 질문할 수도 없었다. 뿐만 아니라 두 사람의 관계는 어디까지나 경찰의 추측에 지나지 않았던 것이다.

그러나 아직 이 단계에서는 경찰도 호텔 측도 사태를 그다지 중요시하지 않았다. 누구나 하룻밤쯤 증발하는 일도 있을 수 있는 일이기 때문이었다. 하물며 젊고 건강한 독신 남성이라면 길을 스치다가 만난 여인의 유혹에 따라 어딘가에서 정신 없이 늦잠을 자는 일도 충분히 생각할 수 있는 일이다. 그러나 점심때가 지나도록 오자와의 행방은 알 수 없었다. 물론 그에게 연락도 없었고, 사고 소식도 없었다.

"이런 일은 한 번도 없었다." 호텔 측에서는 단언했다.

호텔 그 자체는 개업하고 얼마 되지 않았지만 오자와에게는 그 이전에 동도고속 사원으로서의 이력이 있었다. 경찰 측에서도 드디어 사태를 중대시하고 야마지 형사가 오자와의 맨션을 조사해 본즉, 전날 아침에 출근한 그대로였고, 여행을 떠난 흔적도 없었다. 80만 엔 가량의 잔액이 있는 예금통장과 시가 5백만 엔 정도의 유가증권도 그대로 남아 있었다. 나이에 비해 돈을 많이 가지고 있는 것이 마음에 걸렸으나 요즈음은 일류회사의 사원이면 그 정도 모아 놓은 사람이 많다. 양복도 옷장 안에 그대로 걸려 있었다. 여행용구도 들고 나가지 않았다.

오자와는 NI사의 세단을 가지고 있었는데 아직 주차장에 돌아오지 않았다.

"그는 여기로 돌아올 예정으로 집을 나간 것입니다."

수사본부로 돌아온 야마지 형사는 잘라 말했다. 이렇게 되자 사태는 갑자기 중대시되었다.

"저녁에 귀가할 예정으로 나간 사람이 퇴근 후 벌써 20시간이 넘게 여전히 소식을 끊고 있다. 과거에 이 같은 태만한 짓을 한 적이 한 번도 없는, 빈틈없고 꼼꼼한 엘리트 사원이 무단결근에 행방불명이라는 사실은 그가 연락을 하고 싶어도 할 수 없는 상황에 빠져 있는지도 모른다."

나스의 말에 수사관들은 모두 불길한 연상을 했다.

만약 그들의 불길한 연상이 들어맞는다면 당연히 그것은 소렌센 사건과 관계가 있으리라. 오자와는 역시 '무언가'를 알고 있었던 것이다. 그의 '현장부재로 증명된 알리바이'는 부자연스러웠다. 이하라 아야코와의 관계도 좀더 조사해야 옳았다. 만약 오자와가 알고 있었던 어떤 일 때문에 살해되었다면 소렌센 사건의 불가능한 상황은 해명할 방법이 없다. 형사들은 절망감과 피로감을 느꼈다.

그 날 저녁 자동차만이 나카노 구 야마토쪼의 어느 노상에 버려진 것이 발견되었다. 차내에서 범죄가 이루어진 흔적은 없었다.

2

4월 20일 화요일 오전 7시경, 오사카 부 이바라기 시에 사는 샐러리맨 이데 타쓰오(井出達男)는 국철 이바라기 역으로 가고 있었다.

항상 같은 일이지만 샐러리맨의 아침 출근은 우울하다. 분비는 시간에 한 시간 가까이 뒤얽혀 눌리다가 간신히 직장에 나가 보았자 색다른 것도 없는 일이 기다리고 있을 뿐이다. 그의 근무처는 텐노치 구의 자동차 회사여서 오사카 역에서 지하철로 갈아타지 않으면 안 된다.

그가 월급을 부지런히 모아 여기에 집을 산 무렵에는 아직도 주변에 충분히 논밭과 초원이 남아 있었는데 최근에는 정신 없이 늘어나는 주택에 의해서 거의 사라져 버렸다. 그의 집도 그 푸름을 없애고 건립된 것이니 할 말은 없으나 이런 상태로 집이 늘어난다면 머지않아 일본 전역에 초원이 없어져 버릴 듯한 불안감을 느꼈다. 그렇게 생각하자 금년에는 벚꽃이 언제 피었는지조차 거의 기억에 남아 있지 않았다.

그는 집에서 역전 통로로 나가기 위해 조그마한 하수도를 따라 걸었다. 메탄가스와 장구벌레의 온상인 더러운 개천이지만 가느다란 물줄기가 있었다. 아이들이 떨어질 위험성이 있어서 인가에서 가까운 곳은 시청에서 콘크리트 뚜껑을 씌웠지만 인가가 없는 곳은 방치된 채로 있었다. 한번은 이데가 술에 취해 돌아오다가 그곳에 빠진 적이 있었다. 의외로 깊고, 토한 것의 냄새가 온몸에 배여 좀처럼 빠지지 않아서 애를 먹었다. 아내에게도 심한 불평을 들었다. 그 다음부터 밤에는 되도록 그 길은 다니지 않기로 했는데 역까지 다소 지름길이라서 아침에만 이용하고 있었다. 설마 아침에 시궁창 속으로 떨어지는 일은 없으리라고 생각한 것이다.

'틀림없이 이 부근일 거야.'

그는 언제나 떨어졌던 부근에 오면 시궁창 쪽으로 시선이 가는 습관이 생겼다.

"어?"

무심코 돌린 시선이 고정되었다.

시궁창 속에 사람이 엎드려 기다랗게 누워 있었기 때문이다. 그 사람은 거무스레한 양복을 입고 있기 때문에 유심히 보지 않으면 분별하기가 어려웠다.

'뭐야, 아침부터 손님인가?' 하고 생각하다가 그 사람이 얼굴을 진흙 속에 파묻고 있어 깜짝 놀랐다. 취해서 떨어졌다고 해도 그런 자세로 있으면 질식해 버린다.

"여보시오! 여보시오!"

이데가 큰소리로 불렀으나 그는 꼼짝도 하지 않는다. 사람 좋은 이데는 사태가 심상치 않은 것을 알자 더러움도 개의치 않고 시궁창 속으로 뛰어들었다. 안아 일으키니 숨을 쉬지 않는 것을 알았다.

"술 취한 사람입니까?"

뒤에서 같은 길을 걸어온 듯한 통행인이 말을 걸었다.

"큰, 큰일이오. 사람이 죽었소. 경찰에 알려 주십시오."

이데의 말에 구경꾼 기분이었던 통행인의 안색이 달라졌다.

이바라기 서(署)는 그곳에서 바로 지척의 거리에 있었다. 신고로 달려온 숙직 형사는 죽은 사람의 피가 말라붙은 후두부, 검붉은 색으로 부어오른 얼굴과 목덜미에 뚜렷하게 남아 있는 조인 흔적을 발견하자 남아 있던 졸음이 완전히 날아가 버렸다. 다시 부경(府警) 본부로 연락해서 수사 1과 형사와 현장 감식반원이 황급히 달려왔다. 조용했던 아침의 주택가는 별안간 어마어마한 분위기에 싸여 버렸다.

죽은 사람은 연령 30세 전후이며, 근골형으로 교살로 인한 고통과 수중에 방치되었기 때문에 얼굴은 상당히 변질되었지만 윤곽이 뚜렷하고 꽤 미남으로 생겼다. 명함, 승차권, 지갑, 저고리의 명찰 등 죽은 자의 신분을 나타내는 일체의 문자가 벗겨져 있었기 때문에 신분을 알아내는 데는 시간이 걸릴 것 같았다. 호주머니 속에는 2만 6천 엔 가량 들어 있는 가죽지갑, 파카 만년필, 손수건 등 소지품이 남아 있었다. 범인은 죽은 자의 신원을 나타내는 것만 빼버린 모양이다.

현장은 이바라기 시 시모쮸우조 마치의 부근이었고, 폭 2m쯤 되는 하수도 속이다. 애당초 밭이었던 곳에 민가가 세워진 지역이라 민가와 밭이 불규칙하게 뒤섞여 있었다.

사건 현장은 역으로 가는 지름길이므로 전차가 다니는 동안에는 사람들이 왕래하지만 막차가 떠난 뒤부터 첫차가 올 때까지 사람들의 발길이 뚝 끊어져 버린다.

'어딘가 딴 곳에서 죽여서 여기까지 운반해 왔는지도 모른다.'

관할서의 노형사 하토는 그렇게 생각했다. 그러나 그는 본부에서 나온 젊은 패들 때문에 자신의 생각을 당장 표명하는 것을 피했다. 본부에 신경을 써서 사양한 것이 아니라, 살인사건의 경우 조급하게 자신의 판단이나 육감을 표명하지 않는 편이 좋다고 다년간의 경험으로 잘 알고 있었기 때문이다.

아무 생각 없이 한 말 한 마디가 젊은 형사에게 선입견을 갖게 하고 수사를 잘못된 방향으로 이끌어 갈 우려가 있다. 현장은 폭 3m 가량으로 하수구가 길게 뻗어 있고 차가 충분히 들어갈 수 있었다. 그러나 며칠 동안 날씨가 좋아서 길은 바싹 말라 있었고 타이어의 자국은 없었다. 시체는 검시 후 해부실로 옮겨졌다. 동시에 경찰청 및 각 부현경(各 府縣警)의 감식과에 지문에 의한 신원조회와 수사관이 신고된 가출인 등의 조회가 시행되었다.

이로써 죽은 사람의 신원도 빨리 알아낼 수 있었다. 오후에 해부결과가 나왔다. 그 결과에 의하면 죽은 원인은 끈을 목에 감아 경부 압박에 의한 질식 즉, 교살이었다. 또한 후두부에 둔기로 때린 듯한 함몰(陷沒)이 있어서 범인은 그곳에 일격을 가한 후 확실하게 죽이기 위해 목을 조였다고 추정했다.

사망 시간은 전날 밤 즉, 19일 밤 9시에서 12시경으로 추정되었다. 시체가 하수구에 방치되었던 시간이 극히 짧았고 죽은 지 얼마 되지 않았기 때문에 추정시간은 거의 착오가 없다고 집도의(執刀醫)는 자신 있게 말했다.

제9장 밝혀진 미스터리

1

고쿠레 유이치는 오자와가 살해당했다는 뉴스를 들었을 때 마음 속 깊은 곳에서 솟아오르는 전율을 느꼈다. 그러면서도 어쩐지 불길한 예감이 들어맞은 것 같은 생각도 들었다. 그는 오자와의 죽음을 예감한 것은 아니었다.

그렇다면 어째서 그와 같은 불안감을 느꼈을까?

오자와 히데히로는 이하라 호텔에서 장래가 약속된 엘리트였다. 아무런 불안도 있을 까닭이 없었다. 그러나 실제로 고쿠레는 그것을 느끼고 있었다. 그리고 그의 죽음이 남의 일 같지가 않았다. 자신의 '스폰서'였던 그의 죽음을 애도해서가 아니다. 그의 죽음이 그대로 자신과 연결되는 것 같은 생각이 자꾸만 들었다. 그리고 그것이 고쿠레로 하여금 전율을 일으키게 한 것이다.

'그런 터무니없는! 오자와가 죽었다고 한들 내게 무슨 관계가 있단 말인가.'

고쿠레는 자신의 알 수 없는 공포를 부정했다. 그러나 부정하려고 하면 할수록 공포심은 쌓여 갔다.

"당신, 요즘 이상해요. 회사에 무슨 일이 있나요?" 하고 아내가 물었을 정도로 오자와의 죽음 때문에 이성을 잃고 있었다.

"아무것도 아니야."라고 말하면서도 눈은 초점을 잃고 자기만의 생각 속에 잠겨 버린다. 회사에서도 실수가 많았고 과장으로부터 주의를 받았으며 부하에게는 경멸하는 듯한 시선이 있었다.

"딴 여자가 생겼나 보죠." 하고 드디어 아내에게 뜻밖의 의심을 받게 되었다.

"이 바보! 그런 게 아니야." 하고 소리쳤지만 아내의 의심에 가득 찬 눈초리는 점점 날카로워진다.

부부 사이는 오자와가 죽은 뒤로 점점 험악해졌다.

'도대체 이 공포감은 무엇에서 오는 것일까?'

끝내 견딜 수 없게 된 고쿠레는 자신의 마음속에 있는 개운치 않은 것을 철저하게 규명해 보려고 작정했다. 원래가 생각하는 것은 질색이었다. 호텔맨의 일이란 거의 즉흥적이며 손님의 눈치만 살피면 된다. 고쿠레의 경우는 직접적으로 손님을 상대하지 않는 음지(陰地)여서 상사의 안색을 살피는 것만으로 해가 지고 날이 샌다. 그러한 그가 본격적으로 자리를 잡고 생각이라는 것을 하게 된 것은 이 불안의 원인을 규명하고 싶었기 때문이었다.

―나는 오자와와 사장 부인의 관계를 우연히 엿보게 되었다.

'진짜 현장은 아니지만 그들이 그 호텔에서 정사를 즐기고 있었던 것은 틀림없다.'

―그 일은 이번 사건과 관계가 없었을까?

고쿠레는 분석의 실마리를 1주일쯤 전 몰래 엿보았던 오자와와 사장 부인의 수상한 상황에 두었다.

'관계가 없기는커녕 크게 있다.'

만약 사장이 이 사실을 알았다면 몹시 화를 내겠지. 아내를 진심으로 사랑한다면 아내를 훔친 남자를 격렬하게 증오할 것이다. 게다가 훔친 상대가 여태까지 특별히 아끼던 비서라는 것을 알게 되면 증오는 한층 더 격렬해질 것이다.

'이것이 경찰이 말하는 동기라는 것이 되지 않을까?'

―된다. 당연히 된다.

'그러나 그 동기가 나와 무슨 관련이 있다는 거야?'

여기서 고쿠레의 자문자답은 잠깐 끊어진다. 사고가 끊어졌기 때문이다. 생각하는 습관이 없는 인간에게 한 가지 일에 오랫동안 집중한다는 것은 매우 힘든 일이었다. 중단된 사고력은 자유로운 상상으로 이어졌다.

―마누라에게 배신당한 정도로 사람을 죽이나?

'그건 사장이 어느 정도로 부인을 사랑했는지에 달렸겠지.'

―그러나 사장 부부는 부모의 사정으로 억지로 결혼했기 때문에 사이가 좋지 않다는 소문이었다.

막연한 상상은 걷잡을 수 없지만 어느 사이 마음의 응어리로 도달한다고 한다. 그 효과인지 어쩐 셈인지는 모르나 고쿠레는 문득 과거의 어떤 일이 생각났다. 지금까지 깊이 생각해 보지도 않았던 일인데 오자와가 죽은 현재 그 일이 망막에 비친 강렬한 빛의 잔상처럼 선명하게 떠올랐다.

그는 오자와에게 호텔의 개관 전야에 어떤 일을 부탁 받았다. 부탁 받았다기보다는 업무상 명령으로 들었다. 무엇 때문에 그런 짓을 하는가라는 의문조차 갖지 않았다. 사실 그것은 고쿠레의 직무로서 평소에도 곧잘 하는 일이었다. 그 직후 소렌센이 누군가에 의해서 떨어져 죽었다. 그때도 고쿠레는 오자와의 명령과 사건을 연결시켜 생각하려고 하지 않았다. 그나마 가벼운 의심을 품은 것도 오자와로부터 그 일에 관해 입막음을 당했기 때문이다.

그것도, "쓸데없는 의심을 받고 싶지 않으니 잠자코 있어 주게." 하는 오자와의 부탁에 그 일은 사건과는 전혀 관계가 없을 거라고 생각을 달리 했던 것이다.

고쿠레에게 과장 대리의 내명이 내려온 것은 그로부터 얼마 후였다. 이 승진에 오자와가 크게 작용한 것을 알았다. '스폰서'를 위해서 고쿠레는 충실하게 그 요청을 지켰다. 지켰다기보다는 잊고 있었다.

그러나 '스폰서'가 살해되었고, 게다가 그가 그날 밤 어떤 일을 고쿠레에게 부탁한 직후 살인사건이 발생했다면 싫어도 그 관련을 생각하지 않을 수 없다.

'오자와가 그날 밤 나에게 부탁한 일과 소렌센이 죽은 일에 뭔가 관계가 있는 게 아닐까?'

―실제로 관계가 있다면 오자와는 소렌센 사건과 관련이 있다.

'오자와는 그 때문에 살해된 것이 아닐까?'

지금까지 시야를 가로막고 있었던 안개가 단번에 걷혔다. 그러나 고쿠레는 눈앞에 열린 새로운 전망에 부들부들 떨지 않을 수 없었다.

'오자와가 소렌센 사건과 관계가 있어 살해되었다면 오자와를 통해서 사건에 간접적으로 연결된 나는 어떻게 되는가? 범인에게 오자와가 위험한 존재였다. 그렇기 때문에 죽였다. 그렇다면 오자와가 나에게 명령한 일은 범인에게 어떠한 의미가 있는 것일까? 만약 범인에게 위험한 요소가 된다면 그걸 치운 나도 오자와처럼……?'

고쿠레는 오자와의 죽음을 알았을 때 느낀 전율의 원인을 비로소 깨달았다. 그건 까닭 없는 공포나 불안이 아니었다.

근거가 있었던 것이다.

'나는 여태껏 그 뜻을 몰랐다. 지금도 잘 모른다. 다만 그 일이 소렌센 사건에 어떤 관련이 있는 것 같다는 추측을 이제 비로소 얻었다. 만약 범인이 내가 그러한 추측을 하리라는 것을 안다면 나를 제거하려고 꾀할지도 모른다.'

─그러나 그렇다고는 해도 범인은 도대체 누구란 말인가?

그 질문에 마음속에 떠오르는 사람이 하나 있었다. 그래서 고쿠레는 한참 망설인 뒤에야 자기가 오자와에게 부탁 받았던 일을 수사본부에 고백하기로 했다. 살해된 뒤라면 늦어 버린다. 뿐만 아니라 나에게 입막음을 시킨 오자와도 이미 죽어 버렸다.

2

고쿠레 유이치가 가져온 두 가지 새로운 증언은 수사본부에 커다란 진전을 가져왔다. 특히 그 중 하나가 소렌센 사건의 불가능한 상황을 해명하는 계기를 준 것이다.

"뭐라고! 그게 정말이오?"

맨 처음 고쿠레의 증언을 들었을 때 나스는 눈을 부릅떴다.

"어째서 그걸 빨리 말하지 않았습니까?"
물어뜯길 듯 힐책당한 고쿠레는 겁에 질렸다.
"특별히 사건에 관계 있는 것이라고 생각하지 않았기 때문에……."
"그 직후 같은 장소에 사람이 떨어졌는데도 말입니까?"
"같은 장소라고 해도 그때는 관계가 있다고 생각하지 않았습니다."
"관계가 있는지 없는지는 우리들이 판단합니다!"
나스는 고함을 질렀다. 좀더 빨리 고쿠레가 증언을 해주었다면 사건은 더욱 진전을 보였을 것이다.
나스는 모처럼의 협력자에게 증오를 느낄 정도였다.
당장 회의가 열렸다.
"놀랍도록 새로운 사실이 나타났소."
나스가 고쿠레의 증언을 말해 주자 일동은 떠들썩해졌다.
"이 새로운 데이터가 사건에 어떠한 영향을 주리라고 생각합니까?"
나스는 깊숙이 들어간 번쩍이는 눈으로 수사관들의 얼굴을 둘러보았다. 그는 이미 그 나름대로 해답을 가지고 있는 얼굴이었다. 회의를 연 것은 자신의 생각이 타당성이 있는가 어떤가를 헤아리는 목적도 있었다.
"그렇다면 소렌센이 떨어지기 직전인 6시 40분경 고쿠레에게 오자와가 전화를 걸어 허니문 베드에서 납품된 미검수 베드 소파를 실은 트럭을 창고 옆에 대기시키라고 명령받았다는 것이군요."
야마지가 증언의 의미를 잘 음미하기 위해서 되풀이했다.
"그렇소. 그건 그 날 검수를 위해 운반된 것인데 검수계의 인원 부족으로 다음 날로 넘겨져 트럭에 실린 채 검수창고로 운반된 것이오."
"그것을 오자와는 소렌센이 떨어진 풀 앞 즉, 1617호실의 바로 아래로 가져오도록 고쿠레에게 지시를 한 것이군요."
"그렇소."
"그러나 우리들이 달려갔을 때 그런 차는 없었는데."
"누군가 치운 거지. 누가 치웠을까? 그리고 그 차가 갖는 의미는……."

"베드 소파는 트럭 위에 쌓여 있었겠지요."

가사이가 입을 열었다. 나스는 말없이 수긍했다.

"그것은 쿠션으로도 되겠군요."

"혹은……."

몇 사람이 동시에 입을 열었다. 그들은 비로소 현장의 불가능한 상황을 해명할 수 있는 실마리를 잡은 것 같았다.

"잠깐만, 누군가 대신 16층에서 소파 위로 뛰어내렸다고 생각하는 모양인데, 소렌센은 실제로 죽었단 말입니다."

야마지가 이의를 제기했다. 소렌센의 시체가 거기에 있는 한 위험을 무릅쓰고 뛰어내리는 것은 무의미한 짓이다.

"무엇 때문에 베드 소파를 소렌센이 떨어지기 직전 현장으로 운반시켰는지 거기에는 반드시 뭔가 의미가 있다고 생각합니다."

"대체 어떤 의미가 있다는 건가?"

가사이의 말에 뒤이어 구사바가 말했다.

"앞서 소파를 쿠션으로 이용했다고 가정하고 누군가 뛰어내렸다면 대체 무슨 이익이 있는가를 생각해 보면 어떨까요?"

"응, 알만 하네."

이번에는 요코와타리가 쪼그라진 조그마한 얼굴을 들었다. 전원의 시선이 그에게 집중되었다.

"가령 누군가 16층에서 쿠션 위로 뛰어내립니다. 무엇 때문에 그런 위험한 짓을 했을까? 물론 목적은 단 하나, 그때 소렌센이 떨어졌다고 보이기 위해서지요. 목격자들도 사람이 떨어진 것을 본 것뿐이고 떨어진 사람이 소렌센이라고 확인하지는 못했습니다. 그렇다면 그때 떨어진 사람은 소렌센이 아니라는 겁니다. 하지만 어째서 그런 짓을 했을까?"

"저도 알겠습니다."

하야시가 요코와타리의 뒤를 이어 받았다.

"소렌센을 떠민 사람에게 알리바이를 만들어 주기 위해서겠지요."

"이제 여러분도 깨달은 것 같군."라며 나스는 득의에 가득 찬 표정을 지었다. 수사관들의 의견이 그의 추리와 일치된 모양이다.

"고쿠레가 소파를 실은 트럭을 현장으로 이동시킨 것은 소렌센이 떨어지기 직전이었소. 그러나 사실은 직후일지도 모르지. 누군가 소렌센을 밀어서 떨어뜨린다, 범인은 현장에서 도망쳐 버린다, 그리고 잠시 후 공범이 사람들이 보는 앞으로 뛰어내린다, 건물 아래쪽에 놓인 쿠션은 목격자에게는 보이지 않는다, 따라서 목격자들은 당연히 떨어진 사람이 소렌센이라고 생각한다. 뿐만 아니라 그가 떨어진 곳은 연못이어서 혈액의 응고상태 등으로 정밀한 사망시간을 산출할 수 없게 되었다. 그렇다면 범인 대신 뛰어내린 자는 누구인가? 이런 경우 해당하는 자는 단 한 사람."

나스가 둘러보자 일동의 시선은 분명히 그 자를 알고 있는 표정을 전했다.

"그렇소, 오자와 히데히로였소. 그때 그가 호텔에서 나가는 모습을 아무도 보지 못했소. 그러나 그는 모든 사람들이 쳐다보는 가운데 내려갔던 것이오. 뛰어내린 사람은 그가 틀림없어. 그는 학생시절 산악부의 리더를 맡았었다니 높은 곳에는 익숙하겠지. 그 밖에 스포츠도 만능이었다고 하니 운동 신경도 발달했을 것이다. 틀림없이 그가 범인을 감싸주기 위해 뛰어내린 것이오. 베드 소파를 쌓아둔 트럭은 오자와가 뛰어내린 뒤 제자리에 돌려놓았겠지."

나스의 추측이 점차로 단정조로 되었다. 그만큼 그는 자신에 차 있었다.

"베드 소파쯤으로 16층에서 뛰어내린 굉장한 가속도를 완충시킬 수 있을까요?"

무라타가 의문을 제시했다.

"여러 개를 겹치면 가능하리라고 생각합니다. 게다가 지형관계로 실제 고도차는 8층입니다. 좌우간 그걸 확인해 봅시다."

"소렌센이 떨어진 걸 어째서 아무도 몰랐을까요?"

무라타의 의문은 계속되었다.

"아마도 호텔 벽면에 '빛의 십자가'가 점화되기 전이기 때문일 겁니다. 원래 그쪽은 호텔 뒷면에 해당되어 평소 사람들이 주의를 하지 않습니다. 게다가 주의를 해도 그날 밤은 달이 뜨지 않았고, 부근에 네온사인도 없으니 인간이 떨어지는 것을 몰랐을 겁니다."

"그렇다고는 하지만 대도시 한복판의 고층 빌딩입니다. 그곳에서 사람을 밀어 떨어뜨리면 꽤 많은 인간의 눈을 의식하지 않으면 안 됩니다. 범인은 오자와에게 위험한 대역까지 시켜 범죄를 은폐할 생각이었다면 처음부터 더 안전한 범행방법을 택할 수 있었다고 생각합니다.

그리고 또 한 가지 오자와가 대역으로 뛰어내렸다고 해도 그가 누군가에게 떠밀려 떨어진 것 같은 상황이 몇 사람의 목격자에 의해 목격되었습니다. 도대체 누가 오자와를 밀어 떨어뜨렸을까? 공범의 연극인가, 만약 그렇다면 어째서 그런 연극을 할 필요가 있었을까? 공범이 있다면 그는 어디로 사라졌을까? 소렌센 방으로 주임이 달려갔을 때는 아무도 없었습니다. 오자와가 범인을 감싸기 위해 대역을 맡은 것이라면 투신자살을 가장해야 한다고 생각합니다만."

"그건 나도 잘 모르겠는데 무라타의 의문에 대해 답변할 사람은 없는가?"

나스는 수사관들에게 응원을 청했지만 대답하는 사람은 아무도 없었다. 일단 무라타의 의문은 보류되었고, 현장의 밀폐상황은 풀린 것으로 되었다. 남은 한 가지, 그리고 최대의 문제는 '범인은 누군가?' 하는 것이었다.

고쿠레가 가지고 온 또 하나의 증언도 수사본부를 기쁘게 해주는 것이었다. 이하라 부인과 오자와의 불륜관계를 추정은 했지만 그 현장을 붙잡을 수 없었던 수사본부는 서둘러 메구로 구(目黑區)에 있는 문제의 호텔을 조사하니 틀림없이 그들이 한 달에 두 번쯤 이용했다는 사실을 알아낸 것이다. 만약 이하라가 이 사실을 알고 있었다면 당연히 오자와에 대한 살인동기를 갖게 된다.

그 동기에다가 소렌센 사건의 공범을 제거하려는 동기가 겹쳤다고 볼 수도 있다. 소렌센에 관해서는 지금까지 수사에서 알려진 대로 사업상 압력에 의한 살인으로는 무리가 있었다. 동기가 약하다기보다는 소렌센을 살해하는 의미가 별로 없다.

그러나 어쨌든 고쿠레의 증언에 의해 이하라 교헤이의 소렌센 사건에 있어서 알리바이는 없는 것으로 되었다. 소렌센이 떨어진 것이 6시 50분 전(아마도 '빛의 십자가'가 점화된 6시 30분 전)이라면 6시 50분경 건너편 빌딩의 레스토랑에 있었다는 것은 알리바이가 되지 않는다. 자신이 소렌센을 밀어 떨어뜨린 후 '봉구'로 가서 시치미를 떼고 리셉션에 참석할 수도 있다. 호텔에서 '봉구'까지는 고작 10분이면 된다. 이렇게 되면 오히려 알리바이가 있는 인간이 수상해진다.

그러나 나스는 신중했다.

"이하라 사장은 오자와 사건에는 동기가 있소. 그러나 현재 알리바이가 있어. 오사카에서 오자와의 시체가 발견된 아침 이하라는 도쿄에 있었으니 말이야. 소렌센 사건에서는 알리바이는 없어졌지만 동기가 애매하고. 뿐만 아니라 사건의 열쇠를 쥐고 있던 오자와가 살해되었으니 이하라를 소렌센 사건의 범인으로 가정하는 것은 무리요. 고쿠레에게 소파를 두게 한 것도 오자와였고 그게 이하라에게서 나온 것인가는 확실치 않소. 따라서 이바라기 서와 협력해서 오자와 살해에 맞춰 이하라의 알리바이를 철저하게 조사하는 수밖에 없겠소."

나스는 결론을 내렸다.

제10장 일곱 시간의 공백

1

 동기가 충분했기 때문에 이하라에게 직접 알리바이의 유무를 알아보았다. 이 시점에서 상대방의 사회적 지위 같은 것은 고려할 수 없었다. 어쩌면 연쇄 살인사건이 될지도 모르는 일이다. 그러나 일단은 상대방의 입장을 생각해서 나스 자신이 취조에 임했다.
 임의형식으로 수사본부에 출두를 요구하자 이하라는 소탈하게 나왔다. 자신의 미묘한 입장을 충분히 알고 있는 얼굴이었다.
 "솔직하게 묻겠습니다만, 우리들은 당신 부인과 오자와 사이에 불륜 관계가 있었다고 생각합니다. 그 사실을 알고 계셨습니까?"
 "만약 내가 알고 있었다면 오자와 군에게 소위 동기가 있다는 것이 되겠군요."
 이하라는 거침없이 나스의 얼굴을 정면에서 바라보았다.
 일본인치곤 윤곽이 뚜렷했고, 용모는 양가의 청년답게 단정했다. 지적이기는 했으나 표정이 적었다. 그러나 이와 같은 상황에서는 감정을 감추는 데 쓸모가 있었다.
 "좋습니다. 숨겨도 별 소용없겠지요. 결정적인 증거는 붙잡지 못했지만 그들 사이를 눈치채고 있었습니다."
 이하라는 남의 일처럼 담담하게 말했다.
 "어떻게 알았습니까?"
 "때때로 집사람과 연락이 되지 않았습니다. 문득 그럴 때마다 오자와의 모습이 같이 보이지 않는 것을 깨달았습니다. 처음에는 우연인가 생각했습니다만 몇 번인가 같은 일이 겹치는 동안 이것은 우연이 아니라고 생각하게 되었습니다. 그 후로 주의를 해보았더니 두 사람은 언제나 동시에 두세 시간 동안 행방불명이 되는 것을 알았습니다."

이하라는 경찰의 추측과 같은 말을 했다.

"증거를 잡지 못했다는 것은?"

"몇 번인가 사립탐정에게 미행을 시켰습니다만 따돌림을 당했습니다. 미행당하는 것을 알고 있었던 게지요."

오자와나 아야코의 미행에 대한 이상할 정도의 경계심이 비로소 납득이 갔다. 그것은 이하라의 미행자를 따돌리기 위해서였다.

"그러나 리셉션이나 파티에서 그들이 대면하는 경우가 적지 않습니다. 그럴 때 그들의 표정은 분명히 불륜관계를 얘기하고 있더군요. 아무리 감쪽같이 시치미를 떼고 있어도 육체관계가 있는 남녀는 태도에서 나타납니다. 뿐만 아니라 그들은 내가 알고 있다는 것을 모르고 나를 비웃으면서 두 사람만이 통하는 미묘한 신호를 보내고 있었습니다. 오히려 내가 냉정하게 관찰하는 것도 모르고……."

"굉장히 미웠겠군요."

"오해는 마십시오. 아내와는 정략결혼이었고 머지않아 합의이혼을 할 생각이었습니다. 그러니 아내가 오자와와 관계가 있다는 것을 알고 이혼의 이유가 생겨서 오히려 그에게 감사를 할 정도였습니다. 하하, 그러나 경찰에겐 통하지 않겠지요. 나는 믿었던 부하에게 아내를 빼앗긴 초라한 남자로 그 부하를 죽이고 싶도록 미워했다―라고들 생각하겠지요."

"유감스럽지만 바로 그렇습니다. 오자와 씨가 살해된 지금 우리로서는 당신이 동기를 갖고 있다고 볼 수 있습니다. 그래서……."

"알리바이 말입니까?"

"이거 참, 이해가 빠르십니다. 아무쪼록 협력해 주십시오. 동기가 없는 분도 사건에 관계가 있는 분에게는 모두 질문하고 있는 일입니다."

"동기, 동기라고 말씀하시는데……, 나는 범인이 아닙니다. 만약 범인이라면 아내와 오자와의 관계를 알아차렸다고 말할 까닭이 없지 않습니까?"

"하여간 4월 19일 밤 9시에서 12시까지 어디 계셨는지 말씀해 주십시오."
 나스는 직선적으로 추궁했다. 이럴 때 그의 얼굴은 불상처럼 무표정한데 그것이 공포를 느끼게 한다.

2

 "집사람과 관계된 문제라서 당연히 물어볼 것이라고 생각했습니다. 그날 밤에는 8시부터 자주 가는 긴자의 바에서 한 시간쯤 술을 마시고 고지마치에 사 둔 맨션에 들어가서 잤습니다."
 "그 바와 맨션의 이름은?"
 "바는 '로렐', 가로수 가 스타라이트라는 건물의 5층에 있습니다. 맨션은 '고지마치 하임', 별장으로 할 예정으로 최근에 샀습니다."
 "증인은 있습니까?"
 "'로렐'의 마담이 기억해 주리라고 생각합니다. 그러나 고지마치 하임 쪽은 프런트에 들리지 않고 방으로 갔으니 곤란한데요."
 "프런트란?"
 "아아, 고지마치 하임은 호텔식으로 되어 있기 때문에 프런트에서 열쇠를 주고받습니다. 나는 열쇠를 가지고 있기 때문에 프런트에 들리지 않았습니다."
 "그대로 아침까지 계셨습니까?"
 "아닙니다. 한참 잤더니 잠이 깨어 이따금 가는 아오야마의 밤새 영업하는 볼링장 '센트럴 볼즈'에 가서 세 게임 가량하고 왔습니다. 그런데 아주 형편없는 성적이었지요."
 "그건 몇 시경입니까?"
 나스는 볼링의 성적 같은 것엔 흥미가 없다는 표정으로 물었다.
 "잠깐, 담배를 피우게 해주십시오."
 이하라는 호주머니에서 가늘게 말은 잎담배를 꺼냈다. 잎담배용 굵은 성냥으로 천천히 불을 붙인다. 이것으로 이하라는 나스의 기세를 따돌릴 생각이었다.

　나스에게도 권하자, '아니 괜찮습니다. 내 것을 피우죠.' 하고 최근에 쓰기 시작한 던힐의 브라이어 파이프를 꺼내 외래품인 믹스튜어를 채웠다. 이하라는 약간 놀랐다.

　형사라면 박봉으로 바닥이 닳아빠진 구두를 신고 신세이나 이코이를 피울 줄 알았던 이하라는 나스가 여유 있는 태도로 고급 파이프를 피우기 시작하자 허점을 찔린 듯한 생각이 들었던 것이다.

　나스의 취미는 상당히 고상했다. 수사 보고서밖에 읽지 않는 듯한 무표정을 짓고 있으면서 무드가 있는 프렌치 사운드의 팬이라는 것을 알면 이하라는 더욱 놀랐으리라. 어찌되었든 애써 나스의 예기(銳氣)를 피했다고 생각하고 있었는데, 이 조그마한 일 때문에 또다시 그의 페이스에 말려 들어간 상태가 되어 버렸다.

　취조 때 취조관과 피취조인 사이의 주도권은 이와 같은 사소한 계기로 잡게 되거나 역전되거나 한다.

　"질문에 대답해 주시지 않겠습니까?"

　나스는 보랏빛 연기를 맛있는 듯 들이키고는 물었다.

　"아마 4시쯤일 겁니다."

　"아침 4시? 이건 또, 꽤 빠르시군요."

　감고 있는지 뜨고 있는지 알 수 없는 나스의 눈이 날카롭게 빛났다.

　"원래 기상이 빠른 편이라서 새벽 골프나 볼링에는 자주 나가고 있습니다."

　"정말 그러시겠군."

　나스는 또다시 원래의 무표정으로 돌아가 수긍하고 있었다. 그는 이 새벽 4시라는 어중간한 시간의 의미를 생각하고 있었다.

　오자와의 시체가 오사카의 이바라기에서 발견된 것이 오전 7시.

　해부에 의해 사망 추정시간은 전날 밤 9시에서 12시 사이로 되어 있다. 아직 확인되지 않았지만 이하라의 진술이 사실이라면 그는 같은 날 9시까지는 긴자의 바에 있었다. 그리고 다음 날 4시에는 아오야마의 볼링장에 모습을 나타냈다. 이 일곱 시간 동안 도메이(東名)와 메이신(名神)을 쉬지 않고 달려도 도쿄~오사카를 왕복하는 것은 무리였다. 도쿄에서 죽였다고 해도 오사카까지 시체를 운반할 수 없다.

―그러나 이 일곱 시간의 공백은 아무래도 수상하다.
하고 나스는 생각했다.

그러나 이하라의 진술에 허점이 될 만한 것을 찾아내야 한다. 그렇지 않으면 앞으로 나아갈 수 없게 된다.

"볼링장에서는 누구를 만났습니까?"

"아마 프런트에 있는 사람이 기억하고 있겠지요. 가끔 가니까요."

"알았습니다. 오늘은 이 정도로 됐습니다. 나중에 또 한 번 수고해 주십시오. 이쪽에서 찾아가서 물어볼 일도 있을 거라고 생각합니다만 그때는 잘 부탁합니다."

"기꺼이. 내가 할 수 있는 일이라면 뭐든지 협력하겠습니다. 언제까지 어중간한 위치에 있다는 것은 불쾌한 일이니까요, 하하."

이하라는 너그럽게 웃으며 일어섰다.

나스는 그 웃음 속에서 자신만만한 태도 같은 것을 느꼈다. 이 수사는 오래 끌지도 모른다. 나스는 불길한 예감을 느꼈다.

3

이하라의 공술은 당장 조사되었다. 그 결과 그가 한 말은 거짓이 아니었다는 것이 확인되었다. '로렐'의 마담과 호스티스 두 사람과 '센트럴 볼즈'의 종업원 몇 명이 틀림없이 그가 그 시간에 나타난 것을 증언했다. 바는 7시 55분경에 와서 9시 조금 전까지. 볼링장은 4시경에 나타나서 6시까지 있었다는 것이 확인되었다.

"어째서 그렇게 정확한 시간을 알고 있죠?" 하고 물은 형사에 대해,

"사장님께서 요즈음 시계가 고장 났다며 가끔 시간을 물었기 때문입니다." 하고 그들은 대답했다.

이 또한 수상한 점 중 하나가 되었다.

이하라가 9시부터 4시까지 잤다는 고지마치 하임 쪽은 누구도 그의 모습을 본 사람은 없다. 요컨대 일곱 시간은 완전한 공백이 되어 있었다. 수사본부로서는 이 공백을 알고 넘길 수는 없었다. 아내와 불륜관계인 비서가 살해된 밤 그 남편이며 사장인 남자가 일곱 시간 동안이나 행방불명이었다.

수사본부로서는 참으로 '매력 있는 공백'이라고 할 수 있었다. 그러나 그것을 진짜 매력 있는 것으로 하기 위해서는 뛰어넘어야 할 시간의 벽이 있었다. 오자와가 도쿄, 오사카의 어느 쪽에서, 혹은 그 도중 어딘가에서 살해되었다 해도 오사카까지 왕복하는 시간이 필요하다.

도쿄~나고야, 나고야~고베를 제한 속도로 계속 달리고 달려도 도쿄에서 오사카까지 일곱 시간은 걸린다. 쉬지 않고 달린다는 것은 사실상 거의 불가능하며 더군다나 이건 편도 소요시간이다. 고성능 스포츠카로 달리면 다섯 시간으로 단축되겠지만 교통경찰에게 당장 붙들린다. 멋지게 경찰을 따돌린다고 해도 일곱 시간으로 왕복은 무리였다. 그래서 당연히 비행기가 생각되었다.

먼저 일본항공의 비행시간이 체크되었는데 도쿄발 오사카행 최종편이 밤 9시, 오사카발 도쿄행 시발이 오전 7시 30분이라는 것을 알게 되어 제외되었다.

다음으로 지방항공이 조사되었는데 국내항공은 도쿄발 23시, 오사카 착 0시 55분인 편이 있었다. 이거라면 긴자의 바에서 술을 마셨다고 해도 유유히 탈 수 있다. 그러나 피해자의 사망 추정시각은 밤 9시부터 12시까지다. 이하라가 범인이라면 도쿄에서 오자와를 죽이고 오사카까지 시체를 운반하지 않으면 안 된다.

비행기에 그런 위험한 화물을 들고 갈 수 없는 것은 물론 긴자의 바에 9시까지 있었고, 그 후 사람을 죽이고 11시 비행기를 탄다는 것이 시간상으로는 가능하나 현실적으로 과연 가능할까? 뿐만 아니라 이 편으로 오사카에 가도 돌아오는 편이 없었다. 오사카발의 시발은 새벽 5시이며, 도쿄 도착은 6시 20분이다.

그런데 이하라는 새벽 4시에 이미 아오야마의 볼링장에 모습을 나타냈던 것이다.

"돌아오는 길에만 자동차를 이용한 게 아닐까?" 하는 의심이 제기되었으나 시체를 비행기로 오사카까지 운반하는 것은 전적으로 불가능했다. 확인을 하기 위해서 국내항공 예약과 4월 20일에 탄 승객을 조사해 보았으나 이하라의 기록은 발견되지 않았다. 승객들의 신원은 모두 확실했고 이하라와 관계가 있는 자는 한 사람도 없었던 것이다.

비행기가 부정되자 공범의 유무를 생각하지 않을 수 없었다. 그러나 이것에는 이론적인 난점이 있었다. 이하라를 범인으로 가정한 경우, 그의 동기는 아내를 빼앗긴 원한 외에도 소렌센 사건의 열쇠를 쥐고 있다고 생각되는 오자와를 제거할 목적이 짙은 것이다.

그런데 소렌센 사건의 범행을 은폐하기 위해 새로운 공범을 쓴다는 것은 이해가 되지 않았다.

"그러나 이하라는 소렌센 사건과는 관계가 없는지도 모른다. 그렇다면 그의 동기는 아내를 빼앗긴 원한뿐이니 공범을 쓸 가능성도 있다." 라는 의견이 나오자 이하라 교헤이의 주변에서 공범을 찾고자 수사진의 사나운 시선이 그에게 주시되었다.

제11장 불가능한 거리

1

5월의 맑은 하늘이 눈부셨다. 몹시 우세한 고기압이 상공을 온통 덮고 있어서 전국적으로 좋은 날씨였다. 아침 8시인데도 벌써 날아가는 비행기가 보인다.

"시야가 보이는 좋은 날씨로군."

이하라 교헤이는 눈이 시리게 푸른 하늘을 우러러보며 중얼거렸다.

이것으로 적어도 두 시간쯤은 모든 일에서 해방된다. 하고 이하라는 생각했다. 하늘을 날고 있을 때만은 자신을 회복시킬 수 있다.

사업에서도, 인간들의 알력으로부터도, 그리고 귀찮게 쫓아다니는 경찰에게도 해방되어 문자 그대로 고독의 공간을 날 수 있다. 그 때문에 시야가 보이는 비행기가 아니면 안 된다. 그래야만 관제탑으로부터 고도나 항로의 간섭 없이 어디든 마음대로 날 수 있는 것이다.

그는 회원실에 얼굴을 내민 후 기상실에 들려 기상 체크를 했다. 재차 좋은 날씨를 확인한 이하라는 신나는 마음을 억누르고 또다시 회원실로 돌아왔다.

낯익은 회원이, "오랜만이군요. 오늘은 나고야까지 단독비행입니까?" 하고 말을 건넸다.

"오랫동안 날지 않아서 약간 불안한데요."

"이하라 사장님과 같은 베테랑이 무슨 말씀이세요. 저도 빨리 사장님처럼 되고 싶다고 생각하고 있는데요."

하며 그 회원은 진지한 표정을 지으며 말했다.

그러나 클럽 사람에게 한 말은 거짓이 아니었다. 그는 오랫동안 조종간을 쥐지 않았기 때문에 모처럼 단독비행에 흥분과 가벼운 불안을 느끼고 있었다. 자신의 즐거움 때문만이 아니라 두 달에 한 번 정도는 기술유지를 위해 무슨 일이 있어도 날지 않으면 안 되었다.
 여느 때라면 매제인 기모토가 동승하는데 그는 운전 중 가벼운 사고를 일으켜 현재 근신중이다.
 "차와 비행기는 상관없으니 기분 전환으로 가능하면 함께 타세."
하고 이하라가 권했지만 본인은 그럴 생각이 없는 모양이다.
 오늘의 목표는 나고야였다. 그는 직선비행을 피하고 해안선을 따르는 경로를 택할 생각이었다. 만일 긴급사태가 발생해도 해안선이라면 비교적 용이하게 불시착 지점을 찾을 수 있기 때문이다.
 항무과에 비행계획을 제출하고 주기장(駐機場)으로 갔다. 오늘의 비행기는 '파이퍼—PA 28 체로키'였다. 경비행기업계에서 전통을 자랑하는 파이퍼 사의 야심적인 보급형 경비행기다.
 기체구조는 철저하게 간소화되어 있다. 이하라가 같은 회사에서 매입한 '파이퍼 체로키 어로우'는 이것과 형님뻘 되는 종류였다. 사이타마 현의 아케오 쪽에 현재 건설되고 있는 자가용 활주로가 준공됨과 동시에 미국에서 도착될 예정이다. 그는 현재 자신의 '세스나 172'를 정비원에게 정기점검을 시켰다.
 그가 클럽의 비행기를 사용하는 것은 그 때문이었다. 비행기는 클럽의 정비원에 의해서 완전히 정비 점검되고 있었으나 그는 자신의 눈으로 또다시 체크 포인트를 하나하나 점검한다.
 이상 없음. 연료는 탱크에 가득 찼다.
 그는 조종석에 앉아 안전벨트를 조인다.
 오전 10시 정각.
 그는 마스터 스위치를 넣고 부스터 펌프를 켰다.
 소화원이 소화기를 들고 대기하고 있다.
 '접착' 하고 그는 지상원에게 외치고 마그네트 스위치를 왼쪽으로 돌리고 출발 버튼을 눌렀다. 프로펠러가 회전을 시작하고 잔잔한 떨림이 기체에 전달되면서 몸이 혼들렸다. 이하라는 언제나 이 순간 성적 흥분을 느꼈다.

그는 무선으로 관제탑을 불러 지상 활주와 이륙허가를 요청했다. 그는 활주로 끝에서 이륙 전 최종점검을 했다.
"파이퍼, 이륙해도 좋다."
이륙허가가 나왔다. 활주로의 중심에 기축(機軸)을 맞추며 이하라는 절기판 스위치를 넣었다.

이하라가 경비행기의 면허를 딴 것은 대학시절이었다. 교육도, 취미도, 그리고 결혼조차도 부친이 규제한 것이었는데 이것만은 그가 자신의 의사로 딴 것이다. 처음에는 그다지 정열을 가지고 한 것은 아니었다. 규제가 많은 지상으로부터 도망칠 생각으로 시작한 것인데 그만 하늘의 매력에 사로잡힌 것이다. 그러나 하늘을 날아도 귀찮은 지상의 제약에서 완전히 벗어날 수는 없다. 항공법이나 관제탑의 여러 가지의 규정을 받으면서 한정된 공간을 날 뿐이다.
그래도 하늘은 넓었다. 날고 있는 동안에는 혼자 있을 수 있다. 맑게 개인 고요한 하늘 속에 혼자 떠 있을 때 그를 에워싸고 있는 공간은 모두 죽음을 내포하고 있다. 언제, 어느 순간 긴급 사태가 발생할지 모른다. 자신을 공중에 밀어 올리는 것은 기계의 힘이다.
수많은 스포츠가 자신의 육체를 조종하는 데 비하면 항공은 기계에 의지하는 스포츠였다. 자신의 몸보다 기계를 신뢰하지 않으면 안 되는 것이다. 인간보다도 기계를 신뢰한다는 것이 이하라의 마음에 드는 점이었다.
이하라는 안정된 기류 속으로 기체가 들어갈 때 수면제를 먹고 잠들고 싶은 거의 피할 수 없는 유혹을 느낀다. 그것은 고독하고 밝게 개인 하늘색보다도 훨씬 밝고 어두운 잠이 되리라.
보들레르의 시,
―마음이 자유로운 사람은 영원히 바다를 사랑하리라.―
하는 것이 있는데 이것을 이하라가 멋대로,
―마음이 고독한 사람은 영원히 하늘을 사랑하리라.―로

바꿔서 애송하고 있었다.

10시 20분. 히라즈카, 동 37분, 아타미 오른편 하코네 산군, 저 멀리 후지 산이 모습을 온통 드러내고 있다. 이즈 반도의 지평선을 횡단하고 스루카 만에 나왔다.

부드럽고 하얀 해안선을 경계로 빛을 부숴 빻아 놓은 듯한 바다와, 안개 자욱한 지상.

고도 6천 5백 피트, 시속 백마일, 바람의 방향은 2백 30도, 풍속 15노트, 시즈오카 상공에서 위치통보, 오카자카가 시야에 들어올 무렵부터 서서히 고도를 낮춘다. 나고야 시가는 엷은 안개에 싸여 있었다.

이윽고 고마키 공항이 시야에 들어온다. 관제탑에 착륙지시를 요구한다. 비행장 주변을 비행하면서 베이스 렉을 향해 방향타를 20도 내리고 강하 자세에 들어가 마지막 렉을 향해 최종선회하고 그대로 접근하기 위해 활주를 계속한다. 힘을 다해 조종간을 당긴다. 바퀴가 땅에 닿는 가벼운 충격이 기체에 전파되었다. 가볍게 브레이크를 밟고 서서히 스피드를 떨어뜨린다.

손목시계를 들여다보니 정각 12시, 꼬박 두 시간의 비행이었다. 이하라는 별안간 굶주린 늑대가 된 것처럼 공복을 느꼈다.

2
이하라 교헤이가 경비행기의 조종면허를 가지고 있다는 정보를 입수한 것은 하야시 형사였다. 자가용기라는 것은 새로운 발견이었다. 비행기의 이용 가능성이 부정되고 소형기나 헬리콥터를 일단 생각했지만 이것에는 조종사 외에도 정비사나 공항 관계자 등의 많은 공범이 필요하다.

추리에 비약은 있으나 이론상 가능성이 있는 한 부딪쳐 보자는 것으로 되어 도쿄 주변 소형 자가용기의 메카인 초후 비행장으로 조사하러 갔던 하야시 형사가 그 정보를 포착했다. 자신이 조종할 수 있으면 공범도 필요치 않다. 자기 비행기라면 시체를 싣는 것도(도쿄에서 죽였다고 하면) 비교적 용이하게 할 수 있다.

수사본부는 하야시가 가지고 온 정보에 활기를 띠었다.

"만약 자가용기를 조종했다면 공항을 사용한 기록이나 하늘을 날기 위한 여러 가지 법률적인 수속을 밟은 흔적이 있을 것이다."

이와 같은 결론이 내려지자 형사들은 교통부의 항공국을 비롯하여 초후와 도쿄 주변의 경비행기가 발착하는 비행장을 수사했다.

파일럿은 비행계획서를 공항사무소를 거쳐 교통부에 제출하는 것이 법적으로 의무화되어 있다. 이 비행계획에는 비행기의 무선 호출부호, 비행방식, 출발 비행장과 목적 비행장, 비행경로, 시간 등을 기입해야 한다.

그러나 문제의 4월 20일(19일 밤을 포함해서)에는 이하라에게 제출된 비행계획서는 없었다. 이하라 교헤이는 도쿄의 초후 공항 내에 있는 '독수리 비행클럽'의 오랜 회원으로 대학 재학중 자가용 조종사의 공항면허와 단독비행에 필요한 3등 항공통신사의 자격과 계기비행증명을 취득하였다.

도쿄 주변에는 하네다를 비롯해서 교통부나 자위대, 미군, 민간인이 관리하는 대소 비행장이 10여 개 있다. 그러나 어느 공항에도 이하라가 이용한 흔적은 없었다. 군 관계 비행장은 민간기가 사용할 수 없으며 또한 긴급사태 발생에 의해 사용하면 당장에 알게 된다.

자위대 소관의 비행장은 사용원을 제출하고 허가된 경우에만 이용할 수 있다. 이하라는 그와 같은 신청을 하지 않았다.

한편 착륙한 장소로 생각되는 것은 오사카의 야오 비행장이었다. 그러나 이하라의 기록은 발견되지 않았다.

초후 공항에 본거지를 가진 '독수리 비행클럽'을 조사한 것은 요코와타리와 하야시 조였다. 클럽은 소화 31년(1956)에 항공 스포츠 애호자가 모여 발족한 것으로 회원수가 많아 연습하기 쉽다는 특징이 있다. 회원은 비교적 경제력이 있는 사람들이 많았다.
"비행계획서를 제출하지 않고 비행할 수 있습니까?"
클럽 사무실에서 요코와타리는 이사인 고모리에게 물었다.
"할 수 없습니다. 항공법으로 의무화되어 있으니까요."
고모리는 일언지하에 부정했다.
"그러나 그건 어디까지나 법적인 규칙이지 위법을 각오한다면 할 수 있지 않을까요?"
"그런 난폭한 짓을 했다는 말은 들은 적이 없습니다. 첫째로 비행계획서를 제출하지 않고 갑자기 비행을 하면 먼저 레이더에 정체불명 비행물체로 오인되어 자위대 전투기의 추격을 받습니다."
고모리는 기가 막힌다는 표정을 지었다.
"그렇습니까? 이 넓은 하늘에 비행기 한 대쯤 제출서 없이 날아도 모를 것 같습니다만."
"아니, 하늘은 결코 넓지 않습니다. 항공로라는 것이 정해져 있어 함부로 날아다닐 수 없습니다. 나는 도중에 위치 통보도 해야 하고 비행방식이나 방향에 의해서 고도도 정해져 있습니다."
"비행방식이라면?"
"유시계(有視界) 비행방식, 요컨대 눈으로 지상의 목표를 보면서 날든가 혹은 계기(計器) 비행방식이라고 해서 계기에 의지하고 날던가 하는 겁니다."
"야간비행의 경우는 당연히 계기 비행이 되겠지요?"
"야간비행뿐만 아니라 시계(視界)가 나쁘면 계기에 의지할 수밖에 없습니다."
그리고 고모리가 덧붙인 설명에 의하면 야간이라도 지상의 등화나 달, 별의 위치를 믿고 날 수는 있으나 그것은 지극히 숙련이 필요하고 게다가 기상상태가 나쁘면 이들 목표물도 보이지 않게 된다고 한다.
따라서 현재 항공기에서 가장 많이 이용되는 것은 지상의 전파시설에서 발신되는 전파대를 따라가는 무선항법이라는 것이다.

"그것이 요컨대 계기 비행인 셈인가요?"

"그렇습니다."

"계기 비행으로 지상에 알리지 않고 난다는 것은 무리입니까?"

"절대로 불가능합니다. 정해진 곳에서 위치를 통보해야 하고 지상의 관제기관에서 요구가 있을 때 위치를 통보하지 않으면 안 됩니다."

"고의로 통보하지 않거나 대답을 않는다면?"

"긴급사태가 발생한 것으로 인식하고 대소동이 일어납니다."

"어떨까요, 전혀 비행장이나 지상의 관제시설에 알리지 않고 나는 방법은 없을까요?"

"아무래도 그건 생각할 수 없습니다. VFR, IFR 즉, 유시계 및 계기 비행을 말하는데, 그 어느 쪽도 이착륙시 공항의 지시를 받아야만 하니까요. 먼저 공항에서 걸립니다. 글쎄요, 관제탑이 없는 자가용 비행장이라면 별개지만."

"자가용 비행장?"

요코와타리는 고모리가 무심코 한 말에 눈을 깜박거렸다.

"그런 비행장이 있습니까?"

"민간에서 소유하고 있는 비행장이 있습니다. 예를 들면 오토네 비행장이라든가 다마카와 요미우리 등입니다. 그러나 이건 정식 비행장이 아니라 '장외 이착륙장'이라 부릅니다만."

"개인이 소유하고 있는 비행장……. 아니, 그 장외 이착륙장이라는 것은 없습니까?"

"글쎄요."

고모리는 잠깐 고개를 갸우뚱거렸다. 짐작이 가는 곳이 있는 모양이었다. 이윽고,

"다테바야 시에 O씨라는 굉장한 비행기광(狂)이 있습니다만 그 사람이 개척 농지에 간이포장을 하고 자가용 비행장을 만들었습니다. 지금 항공국 인가를 기다리는 중입니다. 인가가 나오면 개인 비행장 제1호가 되지요. 손으로 만든 밭 위를 비행기로 나는데, 그런 비행장은 자

기 부담이니 자유롭게 이착륙할 수 있습니다."

만일 이하라가 비밀의 자가용 비행장을 가지고 있으면 공공기관에 기록을 남기지 않고 이착륙 할 수 있는 가능성이 나왔다.

그런데 형사의 분발에 물을 끼얹듯이 고모리는,

"아, 역시 전적으로 자유롭다고 할 수는 없습니다. 미공인(未公認) 비행장에서의 이착륙은 그때마다 항공국의 허가가 필요합니다."

"그러나 한 번이나 두 번쯤은 몰래 해도 모르겠지요."

"그건……, 모르지요. 부근 사람이 신고라도 하면 몰라도."

부근에 사는 사람이 미공인 비행장의 소유자가 비행기를 사용할 때마다 허가를 받고 있는지 어떤지 알 까닭이 없다. 그러니 신고를 할 까닭도 없다.

"그러나 그것도 비행장 주변만 나는 경우입니다. 멀리 날거나 횡단비행을 하면 반드시 압니다."

"횡단비행이란?"

"예를 들면 초후에서 나고야의 고마키에 내리는 것처럼 출발 비행장과 도착 비행장이 다른 경우입니다. 초후에서 출발해서 초후로 돌아오는 비행을 로컬(local)이라고 합니다."

"가령 말입니다. 지상의 레이더나 관제기관이 없는 곳만 골라서 난다고 해도 알게 됩니까?"

"글쎄요……. 레이더에 걸리지 않도록 저공으로 비행장이나 관제를 피해서 날면 지상의 눈을 속일 수 있겠지만……."

집요하게 물고 늘어지는 형사에게 고모리는 점점 자신이 없는 듯한 어조가 되었다. 요코와타리는 거꾸로 자신이 생겼다.

이 넓은 하늘에 소형기 한 대가 비틀비틀 헤맨다 해도 지상의 관제기관이 과민반응을 보이지는 않을 것이다.

고모리는 지나치게 공식주의자인 것이다.

"잠깐 기다려 주십시오. 현역 조종사를 불러오겠습니다."

3

이윽고 그는 깡마르고 눈이 날카로운 정력적인 인상의 남자를 데리고 왔다.

"우리 클럽의 베테랑 교관 나가이 군입니다. 비행실무에 관해서는 무엇이든지 물어 보십시오." 하고 형사들에게 소개했다.

"바쁘신데 미안합니다."

이번에는 하야시가 질문을 했다.

나가이는 현역 파일럿답게 또렷한 어조로 대답했다.

"비행계획서는 VFR(有視界), IFR(計器)에 관계없이 반드시 제출해야 합니다. 다만 3마일 이내의 로컬 비행은 제출이 면제되어 있습니다."

"3마일 이내의 로컬을 위장하고 멀리까지 날았을 경우에는 어떻습니까?"

"내려온 후 처벌당할 각오라면 할 수 있습니다."

"그럼, 그 각오가 있으면 무단 비행도 할 수 있겠군요?"

"그러나 관제탑에 걸립니다."

"관제탑이 없는 자가용 비행장이라면 어떻습니까?"

"그거라면 됩니다."

"어떨까요. 내리는 경우는 일단 보류하고 도쿄 부근의 자가용 비행장에서 VFR 비행으로 오사카 근처까지 지상의 관제기관이나 공공기관이 모르게 날 수 있을까요?"

하야시는 질문의 핵심으로 들어갔다.

"그건 충분히 할 수 있습니다."

나가이는 고모리와는 다른 대답을 했다.

하야시와 요코와타리는 저도 모르게 몸을 앞으로 내밀었다.

"레이더와 같은 것에 걸려 국적불명 비행기로 오인 받아 자위대기(自衛隊機)로부터 추격받는 일은 없습니까?"

"일본의 저공에는 항상 소형기가 우글우글하니까요. 레이더에 잡혀 봤자 어떤 것이 어떤 것인지 알지 못합니다. 게다가 국적불명기로 추적하는 것은 좀더 상공입니다. 대체로 소련의 비행기입니다만 그들이 나는 루트는 거의 일정하게 정해져 있습니다."

"소정의 위치 통보 지역에서 통보를 하지 않아도 의심받지 않습니까?"

"높은 고도를 나는 제트기는 위치 통보가 의무화되어 있으나, VFR에서 나는 비행기는 거의 하지 않는 모양입니다. 저도 별로 하지 않습니다."

"IFR의 경우에는?"

"그런 경우에는 반드시 합니다."

"도쿄에서 오사카까지 가는 동안 위치 통보는 어디서 합니까?"

"다테야마, 오시마, 하마마쓰, 고와 상공에서 하고, 이 통보는 구루메에 있는 도쿄 센터라고 불리는 항공관제소로 집약된다고 합니다만."

"야간엔 반드시 IFR 비행입니까?"

"반드시 그렇지는 않습니다. 날씨가 좋고 지상이 잘 보이면 유시계로 비행합니다. 계기 비행이라는 것은 조종사에게 자격이 갖추어져야 되고 비행기에도 시설이 있어야 합니다. 경비행기가 계기 비행을 하게 되면 적운(積雲)이 있건 천기가 나쁘건 간에 계기가 지시하는 대로 밀고 나가야 하기 때문에 보통의 경우에는 유시계로 구름이나 악천후만 피해서 비행합니다."

"그런데 경비행기로 정규 비행장 말고 초등학교나 해안 등에 내릴 수 있습니까?"

"필요한 착륙거리만 있으면 어디에나 내릴 수 있습니다. 다만 그때 그때 항공국의 허가를 받아야 됩니다."

"그런데 여기 회원인 이하라 씨 말인데요, 그분의 실력은 어느 정도입니까?"

"우리 회원 중에서는 톱클래스의 실력자입니다. 비행시간도 많은 편이지요."

"물론 단독비행 자격은 있겠군요."

나가이는 수긍했다.

"이하라 씨에게 자가용기는 없습니까?"

"아마 세스나 기를 가지고 계실 겁니다. 머지않아 '파이퍼 체로키 어로우'를 매입할 예정이라고 들었습니다만, 그런데 왜 그러시죠?"

나가이는 별안간 수상하다는 표정을 지었다. 여태까지 비행에 관한 일반적인 질문이 특정한 개인의 것으로 바뀌자 이상한 생각이 든 것 같았다.

"아니, 별로. 그분이 소문난 비행기 광(狂)이라고 들었기 때문에."

하야시는 가볍게 피하며,

"이하라 씨에게 자가용 비행장은 없습니까? 그분 정도의 재력이면 비행장을 가질 수도 있다고 생각되는데요."

"그렇게 말씀하시니 언젠가 사이타마 현 아케오 부근 소유지 일부를 활주로로 해볼까 하고 농담을 한 일이 생각납니다. '체로키 어로우'를 매입하면 자가용 비행장이 있는 편이 편리합니다. 초후의 경우에는 미군이 관리하고 있어서 주기 허가를 받는 데에도 미 국방성까지 신청서가 가니까요."

"세스나 기로 도쿄~오사카를 왕복하는 데 얼마나 걸립니까?"

"세스나 기에도 여러 가지 종류가 있습니다만 가장 보급형인 150으로 가는 데 3시간 30분, 오는 데 2시간 30분 정도 걸릴걸요."

"오고가는 시간이 다릅니까?"

"비행기의 경우, 항상 바람을 계산에 넣어야 합니다. 가령 시속 160km로 비행할 때 바로 정면에서 20노트 즉, 약 40km의 역풍을 받으면 속도는 120km로 감속되고 순풍의 경우에는 반대로 말할 수 있습니다."

"도쿄에서 가는 경우는 역풍이 되는 셈인가요?"

"지구의 자전 관계로 항상 서풍이 불고 있습니다. 계절 따라 다르지만."

"4월 말경은 어떨까요?"

"3월까지 겨울 계절풍이 세게 불지만 4월 말이면 20노트 정도입니다. 1노트는 1시간에 약 1.8km이니 약 36km쯤 되는 바람일 겁니다."

"그와 같은 조건을 고려하여 도쿄~오사카를 세스나 기로 7시간, 아니 6시간 이내에 왕복하는 것은 가능한 셈이군요."

"날씨가 좋으면 가능합니다."

"다섯 시간은 어떨까요."

하야시는 비행장과 현장까지의 왕복 시간을 빼고 말해 보았다.

"무리가 있지만 실력과 비행기 성능이 좋으면 가능하리라고 생각합니다."

나가이가 알려 준 정보는 이하라의 알리바이를 무너뜨리는 서광을 던져 주는 것이었다.

경비행기가 자가용 비행장에서 VFR 방식으로 난다면 누구에게도 알리지 않고 비행할 수 있다는 가능성을 알게 된 것이다.

뿐만 아니라 이하라는 세스나 기를 가지고 있고, 또한 아케오 부근에 활주로가 될 만한 토지를 소유하고 있다는 것, 혹은 이미 활주로가 조성되어 있는지도 모른다.

남은 하나의 벽은 착륙지였다. 출발할 수는 있어도 착륙하지 못하면 이하라의 알리바이는 무너지지 않는다. 그것도 기록을 남기지 않고 누구에게도 알리지 않고 착륙해야만 한다.

"이하라 씨가 오사카 쪽에 자가용 비행장을 가지고 있다는 이야기는 들은 적이 없습니까?"

"글쎄요, 모르겠는데요. 뭐, 이하라 그룹의 사장님이시니 토지쯤은 가지고 있을지 모르지만 그렇다고 해도 혼자서 비행장을 두 개나 가진 사람은 들어 본 적이 없습니다."

"오사카 주변에 비행장으로 사용될 만한 장소를 모르십니까?"

"착륙거리만 된다면 아무 곳이나 내릴 수 있습니다. 그런 장소에 내려 본 일이 없어서 별로 생각나지 않습니다만."

나가이에게 알아낼 만한 일은 대충 알아냈는지라 두 형사는 인사를 하고 그를 돌려보냈다. 그 후 몇 사람의 조종사와 공항관계자에게 확인을 해보고 본부로 돌아왔다.

수사본부에서는 요코와타리와 하야시가 가져온 정보를 조사한 결과 이하라 교헤이가 '스카이 호크'라고 불리는 '세스나 172'의 호화판형을 가지고 있는 사실을 알았다.

'스카이 호크'는 150형보다는 훨씬 수준이 높고 최대속도 240km, 순항속도 211km, 항속거리 990km여서 나가이가 말한 소요시간을 더욱 단축시킬 가능성이 있었다.

뿐만 아니라 이하라는 사이타마 현 아케오 시 교외에 있는 소유지에 길이 600m, 폭 25m 가량의 간이 활주로를 조설하고, 현재 도쿄 항공국에 인가신청 중이라는 사실을 알았다. 미공인이긴 하지만 충분히 사용할 수 있는 '비행장'이다.

도쿄에서 아케오까지 약 40km, 차로 왕복하면 한두 시간 잡으면 되겠지. 이하라가 이 자가용 비행장에서 오사카를 왕복했을 가능성을 가지고 있다.

착륙지만 해결된다면—.

4

이하라가 야오 및 그 주변의 공항에서 내리지 않은 것은 틀림없다.

하야시 형사는 그가 비행장이 아닌 곳에 내린 것으로 생각했다. 그것도 장외착륙장으로 비행장의 체제를 갖춘 곳이 아니라 초등학교의 교정이라든가 야외의 공터와 같은 곳이다.

물론 이와 같은 장소에서 이착륙할 때도 일일이 항공국에 허가를 받지 않으면 안 된다. 그러나 이하라에게 그와 같은 계획서 제출이 없었으니 무단으로 착륙한 것이 틀림없으리라.

'세스나 172'의 이착륙 거리로는 400m 가량의 활주로가 있으면 된다. 오사카 특히 이바라기 근처에 그와 같은 공터는 없을까?

그러나 야오 공항에 문의해 보니 그의 착상은 어이없이 분쇄되었다. 요컨대 초등학교의 교정이나 공터에 착륙거리만 있다면 내릴 수는 있다. 그러나 야간착륙용 조명설비가 없다는 것이다.

비행장에는 원거리에서부터 소재를 표시하는 비행장 등대나 비행장 상공에 온 비행기를 활주로에 유도 강하시키는 진입등 등의 각종 조명시설이 있는데, 장외에서 야간착륙을 하는 경우에도 활주로 부분을 표시하는 진입등은 절대로 필요하다는 것을 알았다.

이하라의 경우, 착륙했다고 생각되는 시간은 밤 9시부터 새벽 4시 사이였다. 현장으로의 왕복시간을 제하면 시간은 더욱 단축된다. 그렇다면 이하라는 심야착륙을 비행장 설비를 전혀 갖추지 않은 장소에 강행한 것이 된다.

뿐만 아니라 문제의 4월 20일(19일 밤을 포함)은 하현달이 초승달을 향해 가장 야위는 무렵이다. 달빛에 의지하여 강행착륙을 한다는 것은 아무리 생각해도 무리였다.

그러나 비행기를 이용하지 않는 한 이하라의 알리바이는 무너지지 않는다. 이하라가 자가용 세스나 기와 경비행기의 조종자격증을 보유하고 아케오 교외에 간이 활주로를 가지고 있는 것을 알게 된 현재 비행기의 가능성을 버릴 수가 없었다. 비행기만이 이 불가능한 범죄를 가능하게 하는 것이었다.

'초등학교 교정에 불을 피울 수는 없을까?'

하야시는 집요하게 그 가능성을 물고 늘어졌다. 그러나 초등학교에는 당직자가 있을 것이다. 한밤중에 교정을 환하게 횃불로 밝히고 비행기가 굉음을 지르며 내려온다면 아무리 깊이 잠들어 있어도 눈을 뜰 것이다.

'그렇다면 공터를 이용했을 텐데 이바라기 근처에 400m 전후의 적당한 공터가 없을까?'

하야시는 1/25,000 지도를 면밀하게 조사했으나 그와 같은 공터는 없는 것 같았다. 관할서와 야오의 공항관계자도 모른다는 대답이었다.

게다가 이 착상에는 지상에서 등화를 준비해 주는 공범이 필요한 최대의 난점이 있었다. 활주로의 소재를 표시하기 위한 등화이기 때문에 긴 활주로를 따라 여러 개를 놓지 않으면 안 된다.

하야시는 영화에선가 텔레비전에선가 본 야간 불시착을 위해 직선도로의 양쪽 끝에 기름을 뿌리고 그것을 활활 타오르게 하고 비행기를 유도하는 장면을 상기했다. 불태운 뒤에는 당연히 끄지 않으면 안 된다. 한 사람이나 두 사람으로 할 수 있는 작업이 아니다. 실제로 그 장면에서도 많은 사람들이 일하고 있었다.

'도로!'

하야시는 문득 자신이 중얼거린 말에 깜짝 놀랐다.

영화에서는 비행기가 도로 위로 내려왔었다. 아스팔트 포장이 되어 있는 직선도로라면 안성맞춤인 활주로가 되어 줄 것이다. 조명도 장소에 따라서는 연속적인 도로조명이 있다.

도메이 고속도로의 경우, 도쿄에서 가와자키까지 연속조명으로 되어 있다. 도로의 양쪽에 일정한 간격을 두고 배열되어 있는 조명은 상공에서 내려다볼 때 흡사 활주로의 진입등 같이 보인다.

하야시는 자신의 착상에 흥분했다.

그러나 요코와타리가 냉정하게 찬물을 끼얹는다.

"도로란 생각은 과연 재미있는 착상이야. 그러나 도로에는 차가 달리고 있다고. 활주로가 될 만한 도로라면 도로 폭도 넓을 것이며 차량도 많을 거야. 그것을 어떻게 멈추게 하지?"

"그것은……."

순간 꽉 막히면서도 하야시는,

"한밤중이니 차가 끊어질 때도 있겠지."

"그건 안 될 말. 도쿄~오사카의 간선도로에서 차가 끊어지는 일은 없다네. 만약 있다고 해도 그것은 우연이야. 그동안 상공에서 태연히 기다릴 수 있을까? 게다가 또 한 가지."

요코와타리는 냉혹하게 최종 결정을 내리듯이 말했다.

"착륙한 도로에서 시체를 발견한 이바라기의 현장까지 운반하는 동안 비행기를 어떻게 할 것인가? 설마 도로에 그대로 두지는 않겠지."
"그건……, 공범에게 맡기면?"
하야시는 괴로운 끝에 분별없이 말했다.
공범의 존재는 처음부터 난점이었고 지금까지 수사에서도 이하라의 주변에 수상한 인물은 떠오르지 않았다.
그러나 하야시로서는 그렇게 대답할 수밖에 없었다.
"공범이라……, 흥."
요코와타리의 원숭이 상에 심술궂은 웃음을 띠었다. 본인은 그렇게 할 생각은 없었으나 이럴 때 그의 얼굴은 몹시 심술궂게 보인다.
"그래도 무리야. 알겠나, 세스나 172의 항속거리는 순항속도 990km, 탱크에 기름을 가득 채워도 도중에 급유를 하지 않으면 도쿄~오사카 왕복은 불안하겠지. 하물며 야간비행이니 조종사로서는 반드시 급유를 하고 싶을 거라고 생각하네. 언제 차가 올지도 모르는 고속도로에서 태연하게 급유를 할 수 있겠는가?"
하야시는 드디어 침묵했다.
문제점을 편리한 우연으로 메워 보아도 난점이 너무나 많았다.
400m 이상의 직선도로는 얼마든지 있다. 상공에서 바라보고 차가 끊어진 장소에 내리는 것은 가능할지도 모른다. 밤이라도 차가 끊어진 곳은 헤드라이트에 의해서 알 수 있다.
그러나 마음 내키는 대로 내려간다 해도 공범이 안성맞춤으로 그곳에 달려올 수는 없다. 도로를 이용하는 이상, 그곳에는 주기 할 수 없으니 시체를 이바라기까지 운반해 줄 공범이 필요하게 될 것이다.
"역시 비행기는 안 된단 말인가?"
분발했던 만큼 그의 낙심은 컸다.
비행기가 부정되자 이젠 이하라의 알리바이는 더욱 확고해졌다.
도쿄~오사카를 7시간으로 왕복하는 방법은 교통수단이 발달한 현재에도 달리 없었던 것이다.

협력수사의 형식이었던 이바라기의 쪽에서도 새로운 증거는 아무것도 나오지 않았다. 근방에 있는 불량배나 깡패, 전과자는 모두 조사되었고 떠돌이도 부정되었다.
　수사는 여기서 완전히 좌절되었다.

제12장 업무위탁계약 제12조 B항

1

회의는 무겁고 답답한 분위기에 싸여 버렸다.

벌써 두 시간에 걸쳐 계속되고 있지만 아무런 결론도 나오지 않는다. 이 이상 진행시켜본들 새로운 대책이 나오지 않으리라는 것을 잘 알고 있으면서도 마칠 수가 없었다.

"이것은 분명히 넬슨 측이 계약을 악용한 트릭이며 악랄하기 그지없는 위장행위입니다."

호텔의 고문변호사인 요시야마는 아까부터 몇 번이나 같은 말을 하고 있었다.

"그건 알고 있습니다. 문제는 그들의 계약에 어떻게 대처해야 하는가입니다. 계약위반으로 즉시 넬슨과의 업무위탁계약을 해제하고 스토로스먼을 해고할 것인가, 그 점에 관한 법률가로서의 의견을 듣고 싶은 겁니다."

경리담당 상무 치구사 시게오가 시무룩한 표정으로 말했다.

평소에는 막대한 고문료만 받고 긴급시에는 쓸모가 없는 변호사가 괘씸했던 것이다.

"그러니 아까부터 위장행위라고 말하고 있지 않소."

"정말로 그렇습니까? 그건 당신의 감정론은 아닌가요? 외자(外資)는 어디까지나 계약절대주의인데 위장이라고 알아볼 수 있는 계약위반을 할까요?" 하고 치구사가 따지고 들자 요시야마도 자신이 없는 듯,

"여하간 법률에 관한 일은 일임해 주시오. 대처 방법에 관해서는 제가 경영자가 아니므로 뭐라고 말할 수 없습니다."

요시야마는 자존심이 상한 얼굴을 하고 입을 다물었다.

"법률문제는 요시야마 선생께 맡기고 즉시 넬슨과의 계약을 해제해

야 됩니다. 그들과의 굴욕적인 계약을 파기할 수 있는 다시없는 기회가 아닐까요? 사장님, 망설일 필요 없습니다. 스토로스먼을 파면하고 이하라 호텔을 우리 것으로 되찾아야 합니다." 하고 강력하게 나온 것은 전무 기모토 에이스케를 중심으로 하는 동도고속 사람들이었다.

그에 비해 주력은행인 동서은행에서 파견된 치구사 파(派)는 소극적이었다. 스토로스먼은 소렌센의 후임으로 NI사가 파견한 총지배인이었다. 확실한 법률적 보증이 없는데 강경수단으로 나와 법정투쟁이 된 후 패배하면 당연히 커다란 손해배상금을 배상해야 된다. 은행파견 중역으로서는 소극적이 될 수밖에 없었다. 그래서 법률고문인 요시야마의 확실한 의견을 듣고 싶었다.

그런데 요시야마는 경영에 관한 일이라며 확실한 답변을 하지 않는다. 하긴 말하고 싶어도 할 수 없는 것이다. 여하튼 해보지 않으면 어떻게 될지 전혀 판단할 수 없었다.

이렇게 두 시간 남짓 치구사 파와 기모토 파, 여기에 요시야마가 얽혀서 성과 없는 토론이 계속되고 있었다.

사건의 발단은 이러했다.

이하라 교헤이의 부친 도메기치는 이하라 호텔의 건설 당시 건물과 주(株)는 이하라 측에서 갖고, 요컨대 전액출자의 형식으로 업무와 인사권을 미국의 넬슨 인터내셔널사(社)에 위탁했다. 계약기간은 20년이었고, 이하라 측은 업무위탁료로 최초 5년간 매상의 5%를 손익에 관계없이 지불하기로 했다. 기모토가 굴욕적이라고 말한 것도 당연한 조건이었는데 이하라 도메기치로서는 넬슨의 명성과 세계적인 호텔 체인망이 있으니 그 정도면 손해는 없다고 계산한 모양이었다.

그런데 막상 개업을 해보니 완전히 빗나갔다.

첫째, 넬슨의 세계적인 호텔망에 의한 방문객이 예상보다 훨씬 적었다. 다음으로 넬슨 관계의 무료 우대 고객이 많은데다가 넬슨의 단체 고객에게 특별할인이 적용되므로 매상이 이용객에 비해 많지 않았다.

마지막으로 총매상의 70% 가량을 차지해야 할 음료 수입의 비율이 적었다.

요컨대 이하라 도메기치가 처음에 예상했던 넬슨의 명성이 도무지 위력을 나타내지 않고 오히려 이익을 압박하는 원인이 되었던 것이다. 뿐만 아니라 예상했던 200억 엔의 건설비가 훨씬 초과해서 250억 엔에 달했던 것이다. 하루에 지불금리만도 1,000만 엔에 가까웠다. 보유 객실이 모두 차도 1,400만 엔이니 금리를 지불하기 위해서 매일 70% 이상의 객실이 채워지지 않으면 안 되는 계산이 되었다. 물론 이 70% 중에는 넬슨 관계의 무료 고객이나 우대 고객은 포함되지 않아야 한다. 도쿄의 절대적인 호텔 부족에 자극되어 거대 호텔을 건설한 것은 좋았으나 너도나도 대규모 호텔을 지었기 때문에 최근에는 과다경쟁으로 객실가동률이 그다지 좋지 않았다. 또한 새로 세워지는 맨션의 호텔화로 손님을 많이 빼앗겼다. 게다가 치명적인 타격은 중심 회사인 동도고속전철이 도처에서 노선이 부딪치는 라이벌 전원급행전철에게 승객을 빼앗겨 부진상태에 빠진 것이다.

애당초 호텔은 이하라 도메기치가 사내의 반대를 무릅쓰고 동도전철의 사장자리를 내놓고 호텔의 사장으로 전임하려고 했을 정도로 정열을 불태운 것이다. 이하라 넬슨 호텔을 건설하는 데 수십 년에 걸쳐서 축적했던 총력을 기울였다.

때문에 호텔이 잘 되지 않으면 이하라 그룹은 붕괴될 우려가 있었다. 말하자면 이하라 그룹의 금고라고도 할 수 있는 호텔 경영이 헐떡이는 판에 그룹의 본거지인 고속전철까지 기울어졌으므로 더블 펀치라기보다는 사면초가란 느낌이었다.

이와 같은 상황에서 NI사가 돌연 미국 항공업의 거물 WWA(월드 화이트 에어라인즈)와 합병을 한 것이다. NI사는 이전부터 유력 항공사와 제휴를 생각하고 있었다. 이유는 세계적인 여행 붐에 있었다.

세계의 여행인구는 1970년에 3억 5천만 명에 달했다. 그리고 74년에는 약 5억 명 이상이 비행기를 타고 세계를 여행하리라고 예상되었다.

바야흐로 지구 인구 6분의 1이 항공여행을 하는 계산이 된다. 항공기는 점점 대형화되어 한 대에 3, 4백 명을 운반하는 시대가 되었다.

이렇게 되면 승객을 운반만 하고 승객을 위해 호텔을 확보하지 못하는 항공회사는 경쟁에서 밀린다. 호텔과 연결되지 않으면 비행기표를 팔 수 없게 된 것이다. 한편 호텔 쪽도 세계 여러 곳에서 승객을 운반해 주는 항공회사와 손을 잡는 것이 승객을 확보하는 데 유리하다. 요컨대 호텔과 항공회사는 서로 도와주는 사이가 된 것이다.

이렇게 해서 NI사가 전부터 접근했던 것이 WWA였다. NI사 쪽에서는 합병에 다소라도 유리하기 위해 동양 최대 규모를 갖춘 이하라 호텔을 무슨 짓을 해서라도 자신의 체인에 넣고 싶었던 것이다.

도쿄 아니, 일본의 교두보로서 호텔을 갖는 것과 갖지 않는 것과는 커다란 차이가 있다. 넬슨은 그 같은 계획으로 이하라 도메기치를 설득했던 것이다. 그래서 호텔업계 사정에 밝지 못했던 도메기치는 넬슨의 명성과 그 달콤한 화술에 넘어갔다. NI사가 합병 계획을 숨기는 것도 모르고 기꺼이 굴욕적인 조건을 받아들였던 것이다.

때문에 NI사와 WWA와의 합병은 극비리에 진척되었다. 물론 합병 당시에도 NI사는 이하라 쪽에 한 마디의 언질도 주지 않았다. 이하라 호텔의 중심 회사인 동도고속은 일본항공의 대주주이기도 했다. 따라서 라이벌인 WWA의 산하에 이하라 호텔이 편입되는 어처구니없는 상황이 발생한 것이다. 이하라 측은 격노했다.

NI사와의 업무위탁계약 제12조 A항에 '당사자는 상대방의 서면에 의한 동의를 얻지 않고 본 계약 및 앞으로 발생하는 권리를 어떠한 방법으로도 타에 양도 혹은 이전할 수 없다.'라는 특약이 있었다.

요컨대 무단으로 합병을 해서는 안 된다는 것이다. 기모토 전무의 강경파는 이 조항을 근거로 굴욕적인 계약을 해제하자고 했다.

그에 대해 치구사 상무는 제12조 B항에 있는 유보조항을 더욱 신중하게 검토한 후 대처할 일이라고 주장했다.

문제의 B항은, '단, 각 당사자가 자기 혹은 그 관련회사에 의해서 완전히 소유되고 또한 완전히 지배되는 종속회사에 관해서는 이에 해당하지 않는다.'는 것이다.

요컨대 종속회사에 양도하거나 이전하는 것은 자유인 셈이다.

NI사는 WWA와 합병하면서 복잡한 '연극'을 했던 것이다. NI사는 먼저 100% 출자를 한 동명의 종속회사를 만들고, 그 회사에 모든 유무형의 자산을 양도한 후 껍데기만 남은 중심 회사를 WWA와 합병한 것이다.

이하라 쪽에서 보면 NI사는 존속하지만 그 실체는 이미 없어졌고, 실질적으로 라이벌인 WWA에게 업무위탁을 한 형편이 되어 버렸다. 이것을 이하라 측에서 수긍할 리가 없다. 이하라 쪽은 NI사에게 감쪽같이 속았다고 생각하는 것이다. 그러나 '연극'이라고 생각하는 것은 이하라 쪽의 생각이고 감정이지 법정투쟁이라도 하게 되면 어떤 판결이 날지 아무도 모른다.

신중파인 치구사는 제 12조 B항의 유보조항이 마음에 걸렸다.

"구(舊) 넬슨이 신(新) 넬슨에게 권리 일체를 양도하는 것은 B항에 해당될 가능성이 있습니다. 만약 해당될 경우, 상대방 즉 우리 쪽의 동의는 필요치 않게 됩니다." 하고 그는 주장했다.

요시야마는 계약을 악용한 악질적인 기만이라고 하는데 그것은 어디까지나 감정론이며 NI사의 행위는 법률적으로 유효인 것이다. 구(舊) NI사에서 신(新) NI사로 일체의 권리를 양도한 것이 이하라 쪽을 기만하는 행위라고 해도 계약 그 자체는 무효가 되지 않는다. 요시야마 변호사도 기만이니 위장이니 하지만 무효라고 결정짓지는 않는다. 결정지을 수가 없는 것이다.

"아무튼 맡겨 두시오."라고 요시야마는 말한다.

그러나 법정에서 패소했을 경우 변호사가 대신 손해배상금을 지불하는 것이 아니다. 주머니를 터는 것은 언제나 이쪽이다.

어느 쪽도 양보하지 않고 회의는 다람쥐 쳇바퀴 돌 듯했다.

"사장님은 어떻게 생각하십니까?"

"사장님의 의견을 들려주시죠."

출석자의 피로가 절정에 달했을 때, 기모토와 치구사가 동시에 물었다. 멍하니 앉아 일동의 의논을 듣고 싶지 않은데 듣는 듯하던 이하라 교헤이는 갑자기 중역들로부터 주목을 받자 비로소 정신을 차렸다.

그는 자신의 회사 일인데도 그다지 흥미가 없었다. 오히려 아무래도 상관없었다. 처음에는 부친의 왕국을 자신의 것으로 만들어 놓겠다는 야망을 가졌다. 그러나 최근에 와서 문자 그대로 당치도 않는 야망이라는 것을 깨달았다. 부친의 왕국은 그렇게 간단히 바뀌는 것이 아니었다. 요컨대 부친이 남긴 것은 내 것이면서도 내 것이 아니다. 죽은 뒤에도 자신을 군림하고 있었다. 부친이 위대하면 할수록 부친이 남긴 것이 크면 클수록 그의 아들은 무능하며 나약한 존재였다.

"이번 기회에 넬슨과 인연을 끊고 사장님의 실력을 보여 줍시다."

기모토가 무심코 한 것인지 혹은 일부러 의식하고 한 것인지 이렇게 덧붙인 말이 아무래도 좋았던 이하라의 마음을 결정짓게 했다.

'부친이 만든 것은 모조리 부숴 버리자.'

"스토로스먼을 당장 해고합시다."

회의장에 갑자기 동요가 일어났다. 2세이긴 하나 권력자의 한마디였다. 긴 회의는 겨우 끝났다. 교헤이 자신으로서는 처음부터 열 필요도 없는 회의였다.

2

6월 1일, 이하라 넬슨 호텔은 넬슨 쪽 파견 총지배인 헨리 스토로스먼을 해고하고 호텔 명칭을 '이하라 스카이 호텔'이라고 바꾸었다. 그리고 사장 이하라 교헤이는 NI사와 WWA와의 합병은 NI사의 배신행위이므로 업무위탁계약을 파기하겠다고 선언했다.

이하라 쪽의 처리는 신속하고 철저해서 6월 1일부터 은기, 식기 등 집기에서부터 봉투, 성냥에 이르기까지 넬슨의 이름을 없애버렸다. 전화 교환수도 6월 1일 자정부터 '이하라 스카이 호텔'이라고 말하여 손님들을 놀라게 했다.

이하라 쪽에서는 NI사 쪽에 2주일간의 유예 기간을 주고 WWA와의 합병을 백지로 돌리도록 통고했으나 기간이 경과해도 NI사에서 성의 있는 회답이 없었으므로 이렇게 감행했던 것이다. 이와 같은 이하라의 과감한 처사는 자본의 자유화로 밀려드는 외자공세에 겁을 내고 있던 업계에서 환영을 받았고, 언론계에서도 호의적이었다.

다음 날, 이하라 쪽은 도쿄 지방재판소에 구(舊) 이하라 넬슨의 총지배인 및 NI사 파견사원 전원에 대한 출입금지의 가처분명령을 신청했다. 한편 NI사 쪽도 그에 지지 않고 제 12조 B항을 근거로 WWA와의 합병은 계약위반이 아니며 이하라 쪽에 대한 업무방해금지 가처분을 신청하여 예상대로 법정투쟁이 벌어진 것이다.

3
"법정투쟁에서 이기지 못할 겁니다."

평소에 거만하던 요시야마가 시나가와 앞에서 꿔다 논 보릿자루처럼 풀이 죽어 보고를 했다.

"나도 그렇게 보네. 그건 그렇고 기모토와 이하라 사장은 그 후에 어떤가?"

"물론 기모토는 가슴에 한몫 지니고 있습니다. 부인의 작용이 큰 것 같습니다."

"그야 그렇겠지. 2세 사장은 하고 싶은 생각이 전혀 없는 모양이니 배가 다르긴 해도 야심이 생기기 마련이지."

시나가와가 엷게 웃었다. 웃었기 때문에 냉철한 인상이 더욱 강조되었다. 이미 희수(喜壽: 77세)에 가까운 고령이면서도 예각(銳角)이 도무지 사라지지 않는 것은 인생의 태반을 인간을 탄핵하는 일에 소비했기 때문일 것이다.

"그래서 순조롭게 진행되고 있는가요?"

한쪽에선 아사오카 데쓰로가 혈색 좋은 얼굴을 번득이고 있었다.

"계획대로 움직이고 있습니다. 2세를 쫓아낸 후 사장자리에 앉히겠다는 약속에 기모토가 2세들이 제멋대로 재산을 탕진하지 못하게끔 도메기치가 일족에게 적당히 분산시킨 주를 설득하고 다니면서 부지런히 사 모으고 있습니다. 그 자금이 아사오카 씨로부터 나오는 것도 모르고 말입니다."

"그리고 요시야마 선생께서 시나가와 선생의 제자라는 것도 모르고 말입니다. 요시야마 선생이 이하라 호텔의 고문을 맡고 있는 것을 알았을 때 이 싸움은 이겼다고 생각했지요."

"머지않아 도쿄 지방법원에서 판결이 나겠지만 우선 이하라 측이 패배할 겁니다. NI사 쪽에서는 막대한 손해배상을 요구할 겁니다. 뿐만 아니라 회사명의 변경에 수반된 비용이 완전히 허사가 되어 버립니다. 어쨌든 가구를 비롯해 성냥의 마크까지 바꿔 버렸으니까요. 이것이 전부 낭비된 데다가 다시 한 번 넬슨의 이름으로 고쳐야 하니 그 비용은 좀처럼 예측할 수 없을 정도로 거액이 됩니다. 이하라 호텔은 빈털터리가 될 겁니다. 그때를 노려 모아 둔 주의 명의변경을 한꺼번에 청구한다. 이하라나 기모토의 얼굴을 빨리 보고 싶군요, 하하."

요시야마의 웃음은 반드시 시나가와나 아사오카에 대한 아첨만은 아닌 것 같았다.

여기는 아사오카가 소유의 하코네 산중 호텔이었다. 이곳에 모인 세 명의 남자들은 드디어 사정거리 내에 들어온 거대하고 아름다운 사냥감을 노리는 사냥꾼 같은 눈초리로 밀담을 나누고 있었다.

아사오카 데쓰로가 이하라 도메기치와 맹렬하게 다툰 지 벌써 10년이 지났다. 전원급행을 매수한 이래 정면으로 대립해왔다. 연선의 종합개발사업을 통해서 사사건건 팽팽하게 맞섰고 '재계의 앙숙'이라고까지 소문났다.

더구나 아사오카가 레저 붐을 예상하고 차례로 호텔을 매수하며 호텔 체인을 만들어 가고 있을 때 이하라는 미국의 NI사와 제휴하고 동양 최대의 호텔을 개관했다. 그래서 객실 수에 있어서는 '일본 제1의 호텔왕'을 스스로 자부하던 아사오카는 3천 개의 객실을 하나의 건물에 보유하는 이하라 넬슨 호텔의 출현으로 업계의 주도권을 빼앗기고 발을 구르며 분해했던 것이다. 뿐만 아니라 아사오카의 호텔은 수는 많으나 모두 지방 휴양지에 산재하는 작은 것들뿐이었다. 그로서는 중앙에 아세아 흥업의 본거지에 적합한 호텔을 무슨 일이 있어도 갖고 싶었던 것이다.

단지 이하라와의 반감 때문이 아니라 도쿄의 호텔 부족은 아직도 충분히 끼여들 여지가 있다고 계산하여 용지를 물색하던 때 이하라 도메기치가 어이없이 죽어 버렸던 것이다. 아사오카로서는 감쪽같이 속은 것 같은 기분이었으나 천성인 악착스러움을 되찾아 이 기회에 오랜 세월의 라이벌 그룹을 삼키려고 마음먹었다.

강한 리더가 이끌던 집단은 그 사람이 있는 동안에는 견줄 데가 없는 단결력을 가지고 있으나 그가 없어진 뒤에는 산산이 분열되어 버린다. 이하라 그룹도 이하라 도메기치라는 위대한 리더를 잃고 독재 집단의 취약점을 드러내고 있었다.

도메기치의 뒤를 이은 교헤이에게는 일 할 생각이 없는 것 같았다. 누이동생(첩의 딸)의 남편인 기모토 에이스케는 그러한 교헤이를 쫓아내고 자신이 '정권'을 쥐려고 호시탐탐 기회를 노리고 있었다. 그리고 여기에 배다른 형제인 이하라 싱이치의 야심이 얽혀 있었다.

그 밖에도 자매나 친척들과도 좋지 않았다. 갑자기 막대한 유산을 받아 저마다의 욕심으로 꼴사나운 싸움을 시작한 것이다.

아사오카는 절호의 기회가 온 것을 깨달았다. 주식회사를 지배하는 가장 단순한 논리는 주의 과반수를 쥐는 것이다. 증권 민주화에 의해 주의 분산도가 높은 일본에서는 회사 지분의 20%만 가지면 대주주가 된다. 주를 쥐고 경영을 지배하는 편이 새롭게 호텔을 건립하는 것보다 훨씬 싸게 먹힌다. 이하라 도메기치가 살아 있을 때는 독금법(獨禁

法)때문에 주의 명의만을 친족에게 분산했지만 실질적으로는 거의 전부를 그 개인이 완전히 소유하고 있었다. 그러나 그가 죽자 명의상 분산되었던 주가 실질성을 가졌다. 도메기치는 만약의 경우에 대비해서 자신이 죽은 후에도 특정 유족들이 심혈을 기울여 쌓아올린 '왕국'을 자유롭게 처분할 수 없도록 일정 부분만을 처분할 수 있게 한 것이다.

그것은 현명한 처사였다. 교헤이 명의의 주는 분산된 주중에서는 가장 큰 부분이었으나 총 주식에는 몇십 분의 1에 지나지 않았다. 그래서 그가 아무리 경영하고 싶지 않아도 이하라 그룹 자체를 처분할 수는 없었다. 그 점이 아사오카 데쓰로가 노리는 점이었다.

유족들이 싸움을 하고 있는 동안 소리 없이 주를 사들이고 있었다. 이하라 일족은 도메기치가 세워 놓은 강대한 왕국이 남모르게 갉아 먹히고 있는 사실을 눈치채지 못했다.

아사오카에게 참으로 잘 된 일은 이하라 그룹과 넬슨의 싸움이었다. 이하라 쪽은 단순한 감정론으로 넬슨에게 절연장을 들이댄 것이다. NI사와 WWA의 합병이 계약위반이 아니라는 것은 냉정하게 업무위탁계약서를 검토해 보면 바로 아는 일이다. 그것을 알지 못하도록 시나가와의 제자인 요시야마로 하여금 선동시켰던 것이다. 이하라 쪽에서는 설마 고문변호사에게까지 아사오카의 손이 뻗어 있으리라고는 생각하지 않았을 것이다.

NI사도 계약의 범위 내에서 교묘하게 합병을 했으며 틀림없이 계약을 악용한 질 나쁜 트릭이라는 것은 충분히 알고 있다. 이하라 쪽에서 그 점을 찔러서 굴욕적인 조건을 다소라도 완화하는 방향으로 가야 옳았던 것이다. 이하라 쪽에서 본다면 계약조건을 변경하는 절호의 기회였던 것이다.

그런데 쓸데없이 감정적으로 나갔기 때문에 뻔히 알면서도 기회를 놓쳐 버렸다. 그 뒤에 올 커다란 반동과 아사오카가 장치해 둔 함정의 깊이도 모르고, 요시야마를 통해 주(株)는 착실하게 아사오카의 수중으로 모아지고 있었다. 매점(買占)의 최초 교두보였다. 소수 주주권(경영에 관여할 수 있는 일정 비율의 주식을 갖는 것. - 역자 주)도 이미 확보해 두었다. 아사오카로서는 이하라 호텔이 WWA의 산하로 들어가는 것은 아무래도 좋았다. 요컨대 그 거대하고 맛있는 고기 덩어리를 빈틈없이 꽉 붙들면 된다.

제13장 부패한 시체

1

6월 11일 오전 9시경, 가미야 슈헤이는 흐리멍덩한 잠에서 깨어났다. 곁에는 미키가 흉한 꼴로 자고 있었다.

미키는 어젯밤 관계를 끝냈을 때 체위 그대로 잠이 든 모양이다. 시트가 흩어져 여자의 풍만한 가슴에서 하복부까지 가미야의 눈앞에 아낌없이 드러나 있었다.

시트를 약간 걷어올리고 그 아래쪽 여자의 은밀한 부분을 바라보아도 미키는 조금도 모르고 잠에 빠져 있었다. 밤에 일하는 직업을 가진 여자에게 이 시간은 아직도 이른 아침이었다.

"이봐."

잠을 자서 체력을 회복한 가미야는 지금 미키의 선정적인 자태를 보자 또다시 욕망이 점화되었다. 어깨에 손을 대고 몇 번인가 흔들자 미키는 겨우 눈을 뜨고, "왜 그래요? 조금만 더 재워줘요. 부탁이에요." 하고 몽롱한 어조로 중얼거리며 반대쪽으로 휙 돌아누웠다.

"쳇."

가미야는 여자가 완전히 잠을 깰 때까지 침대에 누워 있을 생각은 없었다.

'이런 종류의 여자는 아침에 일어날 때 칭얼대는 버릇이 있군.'

가미야는 마음속으로 중얼거리며 침대에서 내려왔다. 미키가 깨어날 동안 신문이나 읽어두려고 했다. 가미야가 하는 일에 신문 읽는 것을 빠뜨릴 수는 없다. 그의 직업은 '여행 프로듀서'였다.

레저 붐을 배경으로 생긴 새로운 직업이며 독창성이 있는 여행계획을 개발하고 상품화하여 큰 여행사에 파는 것이다.

요즈음은 여행객도 여행에 익숙해져 흔해 빠진 계획으로는 속지 않는다. 그래서 '여행 프로듀서'가 일본 전국에서 세계 방방곡곡을 실제로 걸어서 독창적인 계획을 만들어 주는 것이다.

가미야의 계획은 거의 성공해서 지금 업계에서 최고로 인기가 있는 사람이었다. 공공연하게 말할 수는 없지만 돈과 시간이 생긴 중년남자를 위해서 호화관광선을 알선하여 한 사람씩 여자 파트너와 세계일주를 시킨 적도 있다. 선내에서 합의 하에 파트너 체인지를 하는 것은 자유였다. 이 계획은 크게 인기를 끌어 현재도 위축을 받고 있는 대여행사의 비밀 돈줄이 되고 있었다. 직업상 언제나 여행을 하고 있지만 모처럼 도쿄에 있을 때도 가족이 있는 도쿄 시모키타자와의 자택에는 별로 가지 않고 여자들과 지냈다. 여자와 자는 것도 그의 일 중 하나인 것이다. 이 맨션도 정사용으로 최근에 구입한 비밀 아지트였다.

'신주쿠 스카이 하우스'는 최근 유행하는 호텔 타입의 분양맨션이며 어떤 부동산 회사가 '비지니스맨의 별장'으로 팔기 시작한 것이다. 값도 보통 맨션에 비해 알맞고, 무엇보다도 모든 것이 기능적이어서 좋았다. 가미야의 방은 1층이어서 2층에 있는 프런트를 지나지 않고 방을 출입할 수 있는 것도 좋았다.

실내의 넓이와 비품 설비는 호텔의 싱글 룸과 똑같다. 첫째로 이 방을 산 남자들의 대다수는 사무실이라고 하지만 정말은 '정사용'이었다. '남자 혼자만의 공간'이라는 등 적당하게 말하고 있었지만 귀찮은 아내의 눈을 피해 마음껏 정사를 즐기고 싶은 것뿐이다. 설비는 호텔과 똑같으나 싱글 룸으로 여자를 데리고 가도 호텔처럼 군소리를 하지 않는다. 뿐만 아니라 여자와 합의가 되어서 중대한 판국에 이르렀는데 그만 호텔 예약이 되지 않아 어처구니없이 기회를 놓치는 일은 없다. 또 한 가지는 호텔과 같은 형식의 열쇠를 보이면 여자가 호기심에 따라온다는 장점도 있었다.

어젯밤 침대를 함께 한 신주쿠 바의 호스티스 미키는 그가 맨션을 구입한 후 데리고 온 열 몇 번째 여자였다. 가미야는 프런트에 부탁해 둔 신문을 가지러 가는 김에 2층 레스토랑에서 가볍게 뭔가 먹고 오려고 생각했다. 그는 체인 록을 벗기고 복도로 나갔다.

9시가 지났는데도 복도에는 인기척이 없고 조용했다. 남자들의 은신처니 이 시간에는 아무도 없는 것일까. 각 방에는 이름도 표시되어 있지 않았고 어떤 사람이 있는지도 모른다. 맨션과 달라서 생활의 본거지가 아니므로 생활의 냄새가 전혀 나지 않았다.

계단 쪽으로 가려던 가미야의 발길이 문득 멈췄다. 뭔가 묘한 냄새가 나는 것 같았기 때문이다. 가미야의 후각은 남달리 예민했다. 다른 인간이라면 맡지 못하는 약한 냄새였지만, 그것은 오물을 농축한 것 같은 뭐라고 말할 수 없는 불쾌한 냄새였다.

이런 현대적인 건물에서 그런 냄새가 날 까닭이 없다.

'쥐라도 죽은 것일까?'

가미야는 쥐의 썩은 시체에서 구더기가 무수히 꿈틀거리며 나오는 것을 상상하고는 몸을 움츠렸다.

'구더기가 내 방에라도 기어들어오면 큰일이다.'

그는 예민한 코를 킁킁거리며 악취의 근원을 쫓았다. 아무래도 냄새는 그의 오른쪽 방에서 나는 것 같았다. 입주한 이후 그 방 거주자를 본 적이 없었다. 하긴 가미야는 어떤 방의 거주자도 알지 못했다. 프런트에서 엇갈리는 인간도 어느 방인지 모른다.

악취는 가까이 갈수록 강해졌다. 그러나 그 이상은 확인할 수 없었다. 문에는 전혀 틈이 없었다. 실린더 식이므로 열쇠구멍은 막혀 있었다. 참으로 정사에는 이상적인 구조로 되어 있었다. 문과 바닥 사이에 아주 좁은 틈이 있어, 바닥에 얼굴을 대고 방안을 들여다보려고 했다.

그러나 광대뼈에 걸려서 눈이 틈바구니까지 닿지 않는다. 실내가 보이지는 않았으나 틈 사이에서 강렬한 냄새가 흘러나와 악취의 근원이 틀림없이 이 방이라는 것을 알았다.

"무슨 일입니까?"

난데없이 뒤에서 퉁명스러운 소리가 들려와 가미야는 놀라서 돌아

보았다. 거주자인 듯한 40세 전후의 남자가 수상하다는 얼굴로 서 있었다. 순간 가미야는 당황했지만 바로 일어섰다.

"옆방에 사는 사람인데요, 어쩐지 이 방에서 묘한 냄새가 풍겨 오는 것 같아서요. 어떻습니까? 당신에게는 냄새가 나지 않습니까?"

"별로, 아무 냄새도 나지 않는데요."

남자는 가미야의 발뺌인 줄 알고 점점 수상하다는 표정을 지었다.

"좀더 이쪽으로 와 보세요, 냄새가 나지요? 뭔가 썩은 것 같은……."

"하긴, 이상한 냄새가 나는 것 같은데요."

남자는 코를 킁킁거렸다.

"그러나 생각 탓인지도 몰라요."

"아니, 생각 탓이 아닙니다. 이쪽으로 와 보세요. 굉장히 구립니다."

가미야는 남자를 우편물 투입구 곁으로 끌어당겼다.

"어떻습니까?"

"틀림없이 냄새가 나는군요. 하지만 음식 찌꺼기가 썩었는지도 몰라요. 여기에 살고 있지는 않을 테니까."

남자는 그다지 흥미가 있는 것 같지는 않았다.

"아니, 이건 음식이 썩은 냄새와는 다릅니다. 쥐나 뭔가의 시체가 썩은 모양이오."

"그렇게 마음에 걸리면 프런트에 말해서 조사를 시켜 보면 어떨까요. 나는 급한 일이 있어서 실례하겠소."

남자의 수상하다는 표정이 냉정한 표정으로 바뀌며 바로 떠났다.

'설사 시체가 있다고 한들 저 남자를 붙잡아 두기는 어렵겠군.'

가미야는 고소를 머금다가 도중에 얼굴이 굳어졌다. 무심코 생각했던 것이 무서운 연상을 자아냈기 때문이다.

'설마!'

그는 황급히 부정했다.

그러나 일단 떠오른 연상은 이미 마음속에서 굳게 뿌리를 내리고 움직이지 않았다. 악취는 그 연상을 더욱 부채질하듯 점점 강해지는

제13장 부패한 시체 145

것 같았다. 가미야는 프런트에 알리기로 했다. 미키에 대한 욕망은 잊은 지 오래였다.

2

신주쿠 구 사몬쪼에 있는 호텔 형식의 맨션 '신주쿠 스카이 하우스' 112호실에 남자 변사체가 있다는 신고가 관할서에 들어온 것은 6월 11일 오전 9시 30분경이었다. 발견자는 맨션의 거주자로 문제의 방 옆 113호실의 가미야 슈헤이와 종업원 야스하라 미치오였다.

가미야로부터 이상한 냄새가 난다는 보고를 받은 야스하라는 또 하나의 열쇠로 문을 열어보니 악취가 심했다. 뿐만 아니라 걸려 있는 방범용 체인 록을 부수고 내부로 들어가 시체를 발견한 것이다.

즉시 현장으로 급파된 관할서인 요쓰야 서 형사들과 감식반은 사인에 의심스러운 점이 있다고 판단하고 본청 수사 1과에 연락했다.

남자들의 '조용한 은신처'는 졸지에 어마어마한 분위기에 휩싸여 버렸다. 현장은 야릇하게도 요쓰야 서 바로 뒤쪽에 있는 주택가에 최근 건설된 맨션이었다. 문제의 방은 1층 끝 쪽에 있는 112호실이었다.

실내의 구조는 호텔의 싱글 룸과 똑같았고, 값은 394만 엔이라고 했다. 안으로 미는 도어를 열면 바로 오른쪽에 조립식 욕실이 있다.

내부는 5, 6평의 넓이로 조립식 책상이 벽에 바짝 붙어 있고 침대는 창가에 있었다. 창문은 안으로 잠겨 있었다. 벽도 도어도 두껍고 기밀성은 완벽했다.

시체는 비닐 천으로 싸여 등산용 침낭 안에 넣어져 침대 위에 놓여 있었다. 부패한 상태로 미루어 감식반은 사후 1, 2개월이라고 추정했다. 실내는 면밀히 검사되었으나 흉기나 약물류는 아무것도 발견되지 않았다. 범인의 존재를 나타내는 지문이나 유류품도 없었다. 시체는 습도가 높은 장마철에 비닐로 싸여 따뜻한 방 안에 방치되었기 때문에 부패의 진행은 빨랐으나 비닐 천과 침낭에 의해 악취가 차단되어

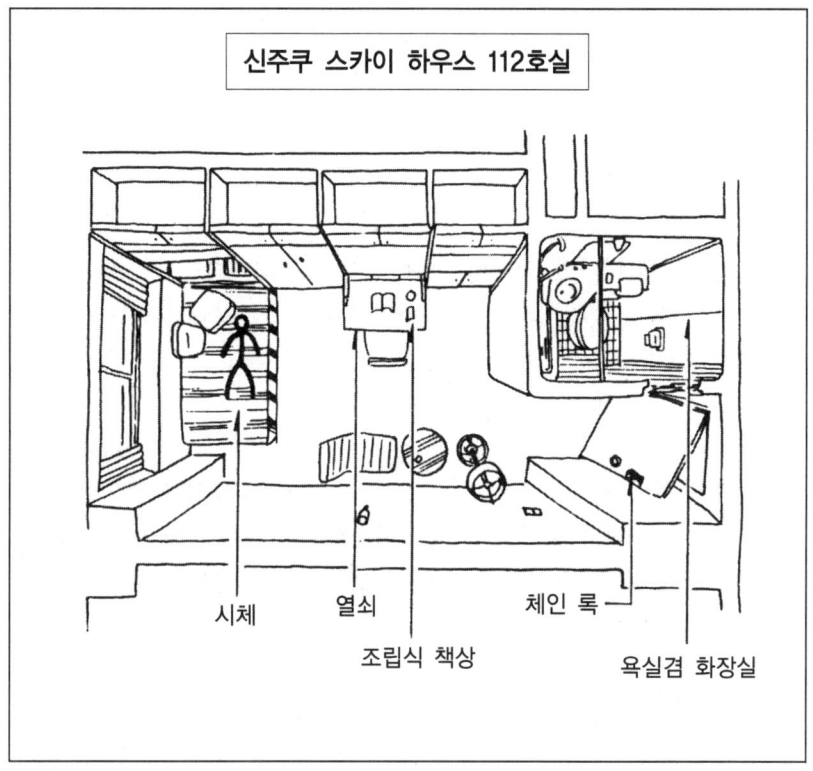

발견이 늦어진 모양이다. 게다가 방의 완벽한 기밀성과 거주자들의 상호 무관심이 더욱 발견이 늦어지게 만든 것이다.

"그렇다고는 하지만 인간의 시체가 한 달 이상이나 맨션 안에 있는 걸 몰랐다는 게 도대체 말이 되는가?"

본청에서 달려온 오카와 형사는 매우 불쾌한 표정을 짓는다. 아무리 도시 사람들이 무관심 족이라고 해도 이건 너무하다고 생각했다.

발견자의 예민한 후각에 걸리지 않았더라면 아직까지 발견되지 않았을 것이다. 맨션 측에서는 몹시 민망해하며 몸을 움츠리고 있었다.

"어쨌든 호텔 형식으로 되어 있어 손님들의 사생활을 존중해 부르지 않으면 가까이 가지 않도록 하고 있습니다. 손님들 간에 교제도 없고 해서…….."

프런트의 책임자는 이마에 홍건히 땀을 흘리며 변명했다.

"사생활 존중도 좋은 일이긴 하나 한도가 있지 않소. 방 청소나 임대료를 받으러 갈 것 아닙니까?"

"예, 그것이, 임대료는 분양이므로 입주 때 지불이 끝나서요."

"청소는?"

"호텔 형식입니다만 열쇠나 전갈만 프런트에서 받을 뿐 청소나 리넨 서비스, 요컨대 침대의 시트 교환은 하고 있지 않습니다."

"딴은 그렇군."

오카와는 멋지게 설득당한 느낌이었다.

시체는 30세 전후의 남자였다. 골격은 작고 나약했다. 몸에는 별다른 특징이 없었다. 머리카락이 빠지고 두개골이 상당히 노출되어 있었으나 인상은 간신히 판별할 수 있었다. 배속에 가스가 차서 바늘로 찔러 가스를 뽑았다. 형사들은 냄새에 고통을 느끼면서 검사한 시체를 해부하기로 했다. 시체는 내복차림이었고 신원을 나타내는 것은 아무것도 없었다. 물론 실내도 마찬가지였다.

야스하라도 가미야도 처음 보는 얼굴이라고 했다. 당연히 방의 소유주가 궁금했다. 그런데 놀랍게도 맨션 쪽에서는 소유주에 대해 전혀 모르고 있었다.

"우선 프런트에 등록되어 있는 명의는 이와세 미쓰오 씨입니다만 그분을 본 적은 한 번도 없습니다."

"그러나 당신들은 열쇠를 맡고 있지 않소?"

오카와는 기가 막혀서 소리를 지른다.

"아닙니다. 손님께서 직접 열쇠를 가지고 계실 때는 프런트에 거의 들리지 않습니다."

"112호실에 입주한 건 언제입니까?"

"작년 4월에 맨션이 완공되었으니 5월 중순경입니다."

"그렇다면 입주 때 만났겠지."

"그런데 계약이나 열쇠의 인도는 모두 본사 쪽에서 하기 때문에 저희들이 직접 손님을 만나지 않았습니다."

"작년 5월 중순경 입주라면 1년이나 지났는데 그 동안 전혀 만나지 않았다는 겁니까?"

"손님께서 프런트에 들리지 않는 이상 일일이 얼굴을 확인할 수 없습니다. 게다가 112호실은 1층에 있어 주차장에서 바로 방으로 출입이 가능합니다."

프런트 책임자는 정중했지만 약간 깔보는 듯한 어조였다. 맨션 구조상 프런트나 로비는 2층에 있고 문제의 방은 1층이라서 열쇠만 가지고 있으면 지하 주차장에서 바로 방으로 들어갈 수 있도록 되어 있다.

"전갈이나 편지는 없었습니까?"

"그것도 전혀 없었습니다."

보통 호텔이라면 이와 같이 터무니없는 일은 일어날 까닭이 없다. 언제까지나 방에 틀어 박혀 있으면 객실계 하녀나 보이가 의심을 품는다. 외출할 때는 반드시 열쇠를 프런트에 맡기게 되어 있어 열쇠가 프런트로 돌아오지 않으면 호텔 쪽에서 방을 조사한다. 숙박료가 밀리면 회계에서도 청구를 하러 간다.

그런데 형식은 호텔이지만 실질적으론 맨션이니 객실은 입주자의 소유물이다. 호텔식 서비스는 임대료에 이미 포함되어 있다. 때문에 맨션 측에서는 입주 때 분양가격만 지불되면 호텔처럼 군말을 하지 않는다. 또한 입주자가 가명을 사용하는 것도 자유다. 본사를 조사하기도 전에 오카와는 불길한 예감이 들었다. 입주 이래 1년간이나 프런트에 모습을 보이지 않는 입주자가 당당하게 본명으로 계약을 했으리라고는 생각되지 않았기 때문이다. 남자의 사업장이라기보다는 남몰래 놀기 위한 맨션이므로 맨션 측에서도 사생활이라는 명분 하에 입주자들과 거리를 두고 있는 모양이었다.

오카와는 입주자의 정체를 쫓는 것을 일시 보류하고 시체발견 당시 현장상황을 명확하게 하기로 했다. 발견자의 공술이 틀림없다면 현장

상황도 설명되지 않는 것이다.

"가미야 씨, 당신이 냄새를 맡고 방문을 열었을 때, 문은 잠겨져 있었고 게다가 체인까지 걸려 있었다지요."
이번에는 오카와의 동료인 시모타 형사가 다시 한 번 확인했다.
"그렇습니다. 맨 처음 냄새를 맡았을 때는 기분이 나빠서 문에는 손도 대지 않고 프런트에 알렸습니다. 야스하라 씨가 다른 열쇠로 문을 열고서야 안에 체인 록이 걸려 있는 것을 알았지요."
"체인을 부수지 않고 벗기는 방법은 없었습니까?"
경찰이 달려왔을 때는 이미 체인 록이 부서진 뒤였다. 시모타는 중요한 증거자료가 아마추어의 부주의로 파괴된 것이 유감스러웠다.
"없습니다. 그래서 어쩔 수 없이 부순 겁니다. 냄새가 너무 심해서요. 그렇지만 부쉈기 때문에 시체가 발견된 겁니다."
야스하라의 말을 듣고 시모타는 그들을 꾸짖는 것은 심하다고 생각했다. 선량한 시민인 그들이 시체의 냄새를 맡은 것은 처음일 것이다. 때문에 마스터 키로 문을 열었을 때 체인 때문에 실내에 시체가 있는지 어쩐지 몰랐을 것이다. 너무나 강렬한 악취 때문에 이상하다고 여겨 밀고 들어갔던 것이다.
"그렇다면 체인을 밖에서 거는 방법은 없겠군요."
시모타는 친구가 살고 있는 아파트 단지의 문을 상기하면서 물었다. 그것은 내부의 인간 이외에는 걸 수 없는 것이었다.
"그렇습니다. 맨션 측에서는 자살이라도 하면 곤란하므로 되도록 붙이고 싶지 않습니다만 손님들께서 희망하니까요. 아마 심리적으로 안정감이 생기는 모양입니다."
야스하라는 가미야 쪽을 살피면서 말했다.
"이 맨션의 도어는 손잡이 가운데를 누르면 잠기는 식이지요?"
"예, 반자동식이 손님들에게 손수 잠갔다는 안도감을 주니까요."
이 말은 범인이 탈출할 때 간단하게 가짜 밀실을 만들 수 있는 것을 의미한다. 그러나 그걸 진짜 밀실로 만들고 있는 것은 체인 록의 존재였다. 알루미늄새시의 창문도 잠겨 있었다. 외부에서 절대로 걸 수 없는 체인을 범인은 어떻게 걸었을까? 아직 해부결과는 나오지 않았으나 자살이 아닌 것은 분명하다. 자살자가 비닐 천으로 자신을 돌돌 만 후 침낭 속으로 들어갈 수는 없다.

체인 록을 걸어도 체인의 길이만큼은 문을 열 수 있다. 그 틈의 넓이는 10cm 정도이다. 그러나 그것을 걸기 위해서는 문을 일단 완전히 닫지 않으면 안 된다. 체인 록을 건 후 문을 10cm 정도 열 수 있어도 그 틈으로는 갓난애도 출입을 할 수 없다. 동물을 범행의 도구로 사용하는 트릭이 옛날 추리 소설에는 있지만 이 범행은 '인간의 행위'인 것은 분명하다.

이 상황을 설명할 수 있는 경우가 꼭 한 가지 있다. 그것은 발견자들이 범인 혹은 공범으로서, 걸려 있지도 않은 체인 록을 고의로 부수고 밀실을 위장한 경우이다. 발견자 중 한 사람은 피해자의 옆방 거주자이고 또 한 사람은 종업원이었으니 죽은 자와 관련이 있었다고 생각할 수도 있는 것이다.

'두 사람을 철저하게 조사할 필요가 있다.'

시모타는 이렇게 생각했다.

물론 표면으로 그런 것을 나타내지는 않았다. 형사라는 직책상 무엇이든지 일단은 의심해 보는 것이 필요했지만 그것으로 인해 선량한 시민의 협력을 잃게 되는 일이 있어서는 안 된다. 어찌되었든 현 단계에서는 대도시 한복판의 밀실 속에서 사후 1, 2개월이 경과된 타살시체가 발견되었다는 터무니없는 상황이었다.

3

그 날 오후 해부결과가 나왔다. 소견에 의하면 사인은 청산계 화합물에 의한 것이며, 사후경과는 부패가 상당히 진행된 데다가 시체가 방치되었던 환경이 도중에 에어컨을 트는 등의 조건 변화가 생겨서 1, 2개월이라는 지극히 폭넓은 추정밖에는 내릴 수 없었다.

맨션을 건설한 '동도주택공급협회'가 조사되었다. 그 결과 112호실을 매입한 사람은 어느 상사원(商社員)이었는데 구입과 동시에 해외로 전근가게 되어서 제3자에게 임대 알선을 의뢰했다는 것을 알았다.

협회에서도 때때로 이와 같은 경우 알선을 해주고 있었다. 그런데 이와세 미쓰오와는 처음부터 전화로 연락을 했을 뿐이고, 한 번도 만난 적이 없다는 것이다. 전화로 이야기가 성립되자 2년분의 집세를 우송으로 선불했다는 것이다.

"영수증이나 권리서 등은 어디로 보냈습니까?" 하고 형사가 묻자 협회 측에서는 머리를 긁적였다.

"빌리는 쪽에서 그런 것은 필요 없다고 해서요. 게다가 파는 것과는 달리 빌려 주는 것뿐이라서 등기라든가 부동산세 같은 문제도 없어서요, 그만."

"돈만 받으면 된다는 것인가요?"

형사는 잔뜩 비꼬았다.

"열쇠는 어떻게 했습니까? 맨션 프런트에서는 본사 측에서 건넸다고 하던데."

"열쇠는 방에 두고 문을 열어 놓으라고 했습니다. 저희들은 방에 가구 같은 것도 있기 때문에 문을 개방하는 것을 주저했지만 만약 도난 당할 경우에는 그 손해를 책임지겠다고……, 게다가 50만 엔쯤 보증금으로 우송해 왔습니다. 설마 시체를 숨기는 장소로 쓰리라고는 꿈에도 생각하지 않았기 때문에 상대방의 요구대로 했습니다."

요컨대 돈만 지불한다면 책이라도 빌리듯이 방을 빌릴 수 있게 되어 있었다.

이와세 미쓰오가 맨션 측에 신고한 주소에는 해당자는 없었다.

그러나 시체의 신원은 뜻하지 않았던 곳에서 알게 되었다. 죽은 사람이 입고 있던 내복에 오사카의 어느 백화점 마크가 붙어 있는 것을 발견한 오카와가 감식과를 통해서 신원불명 시체표를 오사카에 전송하자 1개월 전에 집안 식구로부터 실종신고가 된 고레나리 상사의 상무 고레나리 도시히코라는 것을 알게 되었다. 고레나리 상사는 부용은행 융자계열 하의 중심적인 회사이며 부용은행의 우두머리 고레나리 노부히코 일족으로 채워진 전형적인 족벌회사였다.

신원조회와 시체의 특징이 완전히 일치했으므로 즉시 고레나리 가(家)에서 유체를 확인하러 왔다. 상경한 것은 죽은 사람의 아내인 고레나리 유키코와 고레나리 상사의 사장이며 고인의 형인 고레나리 가쓰히코 두 사람이었다. 고레나리 유키코 쪽은 도쿄까지 오기는 했지만, 고인과 대면할 용기가 없었던 모양으로 확인은 형인 가쓰히코가 했다.

"틀림없습니다. 제 동생인 도시히코입니다."

시체가 해부된 T의대의 시체 안치실에서 그는 입술을 떨면서 수긍했다.

"어째서 도시히코 씨가 도쿄의 맨션에 있었는지 짐작이 갑니까?"

입회했던 오카와가 묻자,

"전혀 모르겠습니다. 동생은 4월 18일 유럽지사를 시찰하려고 하네다 공항에서 떠났는데, 그 후 연락이 없어 현지 일본 대사관과 거래처에 의뢰해서 행방을 찾고 있었습니다."

"그런데 어째서 도쿄에?"

"그게……, 동생은 하네다 공항에서 일단 출국했는데 어찌된 일인지 그 다음 날 홍콩에서 귀국한 것을 알았습니다."

"그것은 어떻게 알았습니까?"

"하네다 공항 출입국관리 기록에서입니다. 입국기록 카드는 틀림없이 동생의 손으로 기입되어 있었습니다."

"어떤 이유로 귀국했는지 전혀 모르시겠습니까?"

"예, 전혀 모릅니다. 동생이 출국한 다음 날 귀국했다면 우리들에게 반드시 연락을 했을 겁니다. 그런데 아무런 소식도 없이 3주가 지났고, 그 후 또다시 출국한 기록도 없어 국내에서 행방불명되었다고 생각해 친족끼리 상담하여 신고를 한 겁니다. 동생이 드나드는 곳은 오사카 이외는 생각되지 않아 오사카 부경에 제출했습니다."

"도시히코 씨가 타인에게 원망을 받았다거나 혹은 의심 갈 만한 일이라도?"

"전혀 없습니다. 성격은 폐쇄적이었으나 타인에게 원망을 받거나 귀찮게 한다거나 하지는 않았을 겁니다. 내성적이고 책 한 권도 혼자서 사지 못하는 그런 사람입니다. 그런 동생이 이런 맨션을 비밀리에 샀다고 믿을 수 없습니다."

한편 별실에서 시모타로부터 죽은 사람의 사진을 본 유키코는 틀림없이 남편이라는 것을 인정했다. 눈을 크게 뜨고 사진을 가만히 들여다본 그녀는 어설프게 울거나 소리 지르지 않았기 때문에 더욱 커다란 슬픔을 마음 속 깊이 파묻고 혼자 필사적으로 견디고 있는 듯한 가련한 아름다움이 느껴졌다. 그러나 오카와와 시모타는 벌써 슬픔에 쌓여 있는 유족들을 용의선상에 올려놓았다. 그것은 냉혹함이나 비정함을 말하기 전에 형사라는 직업에서 오는 본능과 같은 것이었다.

거의 같은 때, 수사본부는 시체를 발견한 가미야와 야스하라가 고레나리 도시히코와 아무런 관계가 없다는 사실을 확인했다. 그들은 모든 의미에서(가미야는 여자관계가 화려했지만) 살인을 할 만한 요소를 가지고 있지 않았다. 2년분의 임대료는 고레나리 상사의 상무라도 적은 액수는 아니다. 만약 그가 이와세 이쓰오라면 반드시 그에 가까운 액수가 그의 재산에서 이동했을 것이다.

그런데 고레나리 가쓰히코나 유키코를 통해서 조사한 결과 피해자의 재산에는 아무데도 구멍이 난 흔적이 없다는 것을 알았다. 이와세 미쓰오는 범인 혹은 공범이라는 선이 뚜렷해졌다. 맨션을 빌리는 데 동도주택에 모습을 나타내지 않았다는 점으로 보아도 그가 처음부터 그 방을 살인현장 혹은 시체 은닉용으로 빌렸으리라. 프런트나 로비를 경유하지 않고 주차장에서 직접 방으로 출입할 수 있고, 뿐만 아니라 다른 거주자에게 모습이 보이기 어려운 건물 끝에 가까운 112호실을 빌린 것도 그 때문이라고 생각된다.

"그렇다고는 하지만 돈만 내면 살인현장이나 시체 은닉 장소도 마음대로 수중에 들어온다. 도쿄란 무서운 곳이군."

"보통 맨션에서는 대체적인 생활이 있으나 이와 같이 비밀 아지트와 같은 곳에는 그것이 없지. 서로가 비밀 아지트이니 무관심한 것이 당연하다고 할 수 있는 거야."

"그것을 노린 범인은 몹시 악랄한 녀석인데."

"빌려 주는 쪽도 그렇지. 아무리 돈을 지불했다고 한들 400만 엔에 가까운 맨션을 상대방 얼굴도 보지 않고 빌려 주다니."

"인간보다도 돈을 더 신용하고 있기 때문이겠지."

수사관들은 암울한 표정이다.

요쓰야 서에 개설된 수사본부에는 대도시의 사각(死角)을 찌른 범인의 두뇌와 자본력이 수반된 용의주도함에 수사의 난항을 예측했다.

제13장 부패한 시체

제14장 고독한 경영자

1

6월 30일, 도쿄 지방법원은 이하라 측의 가처분신청을 기각하고 넬슨 측의 주장을 받아들였다.

그 이유로 NI사와 WWA사간의 합병은 계약위반이 아니라는 것이다. 따라서 NI사는 이하라 넬슨 호텔의 영업수탁자이며 계약은 유효하게 성립하고 또한 계속되고 있다.

그러므로 동 호텔의 총지배인 헨리 스토로스먼 씨의 지위를 종래와 같다고 한 넬슨 측의 주장을 인정하여 다음과 같은 결정을 내렸다.

1) 이하라 측은 NI의 총지배인 스토로스먼의 영업활동을 방해하면 안 된다.

2) 이하라 측은 신문, 잡지, 라디오, TV, 기타의 매스 커뮤니케이션을 통해서 NI사와 업무위탁계약이 소멸된 취지를 표시하면 안 된다.

이상이었다.

NI사 측은, "일본 법원은 공정하며 우리들이 옳다는 것을 표시했다."고 매우 기뻐했다.

한편 이하라 측은, "법원 결정이 내린 이상 일단 복종하지 않을 수 없다. 그러나 넬슨이 계약을 위반한 것은 사실이므로 고등법원에 항고한다. 뿐만 아니라 지방법원에는 이의를 신청한다. 이 가처분결정에 대해서는 절대로 승복할 수 없다."고 하며 분개했다.

그러나 이하라 측이 패배한 것은 누구의 눈에도 분명했다. 지금까지 비교적 이하라 측에 호의적이었던 언론들도 손바닥 뒤집듯, "이하라 측은 이 업무위탁계약을 '남의 물건을 이용해서 자기 일을 한다.'는 식의 굴욕적인 계약이라고 하는데 그야말로 뻔뻔스러운 주장이라고 생각한다. 당시 계약 당사자인 전 이하라 그룹의 회장인 이하라 도메기치는 세계적인 넬슨의 브랜드 네임을 산 것이다.

 그것을 예상한 만큼의 이익이 없다고 약속된 5%의 위탁료를 굴욕적이라며 지불을 망설이는 것은 그야말로 일본 비즈니스의 치욕인 것이다. 타인의 명성을 빌려 영업을 할 바에는 명성료를 지불하는 것이 당연한 것이다. 명성료가 비싼가 아닌가는 굴욕의 문제가 아니라 경영에 대한 예측의 문제이다."라든가, "이하라 측의 완패는 감정 없는 계약에 일본인적인 감정론을 들고 나온 점에 있다. 업무위탁계약 제12조 B항을 잘 읽어보면 전문가가 아니라도 NI사 측 합병이 계약위반이 아니라는 것을 알 수 있다. 이하라 측이 자꾸만 말하는 상인의 도리라든가 배신행위라든가 하는 등의 언사는 계약 이전의 문제이다."
하고 매우 엄격한 필치로 대서특필했다.

 어찌되었든 판결에 의해서 '이하라 스카이 호텔'은 또다시 '이하라 넬슨 호텔'로 개칭되었다. 이하라는 위탁료 지불기간인 5년간 '굴욕적인 조건'에 구속받게끔 되었던 것이다. 스토로스먼이 총지배인으로 복직함과 동시에 인사(人事)는 넬슨 체제로 되돌아갔다. 단순히 돌아간 것뿐만 아니라 이번 소동에서 과격한 행동을 취한 자는 모조리 면직이나 다름없는 처분을 받았다. 무사한 것은 주를 쥐고 있는 이하라 일족뿐이었다. 이들 과격분자들은 자신이 먼저 넬슨에게 싸움을 걸어 놓고 혼자만 태평한 것처럼 보이는 이하라 교헤이에게 불만을 돌렸다.

 그것을 기모토 전무가 더욱 부채질을 했다. 이번 소동에 불을 붙인 사람은 바로 그였다. 그러나 그는 책임을 교묘하게 교헤이에게 전가시키고 있었다. 게다가 최후의 결단을 내린 것은 틀림없이 교헤이였던 것이다.

 "넬슨을 배제하려면 다른 방법을 찾았어야 했다. 결국 사장의 방법이 서툴렀던 것이다."
하고 기모토는 암암리에 교헤이를 비난하면서 사내의 여론을, "결국 지금의 사장은 사장감이 못 된다."라며 교묘히 유도해 나갔다.

 애당초 이하라 교헤이는 도메기치가 죽은 후 갑자기 사장자리에 앉혀졌기 때문에 사원들에게 신뢰가 약했다. 더구나 최근의 그는 일을 할 생각이 있는 것인지 없는 것인지 도무지 알 수 없었다. 무능하지는 않았으나 이만한 대기업의 우두머리로서는 어쩐지 불안했던 것이다. 무엇보다도 부친과 같은 '악착스러운 면'이 전혀 없었다. 회사의 존속 발전을 위해서 어떤 것을 희생시켜도 상관없다는 식의 박력이 없었다.

그와 비교하면 매제인 기모토 에이스케는 왠지 모르게 저의가 있다는 인상을 주면서도 도메기치를 축소해 놓은 것 같은 박력과 믿음직스러움이 있었다. 도메기치가 남겨준 주 덕분에 간신히 사장자리에 앉아 있는 지금 사장과는 커다란 차이가 느껴졌다. 일본인 사원 대부분은 기모토 에이스케 쪽으로 몰려갔다. 넬슨 측은 처음부터 이하라 교헤이가 안중에도 없었다. 그는 단지 이하라 그룹의 상징이며 경영에 관여도 않는 로봇 사장에 지나지 않는다. 말하자면 이하라 교헤이는 부친이 쌓아올린 거대한 왕국 속 진공의 틈바구니에 고독하게 놓여 있었던 것이다.

2

차 시트에 앉자 한꺼번에 피로가 밀어 닥쳤다. 별다른 일을 하는 것도 아니며 사장실에 앉아 있을 뿐인데 넬슨 파견사원들이 자기에게 쏟는 마치 물건을 보는 듯한 눈, 일본인 사원의 반항적인 하얀 눈에만 에워싸여 지내는 것은 참으로 심신을 피로하게 하는 것이었다.

차 안에 있어도 운전사가 있다. 그러나 운전사는 자신과 직접적인 관계를 갖지 않는다. 관계가 없는 잡음은 귀찮지 않듯이 운전사의 눈도 마음에 걸리지 않았다.

"사장님, 사장님, 댁에 도착했습니다만."

운전사가 몇 차례 부르고 나서야 교헤이는 눈을 떴다. 어느새 잠이 들었던 모양이다. 낯익은 자신의 저택이 어둠 속에 새까맣게 서 있었다. 그것은 이 고급 주택가에서도 유독 눈에 띄는 커다란 저택이었다.

집이라는 것이 실용적인 기능성보다 사는 사람의 사회적 지위나 권력을 나타내는 존재라면 저택은 바로 그러한 목적을 위해 세워진 외관만 번드레한 위용을 자랑하고 있었다.

그러나 그곳에는 인간이 살기 위해 가장 필요한 따스함이 없었다. 거리에 흩어져 있는 성냥갑 같은 집이나 아파트의 셋집, 또는 조그마한 오막살이에도 있는 감귤색 등불과 가족간의 대화는 없었다. 저택을 지켜 주는 갑옷 같은 나무 사이로 흐르는 불빛마저 이 집 것은 차고, 어둡고 그리고 무언가 부족했다. 2층 방은 캄캄했다.

'또 밤놀인가?'

언제나 있는 일이라서 그는 아무렇지도 않았다. 보통 남편이라면 늦은 시간에 놀러 다니는 아내에게 굉장히 화가 났을 것이다. 그러나 그러한 마음조차도 생기지 않을 만큼 그는 아내에게 애정이 없었다.

'그래도 처음에는 아내를 사랑하려고 노력했다. 그러나 그녀는 노력조차도 하지 않았다. 처음부터 이하라 가와 동서은행을 연결하는 파이프로서 나에게 온 것이다. 쇠파이프에게 인간의 마음 같은 것은 없다. 그것을 기대했던 내가 틀린 것이다. 모두가 부친이 만들어 준 일이다. 부친은 세상을 뜬 후에도 당신이 만들어 놓은 굴레에 나를 꼼짝 못하게 하려고 한다.'

"그러나 그것도 이젠 끝장이다. 이하라 그룹은 머지않아 분산된다. 기모토를 비롯해 일족의 패거리들은 자신들이 하고 있는 짓이 얼마나 위험한 일인지도 모르면서 나를 배척하려고 한다. 바보 같은 자식들. 그보다 앞서 재미있는 짓을 해줄 테니 어디 두고 봐라."

교헤이는 중얼거리면서 현관으로 들어갔다. 어둠침침한 현관의 앞마루에 역시 부친이 붙여 준 노파가 마치 비품처럼 소리 없이 앉아 그를 맞아들였다.

3

아야코가 돌아온 것은 한 시간쯤 후인 자정이 가까워서였다.
"어머, 돌아오셨군요."
그녀는 인사치레로 서재에 들렸다가 약간 놀란 듯한 소리로 말했다.
"지금이 몇 시라고 생각하나? 돌아오는 게 당연하지."
평소와 다른 남편의 음성에 아야코는 이번만은 정말로 '어머?' 하고 생각했다. 교헤이가 이같이 시비를 걸어온 것은 오랜만의 일이다. 부부 사이에는 차가운 무관심만 있을 뿐이었다.
"아무튼 잠깐 들어와요. 재미있는 것을 보여 주지. 아니 들려준다고 하는 편이 좋을까?"
무슨 생각을 품고 있는 듯한 남편의 목소리에 아야코는 어쩐지 기분이 나빠지는 것을 느끼면서 결혼 후 거의 들어간 적 없는 남편의 서재로 발을 들여놓았다.
"재미있는 것이란 뭐예요?"
"우선 거기 앉지. 아, 알코올이 약간 들어갔군 그래."
"칵테일 파티에 초대받아서요."
오늘 따라 평소 거들떠보지도 않는 남편의 페이스에 말려들고 있는 자신을 아야코는 불쾌하게 생각하면서도 변명조가 되었다.
"뭐, 괜찮겠지. 당신도 집에만 틀어 박혀 있으면 답답할 테니."
오늘 밤 교헤이의 말에는 일일이 가시가 있다.
"전, 피곤해요."
아야코는 약간 발끈해졌다.
"그렇군, 금방 돌아왔는데 벌써 자정이 지났군. 너무 길어져도 좋지 않으니 빨리 보여, 아니 들려주겠소."
교헤이는 손목시계를 과장된 동작으로 들여다본 후 포켓 사전만한 금속 상자를 책상 위에 내놓았다.
"그게 뭐예요?"
"곧 알게 돼."

교헤이는 엷게 웃으며 아야코의 반응을 즐기는 듯한 눈치였다.
아야코는 불길한 예감이 들었다.
"그럼, 시작해 볼까. 처음 부분이 약간 거슬리지만 곧 재밌을 거야."
교헤이는 금속 상자의 한두 군데를 재까닥 재까닥 조정했다. '가아 가아' 하는 잡음이 들어 있어서 잠시 동안은 무슨 소린지 알 수 없었다.
"카세트 레코드."
하며 상자의 정체를 그녀가 겨우 눈치를 챘을 때,

"좀더, 좀더 세게……, 부탁해요……."
하고 잡음 속에서 떠오르듯 튀어나온 여자의 요염한 목소리가 잇따라 들렸다. 살과 살이 부딪치는 듯한 소리와 조급한 헐떡임.

그것이 어떤 상태에서 나오는 것인가를 알아차렸다기보다 그 목소리나 헐떡임이 자신의 것임을 깨닫고 깜짝 놀랐다.
"그만해요!" 하고 그녀가 외쳤을 때 우연히도 카세트에서 "이제 그만……." 하는 소리가 흘러 나왔다.
교헤이는 잽싸게 카세트를 책상 위에서 아야코의 손이 닿지 않는 위치로 옮겨 놓았다.
"어때, 재미있는 녹음이지. 그렇게 손쉽게 들어오는 카세트는 아니야. 어쨌든 출연자가 출연자인 만큼."
교헤이는 실험쥐를 관찰하는 듯한 시선으로 아야코를 바라보았다.
"전, 실례하겠어요."
"기다려!"
교헤이의 평소와 다른 엄격한 목소리가 그녀의 발길을 멈추게 했다.
"마지막까지 들어야 해."
교헤이는 가혹하게 급소를 찔러 꼼짝도 못 하게 딱 잘라 말했다.
"너, 너무해요."

아야코는 숨을 헐떡인다. 그 동안에도 카세트에서는 또 하나의 그녀가 야비한 헐떡임을 계속하고 있었다. 은밀한 섹스의 밀실에서 여자는 이렇게 파렴치하고, 천하고 음란하게 흐트러지는 것일까? 그 장본인이 자신이라는 것을 믿을 수 없을 정도로 과감하고 야비한 언사나 소리가 무참히 명확하게 녹음되어 있었다.

"당신이란 사람은……!"

"주인공은 당신이오. 그러나 상대방은 내가 아닌 것이 틀림없소. 얼마 되지 않는 나와의 행위 때 당신은 이렇게 이성을 잃지는 않았소."

"도대체 무슨 말을 하고 싶은 거예요?"

"상대는 오자와 같군. 아니, 오자와야. 나는 결국 아내와 내가 기르던 개에게 배신당한 셈이군."

"그래요, 오자와예요. 그게 어쨌다는 거예요. 당신이 나를 한 번이라도 여자로 대해 준 적이 있었나요?"

아야코는 히스테릭하게 소리쳤다. 별로 자세를 고친 것도 아니고 반항한 것도 아니다. 그저 고함을 지르면 카세트의 야비한 소리가 흡수되기 때문이다. 그녀는 그 목적을 위해 소리치고 있었다.

"아무래도 우리들의 관계는 끝난 모양이군."

잡아놓은 사냥감을 조롱하던 교헤이의 어조가 문득 변했다.

"그게, 무슨 뜻이지요?"

"물론 헤어져야지. 그런 편이 서로에게 행복이라고 생각해."

"정말로 그런 것을 할 수 있다고 생각하나요?"

심하게 추궁당하고 있던 아야코가 별안간 여유 있게 웃었다. 그것은 여자로서의 자신감이 아니라 그녀가 가지고 온 거대한 지참금에 의지하는 교만이었다.

"할 수 있고말고."

교헤이는 대답했다. 아무런 감정도 없는 목소리였으나 자신감에 넘치는 어조였다.

며칠 후, 이하라 교헤이 부부의 이혼이 발표되었다. 사람들은 천만 엔을 들인 지상 최대 결혼식의 기억이 아직도 생생했기 때문에 그 짧은 수명에 깜짝 놀랐다. 이하라 부부의 이혼으로 말미암아 이하라의 오자와 살해 동기는 더욱 강조되었다. 그는 아내의 부정을 오래 전부터 알고 있었음이 틀림없었다.

'아내와 이혼할 정도라면 불륜의 상대를 죽이지는 않았을까?'라는 반론도 있었지만 이혼이라는 법률적인 수속과 인간의 증오는 별개의 것이며 게다가 이하라에게는 소렌센 살해의 공범을 제거한다는 혐의도 있었다. 어찌되었든 이하라 교헤이는 두 개의 살인사건의 접점에 서서 경찰의 사나운 시선을 집중적으로 받고 있었다. 그러나 이 이혼에 박수를 치고 기뻐한 사람이 있었다. 아사오카 데쓰로였다.

그에게 교헤이의 이혼은 아름다운 사냥감을 확인 사살하기 직전 그 사냥감을 지키고 있던 가장 센 적이 떨어져 나간 것이나 다름없었다.

제15장 시체은닉의 목적

요쓰야 서에 개설된 '맨션 살인사건'의 수사본부는 수사가 제대로 진행되지 않아 수사관들 사이에 초조한 빛이 맴돌았다.

고레나리 도시히코의 신변을 조사하니 특별히 살인동기를 가질 만한 인물이 떠오르지 않았다. 이와 같은 재산가의 살인은 대부분 재산 목적이 많은데 상속인인 아내 유키코가 재계의 거물로 이름난 아사오카 데쓰로의 딸이며, 살해된 도시히코 명의의 재산 이상을 지참금으로 가져왔으므로 상속인의 재산 목적 범죄라고는 생각되지 않았다.

부부 사이에는 아직 어린애가 없었다. 도시히코의 부친 고레나리 노부히코가 그들의 결혼과 동시에 신혼부부를 위해서 신축한 아시야의 저택에는 유키코가 아직 '신혼의 미망인'으로서 남아 있었다.

형인 가쓰히코에게도 동기를 찾을 수 없었다. 고레나리 상사의 사장이며 회사의 실권을 쥐고 있는 그가 아우를 제거해야 할 이유가 어디에도 없었다. 고레나리 노부히코의 재산은 막대한 것이었으나 그는 아직 정정했으며 가쓰히코가 좀처럼 죽을 것 같지도 않은 부친의 재산 상속을 노려 동생을 죽였다는 것은 무리가 있었다. 뿐만 아니라 고레나리 노부히코에게는 가쓰히코, 도시히코 두 아들 이외에도 두 명의 딸이 더 있었다.

오사카로 출장 간 오카와와 시모타가 관할서의 협력을 얻어 피해자의 직장, 가정관계를 집요하게 조사하는 동안 한 가지 재미있는 사실이 드러났다. 그것은 도시히코가 정신병은 아니지만 정신박약아의 경계선에 가까운 지능의 소유자였다는 점이다. 한편 아내인 유키코는 재원(才媛)들만 다니는 도쿄의 A여자대학에서 개교 이래 최고였다고 소문날 정도의 재원이었다는 것이다. 그러나 결혼은 본인의 의사와 관계없이 부친끼리 결정한 모양이다.

"정신박약아와 재원의 결합이라……."

오카와는 팔짱을 끼었다.

"부부 사이도 그다지 좋지 않았던 모양입니다."

시모타가 곁에서 말했다.

"그거야 뭐 그랬을 거야. 부친 쪽에서는 정략 때문에 뜻이 맞고 뭐고 없었겠지만……, 자식의 행복보다는 가문이 더 소중하다는 것이지. 예나 지금이나 부자들의 생각은 똑같군. 그렇다고 해도……."

"살해 동기는 되지 않는다는 것이지요."

시모타가 오카와의 말을 이었다.

"그렇지. 만약 그녀에게 숨겨 둔 남자라도 있다면 별문제지만."

"그 점에 중점을 두고 조사를 했습니다만 남자관계는 나타나지 않았습니다."

"아직 체념하기에는 시기상조야. 참으로 머리가 좋은 여자 같으니 교묘한 방법으로 밀회를 할지도 모르지. 현재뿐만 아니라 과거를 거슬러 올라가 조사해 보게. 그녀는 결혼 후 관서(關西) 쪽으로 갔으니 결혼 전 이력은 이쪽에 남아 있을 거야. 어디 한 번 그녀의 과거를 철저하게 파헤쳐 볼까."

사후경과시간 추정이 매우 폭넓기 때문에 사건 관계자들의 알리바이를 재빨리 조사할 수는 없었다.

그 후 수사로 인해 고레나리 도시히코가 4월 18일 일요일 18시 30분 팬아메리칸 001기편으로 홍콩으로 출발했다가 19일 일본항공 042기 편으로 14시 20분 하네다에 도착, 그 길로 동사 국내선 321편으로 17시 55분 오사카에 도착한 것을 알아냈다. 그 이후 소식은 뚝 끊어졌다. 무슨 이유로 하루 만에 여정을 변경했는지 수수께끼였으나, 그가 살해된 것은 오사카 도착 이후가 분명했다.

가쓰히코와 유키코가 그를 하네다 공항에서 전송했으니 대역을 출국시키는 트릭은 쓸 수 없는 일이다.

사후 경과 시간과 대조해 4월 19일 이후 거동이 수상한 인물의 출입에 대해서 '신주쿠 스카이 하우스'의 거주자 및 그 주변에 집요한 탐문수사가 시행되었으나 수확은 하나도 없었다. 한편 현장의 이해할 수 없는 밀실상황은 여전히 해명되지 않았다. 어떤 수단을 써도 외부에서 체인 록을 거는 방법은 발견되지 않았다.

"뭔가 우리가 모르는 최신 장비를 사용하지 않았을까요?"

드디어 수사관 중 한 사람이 손을 들었다.

"그런 최신 장비가 있다면 우리들이 벌써 사용했지요."

맨션 측의 말을 듣고 침묵해 버렸다. 야스하라와 가미야가 시체를 발견했을 때 체인 록을 부수고 실내로 들어간 것이다.

관리자로서 맨션 측은 살인사건까지는 아니어도 거주자가 체인 록을 걸어 놓은 후 자기 힘으로 끌 수 없는 경우를 생각했을 것이다.

그러나 그들도 그와 같은 최신 장비의 존재를 모르고 있었다. 전실공용(全室共用)의 마스터키도 체인 록에 한해서는 도무지 위력을 발휘하지 못한다.

그러기 때문에 거주자는 체인 록에 크게 의지하는 모양이다.

"그런데 범인은 왜 현장을 밀실로 만들었을까요?"

몇 번째인가 회의 때 시모타가 문득 생각난 듯 말을 꺼냈다.

"그거야 물론 시체의 발견을 늦추기 위해서겠지."

오카와가 뭘 새삼스럽게 그러냐는 표정을 짓는다.

"그러니까 무엇 때문에 시체의 발견을 늦추고 싶었을까요?"

시모타는 물고 늘어진다.

"그것은……."

오카와는 잠깐 말이 막힌 후 말했다.

"범인이 달아나는 시간을 벌거나 사망 시간 추정을 혼동시키는 등 뭐 여러 가지로 범인에게 이익이 있겠지."

"어째서 사망시간을 혼동 시켰을까요?"

시모타는 집요했다.

그러나 오카와는 뻔히 알고 있는 일을 묻는다고 생각하지 않았다.

시모타는 뭔가 생각하는 점이 있는 모양이다. 자기가 모르는 것을 알아내려는 것이 아니라, 사고를 논리적으로 쫓기 위한 수단으로 묻고 있는 것이다. 다른 수사관도 그것을 깨달았다.

"무엇 때문에 사망 추정시간을 혼동 시켰을까? 그것이 알리바이 조작을 쉽게 할 수도 있었겠지요. 그러나 제게는 뭔가 또 다른 목적이 있는 것 같은 생각이 듭니다만."

"그 생각이란 뭔가?"

수사계장인 이시하라 경감이 관심을 드러냈다.

"알리바이라면 일부러 맨션을 빌려 밀실로 만들고 시체를 비닐로 돌돌 말아 놓는 복잡한 짓을 하지 않아도 좀더 간단한 방법이 있다고 생각합니다. 범인은 사망시간 혹은 알리바이의 문제에 앞서 절대적으로 확실하게 어느 일정기간 시체를 은닉하지 않으면 안 되는 사정이 있지 않았는가 생각됩니다."

수사관의 눈이 시모타에게 집중되었다.

"시체를 산에다 묻거나 바다에 던지면 짐승이나 물고기에게 뜯길 우려가 있습니다. 맨션을 빌리고 밀실로 만든 것은 단순히 알리바이나 도망에 필요해서가 아니라, 일정기간 동안 발견되지 않게 하기 위함이 아니었을까요?"

"그래서……."

계장이 재촉한다.

"시체는 언젠가 발견됩니다. 그리고 실제로 발견되었습니다. 그러니까 범인의 목적은 영원히 감추는 것이 아니라 1, 2개월 동안만 감추면 되고, 그 동안은 절대로 발견되어서는 안 되는 것이라면……. 이와 같이 생각할 경우, 범인에게는 시간이 경과하면 할수록 발견될 위험성이 많아지는 셈입니다. 때문에 복잡한 작업을 해서라도 시체를 숨길 필요성을 느꼈던 시기는 은닉할 당시였을 겁니다. 즉, 살해 직후입니다.

다소 시일이 지나서 발견되는 것은 상관없지만 살해된 직후 잠시 동안은 절대로 발견되어서는 안 될 사정이 있었다고 할 때, 그 이유가 무엇일까요? 물론 알리바이나 도망 이상의 사정일 겁니다. 왜냐하면 그것만이 목적이라면 2, 3일 동안이면 충분합니다."

"그럼, 어떤 사정이 있다고 생각하는가?"

오카와는 시모타가 나이는 젊어도 매우 신중하며 차분하게 매사를 분석하는 이론파라는 것을 알고 있으면서도 왠지 모르게 초조해졌다.

"죽인 후 바로 발견되면 딴 사건과 관련되기 때문이 아닐까요?"

"다른 사건!"

몇몇 사람이 동시에 입을 열었다. 그들에게는 여태껏 보이지 않았던 새로운 전망이 펼쳐진 것처럼 보였다.

"저는 피해자가 살해된 것이 귀국한 직후라고 생각합니다. 귀국 후 며칠 동안 살아 있었다면 당연히 그 동안의 발자취가 남아 있을 겁니다. 누군가에게 발견될 가능성도 있습니다. 때문에 가족들도 해외에서 행방불명되었다고 생각할 정도였습니다. 즉, 4월 19일이나 20일경에 살해된 게 아닐까요. 그리고 그 날 살해되었다는 사실을 숨겨야만 한다면 그것은 같은 무렵 일어난 별도의 사건과 관련되고 싶지 않기 때문이 아닐까요."

시모타의 어조는 말을 하고 있는 동안 확신이 생긴 것 같았다.

"4월 19일이나 20일경에 다른 사건은 없었나요? 아마도 살인사건이라고 생각합니다만."

"아마 서너 건이 있을 겁니다."

"그 중에서 미해결 살인사건을 들춰봅시다."

자료를 가져올 필요도 없이 형사들의 기억과 전화 확인을 통해 세 사건이 미해결이라는 것을 알았다.

1) 4월 19일 오전 6시. 농약 독살사건 — 아오모리켄 고쇼카와라 서 관내

2) 4월 20일 오전 7시. 사장비서 살인사건 — 오사카 부 이바라기 서 관내

3) 4월 21일 밤 9시경. 젊은 여인의 강간 살인사건 — 요코하마 시 가

쪼 서 관내

　이상 세 사건 중에서,
　1)은 사망시간이 밤 10시~12시 사이로 추정되므로 대상에서 제외되었다. 그 시간에 고레나리 도시히코는 홍콩에 있었을 것이다. 뿐만 아니라 살해 방법이 농약이었다는 것도 도심의 맨션살인과는 연결되지 않았다.
　3)은 미해결이었지만 모든 상황이 뜨내기 범행을 말해 주고 있다.
　결국 마지막으로 남은 것이 2)였다.
　먼저 시체발견 현장이 오사카라는 점에서 오사카에 주거와 직장을 가진 고레나리 도시히코와 관련을 생각하게 했다.
　둘째로 시체의 신원이 사장비서라는 점도 고레나리 도시히코와 직업적 관계를 풍겼다.
　셋째로 이것이 가장 중요한 관련성인데 사망 추정 시간이 19일 밤 9~12시 사이라는 점이다.
　고레나리 도시히코의 마지막 소식은 오사카 이타미 도착 오후 5시 55분까지였다. 그 이후 소식은 전혀 알 길이 없다. 만약 그가 귀국 직후 살해되었다고 가정하면 이바라기에서 발견된 사장비서의 사망 추정시간과 참으로 멋지게 맞아떨어지는 것이다.
　요쓰야 서의 수사본부는 긴장했다. 사장비서 살인사건의 자료가 급히 오사카로부터 보내졌다.

　오자와 히데히로(28세). 얻어맞은 후 목이 졸렸다. 이하라 넬슨 호텔 사원, 사망 직전 직업은 이하라 넬슨 호텔의 사장 이하라 교헤이의 제1비서.

　뿐만 아니라 이하라 교헤이는 작년 말 발생한 '이하라 호텔 외국인 살인사건'의 유력한 용의자로서 주목을 받고 있는 것도 알게 되었다. 오자와 히데히로가 살해된 것도 공범 제거 혐의가 짙었다.

"됐다, 고레나리, 오자와, 이하라. 이 세 사람의 관계를 철저히 조사해 보게!"

자료를 받아든 수사계장의 목소리에서 오랜만에 활기가 느껴졌다.

제16장 살인의 IC(인터체인지)

1

시모타 형사의 착안은 즉각 이바라기 서와 마루노우치 서의 수사본부로 전해졌다. 애당초 이 두 개의 본부가 담당한 사건은 연속될 가능성이 짙었다. 게다가 요쓰야 서 관내에서 발생한 맨션 살인사건이 겹쳤던 것이다. 만약 이것도 연관성이 있다고 한다면 가공할 만한 연쇄 살인사건으로 세 개의 수사본부가 합동수사를 해야 한다.

이하라의 알리바이를 무너뜨리지 못하고 해산 직전이었던 마루노우치 서는 요쓰야 서의 착안을 어떻게 해석해야 옳은지 약간 난처했다.

"뭐라고? 요쓰야 서의 '맨션 살인사건'이 오자와 살해사건과 관련이 있을지도 모른다고?"

나스 경감은 화를 벌컥 내며 눈을 크게 떴다.

"그런 터무니없는 말을 한 건 도대체 누구야!"

"이시하라 반의 시모타 형사입니다."

"시모타가?"

나스는 한숨을 지었다.

나이는 젊지만 경시청 내에서는 이론파로 통하는 형사였다. 가사이 형사가 설명한 시모타의 착안은 확실히 일리가 있었다. 그렇지만 세 개의 연쇄 살인이라니! 뿐만 아니라 소렌센 살해 방법은 추론에 의해 간신히 납득은 했지만 다른 사건들도 불가능 범죄의 양상을 띠고 있었다.

"하여튼 요쓰야가 말한 대로 이하라, 오자와, 고레나리의 관계를 조사해 보지."

이쯤 되면 체면에 구애받을 수는 없다. 관계없는 사건의 수사본부에서 제시된 일이기는 하나 일단 납득이 가는 점이 있는 한 따라보겠다고 나스는 판단했다.

한 사람의 피해자 주변을 조사하는 것과는 달라서 여러 명을 조사하는 편이 훨씬 용이하다. 방정식의 미지수가 그만큼 적은 것과 같다.
세 개의 수사본부가 협력해서 범인을 찾는 동안 우선 고레나리 가와 이하라 가의 관계를 알아냈다.
이하라 교헤이와 이혼한 아야코는 동서은행의 현 행장 노조에 마사유키의 딸이며 고레나리 도시히코 부친 노부히코는 동서은행과 대립 관계인 부용은행의 행장이라는 것이다. 뿐만 아니라 도시히코의 아내 유키코는 이하라 그룹과 사사건건 경쟁을 하고 있었던 아세아 홍업의 사장 아사오카 데쓰로의 딸이라고 하니 문제는 상당히 복잡하다. 사업상의 갈등이 떠오른 후 수사의 포인트는 용의자간의 관계로 좁혀졌다.
즉, 오자와 살해사건의 유력한 용의자인 이하라 교헤이와 고레나리 유키코의 관계였다. 유키코에게는 부부 사이가 좋지 않았다는 동기가 있었다. 요쓰야 서에서 유키코의 남자관계를 조사했을 때는 아무것도 나타나지 않았는데 대상을 한정하고 관계를 철저하게 추궁해 나갔더니 일하기가 매우 쉬웠다. 말하자면 터널을 양쪽에서 파나가는 것 같은 일이었다. 두 사람 사이에 모든 공통 상황이 검토되고 가능성을 하나씩 지워 갔다.
마루노우치 서의 하야시 형사가 유키코가 결혼 전 초후 공항에 있는 스포츠 항공클럽 '이글 프라잉 클럽'에 3년간 다닌 사실을 알아낸 것은 1주일쯤 경과된 무렵의 일이다.
이하라 교헤이는 현재도 그 클럽의 회원이었다. 두 사람이 3년간 같은 클럽의 회원으로 있었다는 것이다.
하야시 형사는 게다가 한 회원에게 두 사람이 친밀한 사이였고, 이하라가 3등 항공무전통신사 자격을 가지고 있어, 자격이 없는 유키코를 위해 자주 동승비행을 해주었다는 사실을 알아냈다.
"하야시 군, 잘 했어."

평소 그다지 감정을 나타내지 않는 나스도 희색이 만면했다. 그들은 하늘에서 맺어진 사이로 지상에 내려온 후, 더욱 깊어지고 또한 서로를 확인했으리라는 것은 간단하게 생각되는 일이다.

"그들은 어쩌면 현대판 로미오와 줄리엣인지도 모르겠군."

야마지가 엉뚱한 말을 했다.

"취미 클럽에서 알게 되어 서로 깊이 사랑하게 되었다. 그러나 부모들은 사업상의 적이다. 결혼을 허락하리라고는 생각할 수 없다. 그렇다고 돈 많은 집에 태어나 사치에 흠뻑 젖어 남몰래 함께 달아나 빈곤한 생활을 할 정도의 배짱은 없다. 그래서 울며불며 부모가 권하는 혼담에 복종하고 헤어졌다."

"꽤 고전적인 얘기지만 있을 법하군요."

무라타는 수긍했다.

"그러나 두 사람이 관계가 있다고 해도 그것이 사건에 어떤 영향을 주는 겁니까?"

가사이 형사가 냉정한 질문을 했다.

오자와 살해사건과 고레나리 살해사건의 배경 인물이나 사업관계 등이 복잡하게 얽힌 것은 알았지만 사건은 도쿄와 오사카의 500km 거리를 두고 발생했다. 동시에 일어난 것이라는 생각은 어디까지나 경찰 쪽 추측에 지나지 않았으며 결정적인 것은 아니다.

가령 이하라 교헤이와 고레나리 유키코가 공범관계라고 해도 현재론 증거가 없는 것이다.

"잠깐, 기다려 주게."

나스 경감이 눈을 크게 떴다.

그는 뭔가 알 듯했다. 그것이 의식의 표면 바로 밑까지 와 있으면서도 엷은 베일에 가로막혀 떠오르지 않는다. 참으로 안타까웠다.

아주 작은 힘만으로도 균형이 무너지고 모든 것이 해명될 것 같은데 그 힘이 부족한 것이다.

"잠깐, 혼자 있게 해주게."

회의가 아니므로 그렇게 말하고 빈방으로 들어갔다. 그는 혼자서 골똘히 사고를 쫓아 잠시 생각해 볼 작정이었다.

'이하라를 지켜 주고 있는 것은 시간이다. 밤 9시에서 새벽 4시까지 일곱 시간 동안 도쿄~오사카를 왕복할 수 없다는 것이 그를 지켜 주는 철벽의 바리케이드다.'

―그 알리바이를 무너뜨리기 위해 먼저 차편이 생각되었고 다음에 비행기가 거론되었지만 모두 부정되었다. 자동차는 시간적으로 불가능하다는 것을 알았다. 비행기는 착륙비행장, 야간착륙시의 등화, 연료문제 등 차례로 난점이 튀어 나와 결국은 불가능하다는 결론이었다. 그건 고레나리 유키코라는 공범의 존재를 생각하더라도 변치 않는다.

"아."

자문자답을 하는 동안 나스는 저도 모르게 소리 내어 중얼거렸다. 사고를 정리하기 위해서 애용하는 파이프를 꺼냈다. 요즈음은 위장이 좋지 않아 애써 금연하려고 하지만 이런 상황에서는 어쩔 수 없다.

―요쓰야 서에서는 오자와 살해사건과 관련되는 것을 막기 위해 세밀하게 시체의 은닉작업을 했다고 한다. 만일 두 사건을 관련시켜 조사하면 범인 쪽에 발생하는 불리한 점이란 무엇인가?

'그것은 물론 공범관계를 알리고 싶지 않았기 때문일 것이다.'

―그러나 공범은 도대체 어떤 역할을 했을까? 두 개의 살인사건에서 두 사람의 용의자가 떠오르고 또한 그들은 어떠한 공범관계가 있는 것일까?

'그렇다. 교헤이와 유키코가 공범이었다고 해도 그 두 사람의 역할을 전혀 모르는 것이다.'

나스는 해명 지점에 한 걸음 다가간 것 같았다. 아직도 의식의 바로 밑에 펼쳐진 베일은 벗겨지지 않았다. 그러나 환한 햇빛 아래로 착실하게 한 걸음 다가간 확신은 있었다.

"그들이 공범으로서 활동한 각자의 역할을 알게 되면 이하라의 알리바이는 무너진다. 아니, 세 개의 사건이 모두 해결될지도 모른다."

나스는 자신의 생각을 소리 내어 중얼거렸다.
'공범으로서 그들의 이익은 무엇일까? 또한 공범관계가 알려지면 어떤 손해가 생기는 것일까?'
그러나 그 다음은 아무리 생각해도 사고는 헛되이 공전할 뿐이었다. 이렇게 되면 아무리 머리를 써서 생각해 보아도 소용이 없다.
얇은 베일은 강철판 같은 강인함을 발휘하고 새로운 전망을 펼치는 것을 가로막았다. 나스는 드디어 단념했다. 지금 돌파할 수 없어도 에너지로 축적되어 언젠가는 새로운 돌파구를 열게 할지도 모른다.
나스는 그것을 여태까지의 경험으로 알고 있었다.

2
나스의 집은 네리마의 변두리에 있었다. 이케부쿠로에서 민영전철로 갈아타고 20분쯤 걸린다. 통근권이 넓어진 현재 그 정도 거리에 살 수 있는 것도 다행이라고 생각해야 되겠지만 수사회의 등으로 늦어져 이케부쿠로까지 닿게 되면 녹초가 된다.
'이제부터 민영전철로 갈아타고 또 20분 가량 전차에 흔들릴 텐데' 하는 생각만으로도 피곤해진다. 그래서 사건이라도 발생해서 수사본부에 계속 머물게 되면 본부에서 자는 일이 많다. 어쩌다 집에 돌아가는 것은 옷을 갈아입거나 목욕을 하기 위해서였다.
나스의 체질은 땀이 적어서 내복도 그다지 더러워지지 않는다. 그래도 계절이 점점 더워져서 땀을 흘리기 때문에 매일 갈아입지 않으면 안 된다. 여분은 가져왔으나 요즈음 며칠 사이 갑자기 날씨가 더워져 여벌옷이 바닥나버렸다.
목욕은 관할서의 샤워로 어떻게 임시조치가 되었으나 내복만큼은 그렇게 할 수 없었다. 살인사건의 수사계장이 차마 그 본부에서 빨래를 할 수는 없었다.
독신 시절에 자주 했듯이 사 가지고 온 속옷을 입을 만큼 입고 벗어둔 빨랫감 속에서 비교적 깨끗해 보이는 것을 다시 꺼내 입던 짓도 이젠 하고 싶지 않았다. 나스는 이것도 나이 탓이라고 생각했다.

그는 그 날 긴급한 용건이 생겨 요쓰야 서로 가게 되었다. 사건이 연결된 것 같은 혐의를 찾자 양 본부의 왕래는 잦아졌다. 오늘 용건은 나스 본인이 직접 가지 않으면 안 되는 일이었다.

본부를 떠날 무렵 그는 돌아오는 길에 이케부쿠로나 신주쿠로 돌아서 집사람에게 갈아입을 내복을 가져오게 할 생각이다. 오늘 밤도 본부에서 숙박해야 할 것 같았다. 때때로 아내나 아들에게 본부까지 필요한 물건을 가져오게 하는데 가족들은 수사본부라고 하면 문턱이 높게 느껴지는지 그다지 오고 싶어 하지 않았다.

'마침 좋은 기회니 도중에 만나서 속옷을 교환해야지.'

나스는 지금까지 벗어 두었던 내복을 들고 본부를 나왔다. 보기 좋은 꼴은 아니었으나 다른 사람은 그가 무엇을 들고 있는지 모르리라.

요쓰야 서에서의 용건이 생각보다 빨리 끝나 집으로 전화를 걸었다. 아내가 이케부쿠로까지 가지고 나오기로 했다.

S백화점 앞 K라는 찻집에서 만나기로 했다. 뱀장어의 몸처럼 가늘고 기다란 찻집은 그다지 깨끗하지는 않았으나 질 좋은 커피가 나오기 때문에 나스는 이따금 이용했다.

K에는 먼저 도착했다. 오후의 어중간한 시간이라서 가게 안은 비어 있었다. 오랜만의 한가로운 시간에 자신도 모르게 파이프를 꺼냈다.

―이런 식으로 도중에 만나서 속옷을 교환하면 서로의 수고도 적어지겠는걸.

"내가 생각해도 멋진 생각이야."

보랏빛 연기를 쫓으며 나스는 혼자 기분을 냈다.

'그런데 이 사람은 어째서 이렇게 늦을까? 오랜만에 데이트를 하는 기분으로 몸치장을 하는가, 중간에서 만나니 시간도 반밖에는 안 걸릴 텐데……'

그다지 시간이 경과되지 않았는데도 기다리는 쪽은 몹시 지루한 느낌이었다. 그는 손목시계를 보려고 했다.

시선이 문득 허공에 고정된 것은 그 순간이었다.

"그랬군!"

어제 그토록 골똘히 생각해 보아도 꿰뚫지 못했던 의식의 표면 밑의 엷은 막이 멋지게 찢겨져 나갔다. 무심코 했던 연상이 이하라 교헤이를 지켜 주던 알리바이의 철벽을 드디어 파괴한 것이다.

나스는 정신 없이 일어서서 K찻집을 나왔다.

빨랫감 속옷의 보따리를 자리에 남겨둔 채—.

3

나스는 이하라 교헤이와 고레나리 유키코가 중간지점에서 시체를 교환한 것이 아닌가 하고 생각했던 것이다.

요컨대 이하라는 도쿄에서 밤 9시부터 12시경 사이에 오자와를 살해한다. 한편 유키코는 같은 시간 오사카에서 남편을 죽인다.

두 사람은 제각기 시체를 차에 싣고 중간지점, 아마 토요바시나 하마마쓰 부근까지 운반해서 교환한다. 교환한 시체를 두 사람은 각각 출발지로 운반하여 은닉 혹은 유기한다.

이런 경우 두 개의 시체가 동시에 발견되면 두 사건의 관련성을 의심받게 된다. 그렇게 되면 시체교환의 트릭이 발각되어 알리바이도 무너져 버린다. 그 때문에 어떤 짓을 해서라도 또 하나의 시체 발견을 늦추지 않으면 안 되었던 것이다.

단순히 시체를 유기하는 것과 달라서 일정기간 동안 확실하게 숨기기 위한 작업은 여자에게는 무리다. 따라서 은닉하는 역할을 이하라가 담당했으리라.

해외로 떠난 자가 소식을 끊어도 국내와는 달라서 당장은 이상스럽게 생각하지 않는다. 어디서 기분전환이라도 하는 모양이라고 해석한다. 수사가 시작되어도 국외이므로 뜻대로 되지 않는다. 범인은 그런 것까지 계산에 넣은 모양이다.

고레나리 도시히코가 무엇 때문에 바로 귀국했는지 그 점이 아직 수수께끼에 싸여 있었지만 유키코를 조사하면 머지않아 알게 되리라.

이와 같이 두 개의 시체는 교환되었고, 범행 장소와 발견 장소를 바꾼 것이 분명하다.

오자와의 시체가 발견된 시점에서는 동기가 있던 이하라가 소렌센 살해 사건의 공범을 제거한 것으로 생각했으므로 새로운 공범은 생각하지 않았다. 뿐만 아니라 그 당시 이하라의 주변에는 공범이 될 만한 인물이 떠오르지 않았던 것이다. 이렇게 해서 알리바이가 구축되었다.

시체가 오사카에서 발견되었고, 가장 유력한 용의자는 도쿄에 있다. 그에게는 일곱 시간의 공백밖에는 없다.

이 시간에 도쿄~오사카를 왕복하는 것은 어떤 수단을 써도 불가능하다. 그러나 그 중간지점이라면 일곱 시간 왕복은 가능하다.

지금까지 수사본부는 중간지점에서 시체가 '인계'되고 유키코에 의해서 운반되었다고는 꿈에도 생각하지 않았다.

첫째로, 그 시점에서 유키코의 존재는 떠오르지 않았기 때문이다. 유키코가 움직인 만큼의 시간이 고스란히 이하라의 알리바이를 지탱하는 기둥이 된 것이다.

나스가 내복을 교환하기 위해 아내와 중간지점에서 만나기로 한 일이 이 트릭을 간파하게 했다. 내복의 교환에서 시체 교환을 연상한 것은 참으로 기발했다. 나스는 시간과 수고를 덜기 위해 무의식중에 이하라가 취한 행동과 똑같은 행동을 취하게 했던 것이다.

"그렇다면 이하라의 공백시간은 고스란히 유키코의 공백에 해당되는 셈이군."

나스의 말을 들은 야마지는 코밑이 땀에 젖어 번뜩이며 말했다.

"서둘러 4월 19일 밤 유키코의 알리바이를 알아보게."

나스의 목소리도 오랜만에 활기차 있었다.

야마지의 연락으로 이바라기 서에서 아시야로 형사가 달려가고 유키코의 알리바이가 조사되었다.

　유키코는 형사의 질문에 만족스럽게 대답하지 못했다. 그녀의 공술에 의하면 4월 18일은 하네다 공항에서 남편을 전송하고, 그 날 비행기 편으로 오사카에 돌아와 공항에서 아시야의 자택까지 시숙의 자동차로 귀가했고 19일부터 20일에는 혼자 자택에 있었다는 얘기였다.

　다만, 19일 저녁 8시경과 20일 오전 8시경에 친구의 전화를 받았으므로 그 시각에는 자택에 있었던 것이 증명되었다.

　그러나 가장 중요한 19일 밤에서 20일 아침까지는 증명을 할 수 없었다. 전에 있던 젊은 가정부가 몇 개월 전 그만두고 두 사람만의 살림이었기 때문에 유키코가 그날 밤 자택에 있었다는 객관적인 증거는 아무것도 없는 셈이다. 뿐만 아니라 친구와의 전화도 별다른 용건도 아닌데 유키코가 집으로 전화를 걸어 주도록 부탁한 사실도 알았다. 이것은 20일 오전 8시에 그녀가 틀림없이 자택에 있었다는 사실을 누군가에게 증명받고 싶었던 것을 의미한다.

　무슨 까닭에 증명을 해야만 했는가?

　고레나리가 그 시간에 살해되었다던가, 혹은 시체가 도쿄로 운반되었기 때문이 아닐까? 그녀가 무엇 때문에 '오전 8시'라는 시간에 구애되었는지? 정확한 이유는 알 수 없지만 유키코에게 전날 밤 8시부터 20일 오전 8시까지 시간의 공백이 있었다.

　이바라기 서에서 유키코에게 19일 밤 알리바이가 없다는 연락을 받은 마루노우치 서는 교헤이와 유키코의 공범심증을 점점 굳혔다.

　"시체를 교환했다고 해도 도대체 어디서 두 사람이 만났을까요?"

　수사회의에서 무라타가 물었다.

　"도쿄~오사카의 중간이라면 하마마쓰 부근인가. 양쪽에서 동시에 발차하는 신간선(新幹線)이 엇갈리는 곳이 하마마쓰 부근이니."

　"그 장소를 정확하게 알아낼 수 없을까요?"

　"이하라의 공백시간을 자동차의 실주거리(實走距離)와 시간으로 맞춰보면 비교적 정확하게 나오지 않을까요?"

구사바가 발언했다.

자동차의 경우 열차와는 달라서 도로의 상태, 산간이나 평야, 차종, 주간, 야간 등의 조건에 따라 소요시간이 달라진다.

4월 19일 밤의 기상이 쾌청했다는 것은 소형 비행기의 가능성을 수사했을 때 이미 조사해두었다.

주행시간이 밤 9시에서 새벽 4시 사이라면 여기에서 도심과 도메이 고속도로인 세타카야 IC(인터체인지)까지의 소요 시간 한 시간을 제하고 결국 여섯 시간 안에 도메이의 어느 부분까지 왕복할 수 있는가가 고속도로 순찰대에 조회되었다.

그 결과 야간의 경우 시야가 한정되어 스피드를 낼 수 없기 때문에 아무리 솜씨 좋은 운전사가 쉬지 않고 달린다고 해도 도요카와 IC까지의 왕복이 최대일 것이라는 회답을 얻었다.

도쿄 IC에서 도요카와 IC까지 269km, 왕복 538km가 된다. 이것을 여섯 시간에 달리려면 평균시속 약 89.6km를 유지하지 않으면 안 된다. 뿐만 아니라 쉬지 않고 90km 가까운 속력으로 운전하려면 상당한 기술과 체력이 있어야 한다. 도쿄 IC에서부터 오사카의 시체가 발견된 곳에서 가장 가까운 메이신 이바라기 IC까지의 거리를 통산해 보면 511.8km이다. 그 절반은 약 255.9km, 고속도로 순찰대에서 산출한 도요카와 IC까지가 269km이니 그것은 바로 수사본부의 추측과 근사치로 부합된 셈이었다. 참으로 안성맞춤인 지점이었다.

'시체 교환이 도요카와 부근에서 이루어진 가능성이 짙다.'

나스를 비롯한 수사진은 생각한 것이다.

7월 20일, 본부에서는 이하라를 참고인으로 마루노우치 서로 출두할 것을 요구했다. 물론 거기에 '중요'라는 문자가 붙는다. 중요 참고인이란 '별건체포'와 같으며 경찰이 발명한 편리한 수단이다.

실질적으로 피의자와 거의 다름없는 것이지만 체포영장을 청구하기에는 조건이 약하거나 도망이나 증거인멸의 우려가 없고, 참고인이라는 자유로운 입장에서 조사하는 편이 부드러워진다는 생각에서 표면

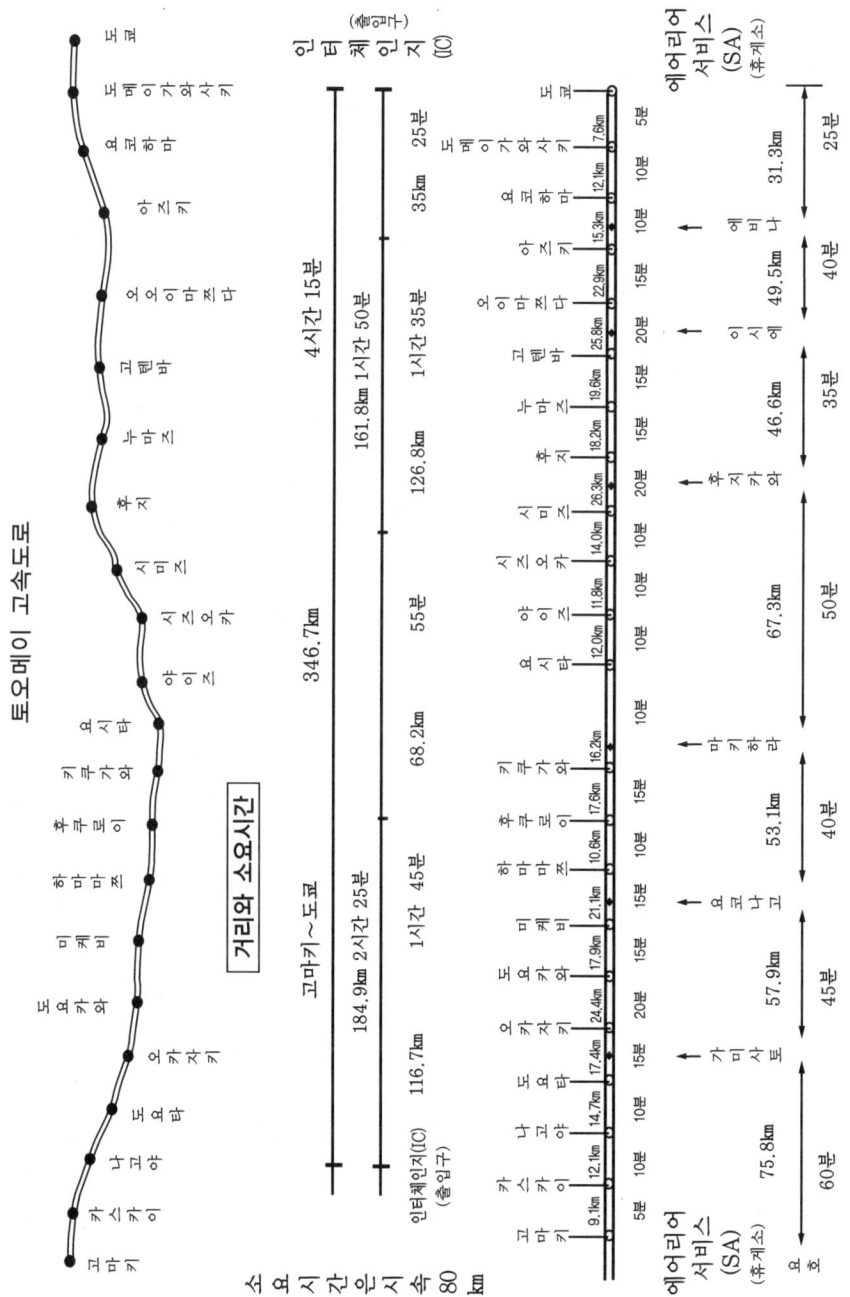

상으로는 임의(任意)라는 형식을 가장하는 일이 많다. 하물며 이하라의 알리바이는 이론으로만 무너뜨렸을 뿐 아직 결정적인 단서를 잡은 것은 아니다.

맨션을 1년 전부터 빌렸다는 점으로 미루어 볼 때 꽤 오래 전부터 이 터무니없는 범죄를 계획하고 있었다는 것을 알 수 있다. 피해자 중 한 사람이라도 예상 밖의 행동을 하면 이 범죄는 성립되지 않는다. 두 사람이 모두 4월 19일 밤 범인들이 살해하기 쉽도록 과연 움직여 줄 것인가? 그리고 그것을 어떻게 1년 전부터 예측했단 말인가?

특히 피해자 중 한 사람은 해외여행을 떠났는데도 불구하고 급히 되돌아왔다. 범인은 어떻게 그런 일들을 예측할 수 있었을까?

그 일체를 아직 모르는 것이다. 이하라는 변호사도 없이 가벼운 모습으로 출두했다.

나스 자신이 마루노우치 서의 취조실에서 이하라와 마주 앉았다.

수개월만의 재회였으나 그다지 정다운 재회는 아니었다.

"솔직히 물어 보겠습니다. 고레나리 유키코 씨를 알고 계십니까?"

나스는 딱 잘라 말했다.

상대의 반응이 귀중한 상황증거가 되므로 모든 주의를 이하라의 표정에 집중시켰다.

"예, 잘 알고 있습니다."

한데 이하라는 아주 간단하게 시인했다.

나스는 어쩐지 속은 것 같은 생각이 들었다.

"어떻게 알게 되었습니까?"

"그녀가 결혼하기 전 비행클럽을 함께 다녔습니다."

이하라는 거리낌 없이 대답했다.

나스는 뜻밖이었다. 두 사람 사이에 공범관계가 있다면 이 공통 사항을 좀더 숨기려고 들 것이다.

"잘 알고 계신다고 하셨는데 어느 정도인가요? 사생활에 관계되지만 지장이 없는 범위에서 말씀해 주십시오."

"괜찮습니다. 내 아내로 삼겠노라고 생각했던 여자입니다. 청혼을 했습니다만 서로 복잡한 사정이 있었기 때문에……."

이하라는 그때만은 쓸쓸한 표정을 지었다.

"그녀의 의사로 거절한 것이 아니었습니까?"

나스는 무례한 질문을 했다. 그러나 취조란 원래 무례한 짓이다.

"아니, 그렇지 않습니다. 양가의 사정이 우리의 결혼을 허락하지 않았습니다."

이하라는 분명한 어조로 부정했다.

그것은 자존심 때문이 아니라 정말로 그와 같은 사정이 있는 것 같은 말투로 들렸다. 뿐만 아니라 유키코에게 거절당했다면 두 사람의 공범관계는 성립되지 않는다.

"우리 같은 서민층과는 달라서 여러 가지로 문제가 많군요."

나스는 비꼬임이 아니라 진심으로 그렇게 말했다.

좋아하는 사람과 결혼하는데 부모가 간섭한다는 것은 결혼이라는 순수한 관계에 공연히 권력이라든가 재산이라는 '불순물'이 얽혀 있기 때문이다.

"당신은 최근 부인과 이혼했는데 앞으로 재혼할 생각입니까?"

이혼 역시 죽은 부친에 대한 반항일 것이라고 나스는 생각했다.

"이대로 독신일 생각은 없으니 언젠가는 재혼할 생각입니다."

"그렇다면 고레나리 유키코 씨를 생각하고 계십니까? 그분도 남편을 여의었으니까요."

나스는 이하라가 화를 내리라고 생각하며 과감하게 질문했다.

그 질문에는 두 사람이 결혼의 장해물을 제거하기 위해서 제각기 배우자를 죽인 것이 아닌가 하는 암시가 내포되어 있었다.

"물론, 생각하고 있습니다. 여하튼 청혼을 했던 상대니까요."

이하라는 참으로 솔직하게 대답을 한다. 거기에는 유키코를 향한 마음이 솔직하게 나타나 있었다. 나스는 맥이 풀렸다.

공범관계를 의심받고 있는 사람이 아주 정직하게 공범의 소지가 있는 마음을 표명하고 있는 것이다. 이하라는 자신에게 불리한 말을 태연하게 시인하고 있었다. 만약 그가 범인이라면 이토록 간단하게 시인하지는 않으리라. 나스는 이하라의 반응을 어떻게 해석해야 좋을지 망설였으나 추궁을 계속하기로 했다.

"그렇다면 약간 곤란한데요."

"곤란하다니요?"

"4월 19일 밤 9시까지 당신은 긴자에 있는 바 '로렐'에 있었고, 다음날 새벽 4시에는 아오야마의 24시간 볼링장인 '센트럴 볼즈'에 가셨더군요."

"그렇습니다만."

"그 사이 일곱 시간의 공백이 있습니다. 당신은 20일 오전 7시에 오사카의 이바라기 시에서 시체로 발견된 오자와 히데히로 씨의 사인에 관계가 있다는 의심을 받고 있습니다. 그 상황은 지금도 변함이 없습니다."

나스는 파이프를 꺼냈다.

이하라는 불안한 시선을 던지면서 지난번 처음으로 나스를 만났을 때 그 파이프 때문에 상대의 페이스에 끌려 들어간 일을 상기했다.

"화는 나지만 어쩔 수 없죠. 말하자면 길렀던 개에게 물렸으니."

"기분은 알겠는데 당신은 우리들이 쓰고 있는 말로는 동기보유자라는 것에 해당됩니다. 그런 당신을 체포로부터 지켜 주고 있는 것은 일곱 시간이라는 시간의 벽입니다. 일곱 시간 안에 어떤 방법으로도 도쿄에서 이바라기까지 왕복할 수 없습니다. 오자와 씨가 살해된 것은 19일 밤 9시부터 12시 사이라고 판정되고 있으니 가령 당신을 범인으로 가정하고 도쿄~이바라기 어느 쪽에서 오자와 씨를 살해했던 간에 이바라기까지 왕복을 하지 않으면 안 된다는 결론에 이릅니다만, 일곱 시간으로는 불가능합니다."

"우연이지만 바나 볼링장에 간 것이 잘된 일이라고 생각합니다."

"그런데 잘된 일은 아닙니다."

"어째서요?!"
"요컨대 일곱 시간으로도 왕복할 수 있다는 것을 알았습니다."
"바, 바보 같은! 그럴 리가! 그건 불가능합니다."
"그런데 그것이 가능합니다. 도중에 공범을 만나 시체를 교환한다면……."

그렇게 말하면서 나스는 상대의 눈을 매섭게 주시했다.
"시체의 교환……?"

그러나 이하라의 표정은 놀랍고 어이가 없는 것 같았다. 도무지 무슨 말인지 모른다는 표정이었다.

그것은 지극히 자연스러운 표정이었고 특별히 만든 것 같지 않았다. 그러나 아무리 젊다고 해도 대기업의 우두머리이므로 이 정도 연기는 누워서 떡 먹기보다도 쉬운 일일 테니 믿을 수는 없다.

"소용없습니다. 시치미를 떼셔도 트릭은 모두 판명되었습니다."
"아니, 정말로 무슨 말인지 모릅니다. 자세히 설명해 주십시오."

나스는 순간 의아하게 생각했다.

이하라의 표정에는 호기심이 엿보이는 것처럼 느껴졌기 때문이다. 그것도 연기인지 모른다. 그러나 취조 시간이 길어질수록 부자연스러움이 나타나고 그것을 경험 많은 취조관이 놓치지 않는다.

그런데 지금 이하라의 표정에는 그와 같은 방법이 있다면 꼭 알고 싶다는 노골적인 호기심이 엿보인다.

나스는 상대의 조그마한 표정 변화도 놓치지 않으려고 예리하게 관찰하면서 시체 교환의 트릭을 설명했다. 이하라의 표정에는 솔직한 놀라움이 나타났다.

나스의 절대적인 자신감이 흔들린 것은 바로 그때였다. 이하라를 범인으로 생각하는 것에는 변함이 없다. 이 정도의 트릭을 쓴다면 보통 수단으로는 안 되는 상대라는 것도 각오하고 있다.

그런데 이쪽의 태세에 전혀 반응을 보이지 않았다. 필사적으로 후려갈긴 일격을 멋지게 피했다는 것보다는 표적을 틀림없이 맞췄는데도 그곳에는 처음부터 실체가 없었던 것처럼 어쩐지 불안한 느낌이었다.
"하하하."
갑자기 이하라가 웃음을 터뜨렸다. 눈 꼬리에 눈물이 고이며 정말로 웃고 있었다.
"뭐가 우스운가요?"
나스는 저도 모르게 말투가 격해졌다.
"아, 이거 실례했습니다. 적어도 수사본부라고 하는 곳에서 이렇게 얼빠진 실수를 하리라고는 생각하지 않았기 때문이오. 아하하, 정말 우습군."
"실수라니요?"
"그렇습니다. 내가 도요카와까지 자동차로 왕복했다고요?"
"그게 틀림없겠지요."
"그러니 우습다는 겁니다. 경찰에서 내 운전경력을 조사했습니까?"
나스는 심장 부근에 날카로운 칼이 꽂힌 것처럼 느껴졌다.
"나는 자동차 운전면허가 없습니다. 그거야 굴릴 수는 있지만 설마 면허도 없이 도요카와까지 왕복 500km 이상을 시체를 싣고 달렸다고 생각하지 않겠지요."
이하라는 잔뜩 비꼬는 말투로 말했다.
승리를 뽐내고 있는 듯한 이하라에 비하면 나스는 다시금 일어설 수도 없을 만큼 박살나고 있었다.
비행기 조종면허를 가지고 있는 인간이 설마 자동차 운전면허가 없을까 하는 잘못된 선입견이었다. 아니, 그런 것은 처음부터 생각해 보지도 않았다는 편이 옳다.
이하라의 알리바이를 무너뜨리는 것은 비행기부터 시작되었다. 자동차는 처음부터 비행기의 그늘에 숨겨져 있었다. 본부의 수사관 중에 먼저 이하라의 자동차 운전면허의 유무를 조사해 보겠다고 생각한 사람은 없었다. 이하라에게 '얼빠진 실수'라고 조소를 당해도 항변할 길이 없다. 자동차 면허가 없어도 굴릴 수는 있다.

그러나 시체를 감추기 위해 1년 전부터 맨션을 준비해 둔 범인이 시체를 면허도 없이 차에 싣고 500km를 달릴 수 있단 말인가? 주도면밀한 범인으로서는 절대로 있을 수 없는 일이다.

나스는 이하라의 조소를 받으며 지옥의 밑바닥으로 굴러 떨어지는 것 같은 패배감을 씹고 있었다.

제17장 스쳐 가는 연인

1

한편 고레나리 유키코도 이바라기 서로 출두하라는 통지를 받았다. 취조를 담당한 것은 부경 본부의 마쓰바라 경감이었다.

요쓰야 서에서 출장 온 오카와 형사가 입회했다. 그는 어떤 '장치'를 호주머니 속에 몰래 넣고 있었다.

"부인, 일부러 와주셔서 감사합니다."

마쓰바라는 참고인으로 출두한 상대에게 협력해 준 고마움을 표시하고 취조를 시작했다. 참고인으로 부르는 단계에서는 실제로는 취조이지만 표면은 어디까지나 상대의 '협력'이라고 해두어야 한다.

그렇다고는 해도 결혼한 지 얼마 되지 않아 남편을 여읜 젊은 아내치고는 슬픔의 빛이 약해 보이는 것은 수사관의 선입견 때문일까?

"그런데, 오늘 나오시라고 한 것은 남편의 살해사건으로 두세 가지 물어 볼 게 있어서요."

"무슨 말씀일까요. 이미 형사님께 모두 말씀 드렸는데요."

유키코는 이바라기까지 호출당한 것이 불쾌한 모양이었다. 여태까지 형사들이 찾아와 남의 사생활을 파헤치는 질문을 했었다. 남편이 살해당했으니 부득이한 일이라고 생각하지만 언제나 신변에 붙어 있는 경찰의 시선에 때때로 노이로제에 걸릴 지경이었다.

"부인께서는 4월 19일 저녁 8시부터 20일 아침 8시 사이에 혼자 집에 계셨다지요?"

마쓰바라 경감은 개의치 않고 물었다.

"그렇습니다. 벌써 몇 번이나 말씀드렸는데요."

"그러나 그것을 증명할 수는 없군요."

"자기 집에 있는데 일일이 증명을 해야만 합니까?"

"그 동안 전화나 방문자가 한 사람도 없었습니까?"
"전화는 친구에게서 저녁 8시와 다음 날 아침 8시경에 있었다고 대답을 했을 텐데요."
그것에는 혐의가 없다는 것이 이미 확인되었다. 오전 8시에 전화를 건 사람도 유키코의 부탁을 받았을 뿐이고 위증은 아니었다.
"그 사이에는 없었습니까?"
"그 정도로 충분합니다. 제 주변에는 밤중에 전화를 걸거나 새벽부터 남의 집을 방문하거나 하는 실례를 범하는 사람은 없습니다."
유키코는 비꼬는 듯한 웃음을 띠었다.
마쓰바라는 한 대 얻어맞은 꼴이었는데 덮어씌울 듯이,
"그럼 19일 밤부터 다음 날 아침에 걸쳐 어떤 장소까지 갈 생각이 있다면 갈 수도 있었겠군요."
"그건 무슨 뜻인가요?"
유키코는 미소를 지으며 엄격해진 눈을 경감에게 돌렸다.
그러나 오카와에게는 그것이 몰아 세워진 사람의 눈으로 보였다. 취조 과정에서 언어에 의한 자백은 얻을 수 없어도 그 표정이나 태도의 미묘한 변화가 일종의 '상황적 자백'으로서 취조관의 심증을 확인시키는 것이다.
"부인, 운전면허가 있더군요. 자동차도 자가의 스포츠형을 가지고 계시고 이거라면 200km 이상은 간단히 낼 수 있겠지요."
유키코가 결혼 전에 면허를 취득했고 시가 6백만 엔이나 하는 자가 마크 10이라는 고급차를 가지고 있는 것은 이미 조사가 끝났다.
이쪽에서는 마루노우치 서와 같은 실수는 없는 셈이다.
"도대체 무슨 말을 하고 싶은 거예요?"
유키코의 어조는 히스테릭해졌다.
"부인!"
마쓰바라의 목소리는 갑자기 흉기를 들이대듯이 날카로워졌다.
"당신은 남편의 죽음에 대해 미묘한 입장에 놓여 있는 것을 알고 계십니까? 우리들은 여러 가지 상황으로 남편께서 4월 19일 밤부터 다음 날 아침 사이에 살해되었다는 심증을 가지고 있습니다. 그리고 부인의 그날 밤 알리바이에 깊은 의혹을 가지고 있습니다. 딴 사람이 살해된 것도 아니고 부인의 남편이 살해된 겁니다. 부인은 자신의 알리바이를 적극적으로 증명할 필요가 있습니다."

"그런 말을 하셔도."

유키코는 한 걸음도 양보하지 않았다.

"19일 밤에 남편이 살해되었다는 증거가 있습니까? 경찰의 일방적인 억측이 아닌가요? 틀림없이 그날 밤 남편이 살해되었다면 나도 알리바이를 증명하려고 노력하겠지만 그와 같은 억측만으로 알리바이를 증명하라는 건 무리입니다. 남편과 사이가 좋지 않았던 것은 굳이 숨기지 않겠어요. 숨겨 보았댔자 당장 알게 될 일이고, 게다가 이미 그런 것은 조사했을 테니까요. 하지만 부부 사이가 좋지 않은 것만으로 '깊은 혐의'를 받는다면 우리 같은 부부는 항상 알리바이를 준비해 둬야겠군요."

유키코는 비꼬는 어조로 말하고 살며시 웃었다. 아름답기 때문에 표정을 억제한 그 웃음은 몹시 냉혹하게 보였다.

"이하라 교헤이 씨를 아십니까?"

여태껏 잠자코 있었던 오카와가 별안간 물었다.

취조를 시작하기 전 마쓰바라와 의논하여 적당한 시기를 골라서 갑자기 질문을 던지고 반응을 보기로 되어 있었다.

"이하라 씨, 아아······."

형사들의 시선을 받으면서 유키코는 먼 곳을 바라보는 표정을 지었다. 그리고 바로 뭔가 생각해낸 듯했는데 그것은 결코 그녀에게 '불리한 반응'이라고 할 수 있는 것은 아니었다. 과거의 알고 있던 지인(知人)을 생각하는 듯한 표정이었다.

연기였을까? 연기라고 하기에는 너무나도 단순한 반응이었다.

오카와와 마쓰바라는 절대적으로 자신을 가졌던 으뜸패가 효력을 얻지 못하자 불안과 초조감을 느꼈다. 그러나 어쨌든 알고 있다는 반응을 표시한 것임은 틀림없다.

"어떤 관계입니까?"

"관계라고 할 만한 것은 아니에요. 내 입으로 말하는 것은 우습지만 남편과 결혼하기 전에 내게 호의를 표시하시며 청혼하신 분입니다. 이하라 씨의 아버님과 저의 부친 사이가 좋지 않아서 그 이야긴 결국 이루지 못했습니다만."

"당신의 심정은 어땠습니까?"

"내 심정? 호호."

그녀는 입술만 웃었다. 표정이 없는 웃음이란 이런 것을 말한다.

"별로 아무렇지도 않았어요. 좋지도 싫지도 않았어요. 길을 가다 스친 사람과 같았지요."

표정뿐만 아니라 목소리에도 감정이 없었다.

"길을 가다 스친 사람 말입니까……?"

오카와의 기분은 암담했다.

좀더 다른 말을 할 수도 있었을 텐데, 하고 그는 생각했다. 그것은 해석하기에 따라 증오보다도 나빴다. 좋지도 싫지도 않다는 것은 여자가 남자에게 아무런 마음이 없는 것이다. 문득 이 말을 이하라에게 들려주면 어떤 반응을 보일까 하고 생각했다. 남자가 여자에게 일방적으로 뜨거운 마음을 가지고 있는 데 반해 그 여자는 남자를 물건으로밖에는 보지 않는다는 것을 그 남자가 알게 된다면!

만약 이것이 유키코의 즉흥 대사라면 이하라에게 충격을 줄 가능성이 있다. 그 결과 어떤 일이 일어날지도 모른다. 이 취조와 동시에 도쿄에서 이하라의 취조가 진행되고 있다. 두 사람이 연락을 취하기 전에 유키코의 냉담한 태도를 이하라에게 들려주는 것도 한 방법이다.

"하지만 정말로 그런데요. 그 외에 뭐라고 말할 수 있나요?"

유키코는 참으로 냉정하게 되풀이했다.

"그뿐입니까? 그 밖에 다른 관계는 없었습니까?"

"없었어요."

오카와는 의심스러웠다. 유키코는 비행클럽 건을 숨기고 있다. 숨긴다는 것은 그만한 이유가 있을 것이다.

"당신은 '이글 비행클럽'의 회원이 아니었던가요?"

오카와는 단도직입적으로 물었다.

"저어, 그것은……."

순간, 유키코의 단정한 얼굴에 당황한 빛이 흘렀다. 그것은 그녀에게 분명히 불리한 반응이었다. 그녀는 '비행클럽'에 소속했던 일을 숨기고 싶어 한다. 이것은 역시 사건에 비행기가 관련 있는 것을 말하는 게 아닐까?

"완전히 잊어버리고 있었군요. 오랜 기간은 아니었지만 같은 클럽에 있었던 것뿐이고 별로 가까운 교제는 없었으니까요."

유키코가 '비행클럽'에 적을 둔 것은 여자대학 2학년 무렵부터 결혼하기 전까지 약 3년간이다. 두 사람은 그 동안 같은 클럽 회원으로 접촉을 가진 것이 된다. 단독비행 자격을 가지고 있지 않았던 유키코를 위해서 이하라가 때때로 동승해 주었다는 말을 들었는데 3년간의 교제를 친밀한 사이가 아니었다고 그녀는 서슴없이 말하고 있다.

남녀의 사이란 타인의 눈에 아무리 친밀하다고 해도 사실은 그렇지 않은 경우도 있고, 단 하루의 접촉이라도 서로 잊지 못할 존재가 될 수도 있기 때문에 단순히 숫자나 외관의 상황으로 그들 사이를 단정지을 수는 없다.

그러나 그렇다고 해도 유키코가 이하라 교헤이의 이름에 나타낸 냉담한 태도는 어떠했는가? 그것은 정녕 길을 가다 스친 사람에 대한 무관심 바로 그것이었다. 때문에 같은 클럽에 소속했던 것을 잊어버렸다는 말에는 그만한 실감이 있었던 것이다. 그러나 그것을 물었을 때 어째서 '반응'을 보였는가? 그 반응은 연기는 아니었다. 연기 같으면 자신에게 유리하도록 반응을 보였을 것이다.

'이하라와 아는 사이라는 것을 솔직하게 말하면서 같은 클럽에 있었

다는 것을 숨기려고 했다. 이것은 이상하다. 왜냐하면 두 사람의 공통 사항은 비행클럽이기 때문이다.'

오카와는 또다시 표정을 죽이고 아름다운 가면으로 돌아간 유키코의 얼굴을 바라보면서 마음속에서 우러나오는 불신을 느꼈다.

2

오카와의 보고는 즉시 마루노우치 서로 보내졌다.

그것을 받은 나스도 같은 의문을 가졌다.

"요컨대 유키코는 '비행클럽'의 멤버였다는 것을 감추려고 했다. 이상하다고 생각하지 않나?"

나스는 회의에서 수사관들과 의논하기로 했다. 오카와가 요쓰야 서에서 나와서 참석했다. 이로서 회의는 '합동'의 양상을 띠고 있었다.

"유키코가 이하라와 공범이라면 우선 이하라와의 일은 아무리 사소한 것이라도 숨기려고 했을 것이다. 그런데 이하라를 알고 있는 것을 담담하게 시인했다. 이상하다고 생각하지 않나?"

"그것은 유키코에게 이하라의 존재가 위험하지 않다는 뜻일까요?"

야마지가 먼저 입을 열었다.

"그렇게 밖에는 생각할 수 없군. 그런데 이상한 일이 또 있어. 우리들이 시체 교환 혐의를 들이대고 이하라의 알리바이가 무의미하게 되었다고 추궁했을 때, 그는 운전면허가 없다는 것으로 대항했어. 이것은 분명히 우리들에게는 치명적인 반격인 셈이지. 그러나 지금 생각해 보니 이하라는 유키코와 공범관계가 없다는 것으로 대항해도 좋았어. 그런데 이하라 쪽에서는 유키코와 친하다는 것을 시원스럽게 인정했을 뿐만 아니라 지금도 그녀를 사랑하고 있다는 것을 감추려고도 하지 않는다. 두 사람이 공범이라면 공술이 같아야 할 텐데. 대관절 이것을 어떻게 생각 하나?"

"그렇다면 이하라의 짝사랑인 셈인가요?"

하야시가 말했다.
"아니요. 짝사랑으론 시체 교환을 할 수 없어."
"이하라의 연기가 서툴렀던가요?"
둘이서 '길을 가다 스친 사람'을 가장하기로 했는데 이하라 쪽의 연기가 서툴러 탄로나 버렸을 수도 있으리라.
"그렇다면 유키코의 연기도 서투른 것이 되지. 오카와 형사가 '비행클럽'을 꺼냈을 때 동요했다고 하니까. 이하라에게는 지나치게 냉정하고 '비행클럽' 얘기에 당황했다는 것은 거기에 무언가 그녀에게 곤란한 사정이 숨겨져 있다고 생각해야 옳을지도 모르지."
"그리고 그 사실은 이하라와는 관계가 없는 것일까요?"
"이하라는 유키코와의 관계는 시인하고 운전면허가 없다는 것을 방패로 범행을 부인하고 있습니다. 면허증이 없다는 것은 알았습니다만 일곱 시간의 공백은 여전히 설명되지 않고 있습니다. 범행이 있던 날 밤 일곱 시간의 공백은 절대로 무시할 수 없습니다. 다시 한 번 이하라를 철저하게 조사해 볼 필요가 있다고 생각합니다만."
수사관들이 차례로 발언했고 회의는 절정에 이르렀다.
공기가 가열되었을 때 오카와가 입을 열었다.
"이하라와 유키코를 만나게 해보면 어떨까요? 유키코를 직접 취조한 느낌으로는 그녀의 이하라에 대한 관심은 냉정했습니다. 이하라가 그 냉담함을 어떻게 받아들일지 그 반응은 볼 만한 가치가 있다고 생각합니다만."
그들을 공범관계로 추정하고 수사를 진행하는 동안 납득되지 않는 몇 가지 모순된 상황이 나타났다. 따라서 그것을 분명하게 하기 위해선 두 사람을 대면시켜 보면 어떤가 하는 오카와의 의견은 설득력이 있었다.
다만 두 사람이 도쿄, 오사카에 따로 살고 있기 때문에 한쪽을 다른 곳으로 부르지 않으면 안 된다. 참고인 단계에서 장거리 여행을 시키는 것은 상대에게 불안감을 주기 때문에 가급적이면 피하고 싶었으나 어쩔 수 없었다. 별건체포란 최후수단을 쓸 생각은 없다. 이하라의 회사는 지금 복잡한 때였지만 그런 것을 들어 줄 수는 없었다.

결국 유키코를 도쿄로 부르기로 했다. 그녀는 출두를 거부하지 않았다. 거부하는 것이 자신의 입장을 나쁘게 한다는 것을 깨달았기 때문이었을까? 물론 두 사람에게는 아무런 예고를 해두지 않았다.

7월 20일, 신간선으로 유키코가 상경했다. 출두 장소는 마루노우치서였다. 거의 같은 시간 이하라 교헤이도 임의출두 형식으로 마루노우치 서에 나타났다. 임의이기는 했으나 자신의 입장을 알고 있는 참고인이 출두를 거부하는 일은 좀처럼 없다. 이유가 없는 출두 거부에는 체포가 뒤따르는 것을 교헤이도 알고 있는 모양이었다. 변호사가 오는 것은 대체로 그 다음 단계였다. 처음부터 변호사를 데리고 오면 수사관의 심증을 월등하게 높이게 된다.

본부의 취조실에서 나스가 이하라를 대하고 있는 동안 유키코가 도착하자 야마지 등이 별실에서 그녀를 맞았다. 유키코는 약간 창백해 보였다. 본부실의 문에 '이하라 호텔 살인사건 특수본부'라고 커다랗게 붙어 있는 종이를 곁눈으로 보면서 자신의 신변에 둘러쳐진 경찰의 쇠사슬이 서서히 조여드는 것을 명확하게 느낀 모양이다.

나스는 취조실에서 이하라에게,

"번번이 수고가 많으십니다. 그런데 고레나리 유키코 씨와 재혼을 생각하고 계신다고 하셨지요?"

하며 잡담이라도 하듯이 말을 꺼냈다.

"그렇습니다. 그녀의 재혼금지기간이 끝나는 것을 기다려 정식으로 프로포즈하려고 합니다."

태어나는 아이의 부친을 명확히 하기 위해 민법으로 여자는 남편의 사후 6개월간 재혼을 못하도록 규정하고 있다. 자신의 회사가 외국회사에게 빼앗기려 하는 때 대혼기간(待婚期間)이 끝나는 것을 손꼽아 기다리고 있는 이하라를 나스는 역시 '도련님 사장'이라고 생각했다.

그러나 도련님이라도 살인사건의 유력한 용의자다. 유키코와의 공범

제17장 스쳐 가는 연인 195

관계에서 납득이 가지 않는 점이 떠오르긴 했으나 소렌센과 오자와 살해사건의 혐의는 조금도 풀리지 않았다.

"고레나리 유키코 씨의 의사는 확인해 보셨습니까?"

"염려 없습니다. 싫다고 할 까닭이 없습니다. 내 마음을 충분히 알고 있으니까요."

이하라는 자신만만했다. 공범이라면 너무나도 '천진난만'했다. 이 화제 자체를 취조를 위한 잡담이라고 생각하는 모양이다.

"이상하군요."

나스는 고개를 갸우뚱해 보였다.

"뭐가 이상합니까?"

"고레나리 씨를 취조한 형사의 말에 의하면 그녀에게 당신은 '길을 가다 스친 사람' 정도의 존재라고 하던데요."

"길을 가다 스친 사람?"

이하라는 의미를 모르는 모양이었다.

"요컨대 당신에게 아무런 관심도 없다는 말입니다. 좋지도 싫지도 않고, 물론 결혼 같은 것은 생각도 않는다는 거지요."

"그, 그럴 리가!"

이하라는 비명 같은 소리를 질렀다.

"거짓말이 아닙니다. 뭣하면 그녀를 여기에 불러오겠소. 본인의 입으로 직접 들어 보시지요."

"유키코 씨가 여기에 와 있습니까?!"

나스가 수긍하자,

"당장 데려다 주시오. 무슨 속셈인지는 모르지만 남의 사생활을 조롱하는 거짓말이라면 경찰이라고 해도 용서하지 않겠소."

이하라의 단정한 표정이 일그러졌다. 지성파인 2세 사장도 급소를 찔려 이성을 잃은 모양이다. 나스의 눈짓으로 구석 쪽에 있던 하야시 형사가 나갔다.

이윽고 유키코가 오카와에게 안내되어 눈을 아래로 하고 들어왔다.

"유키코 씨!" 하고 부르자 비로소 유키코는 그를 알아보고, "어머." 하며 그 자리에 우뚝 섰다. 분명히 이 만남은 그녀에게는 불의의 습격이었다. 잠시 동안 난처한 모습으로 서 있는 유키코의 모습에서 어떤 꾸밈도 느껴지지 않았다.

"부인, 이하라 씨입니다. 분명히 당신에게는 '길을 가다 스친 사람' 같은 분이라고 말씀하셨지요?"

오카와가 냉혹한 어조로 말했다. 그것은 유키코를 더욱 난처하게 만들었고 이하라의 표정을 경직시켰다.

"유키코 씨, 설마······."
"전······,"
두 사람이 동시에 입을 열었다.
"그런 말, 하지 않았어요."
유키코의 말이 길었고 말끝은 또렷하게 들렸다.

이하라의 표정이 누그러졌다. 유키코는 이미 아무 일도 없다는 얼굴을 하고 있었다.

"그렇습니까? 나는 분명히 들었다고 생각하는데요."
오카와가 담담하게 계속했다.

"이런 일은 잘못 듣거나 하면 안 된다고 생각해서 카세트에 녹음을 해두었으니 재생해서 확인해 볼까요."

오카와는 나스의 책상 위에 소형 녹음기를 놓았다.
"어머나!"
유키코는 얻어맞은 듯이 비틀거렸다. 오카와는 개의치 않고 재생 스위치를 넣었다.

"*내 심정? 호호*"
다소 흐릿한 느낌이긴 하나 유키코의 웃음을 머금은 음성이,
"*난 별로 아무렇지도 않았어요. 좋지도 싫지도 않았어요. 길을 가다 스친 사람과 같았지요.*"

제17장 스쳐 가는 연인

"길을 가다 스친 사람입니까……?"
오카와의 암담한 듯한 목소리가 끼워져,
"하지만 정말로 그런데요. 그 외에 뭐라고 말할 수 있나요?" 하고 유키코의 참으로 냉정한 목소리가 계속된다.

"다, 당신은!"
이하라는 혀가 굳어졌다. 충격으로 말이 나오지 않는 모양이었다.
"분명히 부인이 한 말이지요?"라며 나스가 가혹한 확인을 했다.
유키코는 표정을 잃은 채 침묵을 지켰다. 나스가 눈짓을 했다.
유키코는 별실로 옮겨졌다.

3

"어떻습니까, 사실을 말해 주시지 않겠습니까?"
두 사람만이 남겨진 취조실에서 나스는 부드럽게 말했다.
이하라가 받은 충격은 예상 외로 심했던 모양이다. 그는 화를 낼 기력도 잃은 듯 의자에 축 늘어져 시선을 허공에 돌리고 있었다. 눈은 공간 어딘가를 보고 있었으나 아무것도 보지 않는 것도 확실하다.
'이 남자의 지주가 여자였는가?'
이 세상 모든 부를 한 몸에 지니고 태어난 이 남자에게도 부족한 것이 있었다니! 나스는 무미건조한 생각에 잠기면서도 추궁하는 수법을 늦추지 않았다.
'이하라의 4월 19일 밤부터 일곱 시간의 공백을 절대로 그냥 넘길 수는 없다. 그는 이 시간에 뭔가를 했다. 그것이 무엇일까? 그것을 스스로 공술하게 하는 것은 지금뿐이다. 시간을 두고 유키코에게 연락하는 여유를 주면 그녀에게 설득당해 마음이 변할지도 모른다.'
냉혹하기는 하지만 상대는 더 참혹한 살인을 했는지도 모른다.
"말해 주시오. 당신은 4월 19일 밤 어디서 무엇을 했습니까?"

이하라는 온몸의 정기가 빠진 것 같은 얼굴을 들었다.
 나스는 피의자를 항복시키기 직전의 흥분을 억누르면서 상대의 발언을 부드럽게 해주기 위해 천천히 커다랗게 고개를 끄덕여 주었다.
 이런 경우 상대로 하여금 경찰관을 의식하게 하면 안 된다. 나스는 죄인의 참회에 정답고 부드럽게 귀를 기울여 주는 신부이며 고민거리를 들어주는 인생 상담의 권위자가 아니면 안 된다.
 "경감님, 조금만 더 기다려 주시오. 내게는……, 유키코의 마음이 아직 믿어지지 않습니다. 그녀의 진심을 확인한 다음 말하겠습니다."
 그러나 교헤이는 막상 승부의 판가름에 이르자 발걸음을 멈췄다. 그가 그렇게 말하자 더 이상 추궁 할 수가 없었다. 두 사람이 만나서 유키코가 그것은 경찰관 앞에서 한 연기라고 교헤이를 설득하면 모처럼 항복 직전까지 몰아세운 그의 생각이 달라져 버린다.
 나스는 얼마 되지 않는 거리에서 큰 고기를 놓친 것을 느꼈다. 그러나 참고인 단계이므로 두 사람의 접촉을 막을 수 없다. 머지않아 잔뜩 돈을 들여서 수완이 좋은 변호사를 데리고 백을 흑이라고 우기러 올 것이다. 교헤이는 얻어맞은 듯한 모습으로 돌아갔으나 나스는 더욱 풀이 죽어 있었다.

 유키코는 피곤하다며 그날 밤 마루노우치 서 부근의 호텔에 투숙했다. 물론 감시는 붙였으나 참고인이므로 자유를 구속할 수는 없다.
 그날 밤 교헤이는 호텔로 유키코를 방문했다. 이 접촉을 경찰이 막을 수 없었고 그는 한 시간쯤 유키코의 방에서 보냈다.
 경찰은 만약의 사태를 대비하여 호텔 쪽에 사정을 알린 후 마침 비어 있는 옆방에 형사 두 명을 들게 하여 그들을 감시했다. 조금이라도 불온한 기척이 있으면 당장 뛰어갈 수 있게끔 대기시킨 것이다. 그러나 한 시간 후 교헤이는 방을 나왔다. 그는 창백한 표정으로 간신히 걷고 있었다. 형사가 교헤이를 미행하는 한편 또 한 사람은 유키코의 방을 노크했다. 유키코에게는 아무 일도 없었다.

다음 날 아침 이하라 교헤이는 뭔가 결심한 표정으로 마루노우치 서로 왔다. 중요 참고인이 부르지도 않았는데 경찰에 올 때는 대체적으로 뭔가 새로운 사실을 진술할 때이다.

"경감님, 들어 주십시오. 드디어 얘기를 할 결심이 섰습니다."

이하라 교헤이는 나스가 권한 의자에 쓰러지듯 앉더니 말했다. 어젯밤 유키코와의 만남에서 뭔가 있었다고 나스는 느꼈다.

"그날 밤 9시 전에 긴자의 바 '로렐'로 유키코에게 전화가 왔습니다. 그리고 오늘 밤 무슨 일이 있어도 꼭 만나서 할 얘기가 있으니 '신주쿠 스카이 하우스'에서 기다려 달라고 했습니다. 사실 그 맨션은 내가 유키코와의 비밀 데이트를 위해 남몰래 빌려 둔 겁니다. 나는 유키코를 사랑하고 있었습니다.('비행클럽'에서 알게 된 후부터 이 여자 이외에 내 아내가 될 사람은 없다고 생각하고 있었습니다) 그런데 부친의 반대로 끝내 결혼하지 못했습니다. 부친이 살아 계실 때 부친의 의사에 거역한다는 것은 도저히 생각도 못합니다. 부친의 의사는 절대적이었습니다. 그것은 비슷한 환경에서 태어난 유키코도 마찬가지입니다. 그러나 그 무렵 우리들은 정신적인 사랑뿐이었습니다.

육체관계를 맺은 것은 서로가 결혼한 후, 재계의 어느 파티에서 재회한 후부터입니다. 결혼 전에는 도덕적인 생각에서 억누르고 있었던 것이 결혼에 의해서 개방되었기 때문에 우리들은 격렬하게 불타올랐습니다.

―적어도 나는 그렇게 믿고 있었습니다. 그러나 남들에게는 절대로 알려져서는 안 되는 관계였습니다. 그 때문에 나는 신분을 숨기고 맨션을 빌려 한 달에 두 번 가량 남편의 눈을 속이고 하루 왕복으로 상경하는 그녀와 황급한 포옹의 시간을 가진 것입니다. 호텔이면 아는 사람을 만날 위험이 있으니까요.

어쨌든 그날 밤 나를 꼭 만나고 싶다는 말에 곧바로 맨션으로 달려갔습니다. 그때는 금방 올 것 같은 말투였으니까요.

18일에 그녀의 남편이 외국으로 떠나기 때문에 전송을 하기 위해

상경했는데 남편의 형과 함께 떠난다는 연락을 받고 낙심하고 있던 참이었습니다.

그런데 맨션에서 아무리 기다려도 그녀는 오지를 않았습니다. 그녀의 아시야 자택에 연락해 보고 싶었지만 만약 친척이라도 와 있으면 곤란해서 참았습니다.

어지간히 초조해서 잠을 못 이루고 기다리고 있는데 새벽 4시 조금 전에 또다시 유키코에게서 전화가 걸려와 아오야마의 '센트럴 볼즈'로 와달라는 얘기였습니다. 이유도 묻기 전에 전화가 끊어져 할 수 없이 택시를 잡아타고 그곳으로 갔습니다. 거기는 독신시절 그녀와 몇 번 갔던 곳입니다.

그런데 그녀는 그곳에도 끝내 나타나지 않았습니다. 나는 화가 머리 끝까지 치밀어 왔고 7시경에 다시 한 번 맨션으로 돌아왔습니다. 어쩌면 유키코가 와 있는지도 모른다는 희망이 있었기 때문이었습니다.

그런데 어찌된 셈인지 방 안에는 아무도 없는데 안으로 체인 록이 걸려 있었습니다. 열쇠를 하나 유키코에게 주었지만 그녀도, 아니 누구든지 밖에서 체인 록을 걸 수는 없습니다. 나는 신분을 감추고 그 방을 빌렸기 때문에 프런트에 가서 이유를 물을 수도 없었습니다. 언제 또 그녀와 그 방을 사용하게 될지도 모르기 때문에 신분을 속이고 있어야만 했습니다.

사정이야 어찌되었든 누군가가 내가 없는 4~7시 사이에 체인 록을 걸어 놓고 방 안으로 못 들어가게 한 것은 사실입니다. 도대체 무슨 목적인지 또 어떤 방법인지는 나도 전혀 모릅니다. 체인의 틈으로 방 안을 들여다보였습니다만 침대 위에 뭔가 얹혀 있는 것 같았습니다. 시각관계로 조금밖에 보이지 않았습니다만 그것이 시체였더군요.

누군가 내가 방을 비운 사이에 운반해 온 겁니다. 하지만 그때는 설마 그것이 시체라고는 생각하지 않았습니다. 아무튼 그때는 무척 불쾌했습니다. 그 후 유키코와 연락이 되지 않았고 나도 그 방에 가지 않았습니다.

얼마 후 오사카에서 오자와의 시체가 발견되어 그럴 정신이 없습니다. 그가 어째서 이바라기와 같은 곳에 갔는지 모르겠습니다만 하여튼 그가 살해되었고, 내가 미묘한 입장에 놓인 것을 알았습니다. 소렌센 사건은 모르는 일이지만 오자와가 내 아내와 정을 통했던 것은 알고 있었으니까요.

당연히 유력한 동기를 가진 자로서 그날 밤의 알리바이가 추궁되었습니다. 그런데 다행인지 불행인지 새벽에 볼링장에 갔으므로 나의 알리바이는 성립되었습니다.

유키코가 어째서 그 장소로 나를 불러냈는지는 모르지만 여하간 그녀로 말미암아 나는 구제를 받은 형편이 된 셈입니다. 그러나 경찰에서는 알리바이는 증명되었으나 일곱 시간의 공백에 의문을 가졌습니다. 나는 그 시간 동안 유키코를 기다리며 신주쿠 맨션에서 혼자 무릎을 안고 있었으니 그 공백을 증명할 수 없습니다. 뿐만 아니라 그 맨션은 누구에게도 알릴 수 없는 비밀의 장소이니까요.

그 당시 나는 그녀가 남편을 죽였다고는 생각하지 않았습니다.

그런데 한 달 반쯤 지나 내 방에서 시체가 발견되었고 그 신원이 고레나리 도시히코 즉, 유키코의 남편이라는 것을 알고 깜짝 놀랐습니다. 나는 범인이 유키코라고 생각했습니다. 그 방의 존재를 알고 열쇠를 가지고 있는 나 이외의 사람은 그녀뿐이었으니까요.

그녀가 어떤 방법으로 밀실을 만들었는지는 모르지만 그녀만이 나의 부재중에 그 방으로 시체를 운반할 수 있습니다. 왜냐하면 그 날 4시 이후 내가 볼링장에 가고 방에 없다는 것을 알고 있는 것도 그녀밖에는 없었기 때문입니다.

나는 유키코의 범행을 알고 나서 전력을 다해 그녀를 감싸주려고 생각했습니다. 그녀가 남편을 살해한 직접 동기는 틀림없이 나와 결혼하기 위한 거라고 어리석게도 그렇게 생각한 겁니다. 나에게 협력을 부탁하지 않은 것은 내게 폐를 끼치지 않기 위해서라고 그래서 나를 볼링장으로 유인한 거라고 생각했지요. 오자와의 사건과 관계가 없다고 생각했습니다.

 그런데 경감님께서 시체 교환의 트릭과 유키코의 냉정한 심정을 알려 주셔서 비로소 나 자신이 이용된 것을 깨달았습니다.

 어젯밤 그것을 유키코에게 확인해 보고 확실히 알았습니다. 유키코는 경찰관 앞에서 체면상 연기한 것이 아니라 진심이라고 잘라 말했습니다. 나와의 포옹은 스포츠와 같은 것이며 아무런 의미도 없었다고 했습니다. 이젠 연기하기도 지쳤다고 했습니다.

 이것이 내가 모든 것을 건 여자의 정체였습니다. 그것을 여태껏 알아차리지 못한 내가 어리석었습니다. 볼링장으로 불러 낸 것은 나를 관련 지우고 싶지 않아서도 아니고 알리바이를 만들어 주기 위한 때문도 아닙니다. 내가 방에 있으면 난처했기 때문입니다. 내 방에 시체를 숨기기 위해서 나를 볼링장으로 쫓아 버린 겁니다.

 그 이전에 바에서 내게 연락한 것은 오자와를 살해할 동기가 있는 나를 경찰에게 의심받게 하기 위해서 공백 시간을 만든 겁니다. 그녀로서는 좀더 오랜 공백 시간을 갖게 할 셈이었는데 시체의 은닉 장소와 제 공백 시간을 만드는 장소가 중복되었기 때문에 어쩔 수 없었던 모양이지요. 밀실을 만든 것은 내가 방으로 들어가지 못하게 하기 위해서입니다.

 나는 고레나리의 시체가 발견된 직후 아내와 이혼을 했습니다. 물론 유키코와 결혼하기 위해서입니다. 그 때문에 아세아 홍업이 비밀리에 주를 사 모으고 있는 것을 알면서도 동서은행의 원조를 받을 수 없었습니다. 나는 그래도 좋다고 생각했습니다. 호텔은 부친이 만든 것이지만 유키코는 내 의사로 선택한 여자였으니까요.

 한 명의 여자 때문에 동양 최대의 호텔을 잃는다고 해도 괜찮다고 생각했습니다. 그러나 나는 멋지게 배신당했습니다. 지금의 내 심정은 뭐라고 할 수 없을 정도로 비참합니다.

 유키코가 없었다면 남자로서 다른 삶을 살았을 텐데, 하고 후회를 한들 어쩔 수 없는 일이지만 이제는 모든 게 원망스러워 견딜 수 없습니다."
 "오자와는 누가 죽였습니까?"
 "모릅니다. 나 외에도 오자와를 원망한 인간이 또 있겠지요."
 "소렌센은 당신이 죽인 게 아닙니까?"
 "아닙니다. 지금은 아무런 말도 하고 싶지 않습니다."
 이하라는 얼굴을 떨어뜨리고 입을 다물었다. 나스가 무엇을 물어도 대답하지 않았다. 나스는 어디까지 이하라의 공술을 믿어야 좋은지 생각해 보았다. 그의 공술에 의해 고레나리의 시체가 발견된 맨션은 그가 빌린 것이라는 걸 알았다.
 이것은 새로운 사실이다. 이하라가 공범이 아니라면 그의 은닉처에 시체를 감춘다는 아이디어는 뛰어난 생각이었다. 뿐만 아니라 어떤 방법으로 한 것인지는 모르나 밀실로 만들어 버린 것이다. 따라서 이하라는 자신의 방으로 들어갈 수도 없었다. 프런트에 가서 열어 달라고 할 수도 없다. 체인 록을 부수면 눈에 띈다. 유키코와의 비밀 데이트 장소이므로 그녀 쪽에서 연락이 없으면 이하라 혼자서 갈 염려도 없다. 만약 이하라가 시체를 발견했다고 해도 그는 유키코를 감싸주기 위해서 은닉에 협력하리라는 것도 계산에 넣은 것이다. 참으로 완벽한 계산이라고 할 수 있다.
 오자와와 고레나리의 시체가 발견된 단계에서 이하라는 자신이 유키코에게 이용당한 것을 모른다. 그녀가 마쓰바라 경감이나 오카와 형사 앞에서 본심을 드러낼 때 녹음되고 있는 것을 몰랐다. 이것이 그녀의 방심이었다. 오자와 살해의 혐의를 이하라에게 전가시키기 위해서 그를 맨션에 묶어 둔 것도 수긍이 간다. 시체의 은닉처와 공백 시간을 만드는 장소가 중복되기 때문에 그를 빨리 쫓아 낸 것도 대체로 수긍이 간다. 4월 20일경이라면 새벽 4시 30분경에는 날이 밝아지기 때문이다.
 이하라의 공술은 경찰이 알아낸 시체 교환의 추측을 그대로 기초 삼고 있다. 어쩌면 오자와 살해사건과 고레나리 살해사건은 관계가 없는지도 모른다. 그러나 기초로 할만한 이유는 있다. 별개의 사건이라면 여러 가지로 모순되는 점이 나오기 때문이다.

첫째로 유키코가 맨션으로 이하라를 일단 불렀다가 쫓아 낸 일이다. 고레나리의 시체를 숨기기 위해서라면 이하라를 맨션으로 부를 필요가 조금도 없다. 아니, 그것은 위험하기까지 하다. 시체를 운반해 오는 인간과 이하라가 마주칠 우려가 있기 때문이다.

그런데 맨션으로 불러 새벽 4시까지 붙들어 둔 것은 다음 날 아침에 발견될 오자와 시체의 용의자로서 이하라를 설정하고 싶었던 것이라고 밖에는 생각되지 않는다.

둘째로 누가 고레나리의 시체를 도쿄까지 운반했는가? 이것도 문제가 된다. 고레나리가 4월 19일 17시 55분에 일본공항 국내 편으로 오사카로 돌아온 것까지는 조사되었다.

한편 유키코는 동일 저녁 8시부터는 자택에 있었고, 게다가 다음 날 아침 8시에도 그곳에 있었던 것이 확인되었다. 그렇다면 고레나리와 유키코가 '접촉'한 것은 오사카라고 생각하는 편이 타당하다.

이하라가 새벽 4시경에 볼링장으로 유인되었고, 오전 7시경 맨션으로 돌아왔을 때는 이미 '밀실'이 형성되어 있었으니 기타 여러 가지 상황과 비교해보면 이 사이에 고레나리의 시체가 운반된 것은 거의 확정적이다. 고레나리를 살해한 것이 도쿄인지 오사카 혹은 도중의 어느 곳이라고 한들 그를 도쿄까지 운반하지 않으면 안 된다.

그런데 유키코는 같은 날 아침 8시에 아시야의 자택에 있는 것이 확인된 것이다. 고레나리(아마 시체)를 도쿄까지 운반해 와서 새벽 4시부터 7시 사이에 신주쿠의 맨션으로 운반해 놓고 밀실을 만든 후 같은 날 아침 8시까지 500km 이상 떨어진 아시야의 자택으로 돌아간다는 것은 불가능하다. 그녀의 차가 200km 이상 속력을 낼 수 있다고 해도 고속을 항상 유지할 수는 없다.

따라서 고레나리의 시체를 운반한 것은 공범이며, 오자와의 시체를 이바라기에 버린 것은 유키코라는 요컨대 시체 교환의 트릭으로 추리가 가능하다. 여기서 유키코의 오전 8시의 알리바이의 교묘한 뜻을 알 수 있다. 그러나 그렇다면 누가 오자와를 살해했는가? 이것이 문제로 남는다.

범인이 되기 위해서는 다음 세 가지의 조건이 필요하다.
1) 오자와에게 동기를 갖는 자.
2) 유키코와 깊은 관계가 있는 자(이하라 외에).
3) 운전면허를 가진 자.

뿐만 아니라 절대적인 조건은 아니지만 유키코와 이하라를 모두 알고 있는 사람이라는 생각이 든다.

왜냐하면 이하라의 동향(動向)을 유키코를 통해서 듣는 것보다는 범인이 이하라의 신변에서 직접 아는 편이 훨씬 범행하기가 쉽기 때문이다. 이 범행에 이하라의 행동이 중요한 열쇠가 되어 있는 것이다.

나스는 이때 문득 깨달은 일이 있었다.

"한 가지 더 묻겠습니다. 4월 19일 밤 당신이 긴자의 '로렐'에 있는 것을 고레나리 유키코에게 알렸습니까?"

나스가 물었다. 이하라는 고개를 흔들었다.

"당신이 그날 밤 '로렐'에 있는 것을 누구에게 가르쳐 주었습니까? 가령 비서라든가……."

"누구에게도 말하지 않았다고 생각합니다. 아무리 사장이지만 술을 마실 때만은 회사의 쇠사슬에서 벗어나고 싶으니까요."

"매우 중요한 일입니다. 정말 누구에게도 알리지 않았습니까?"

이하라는 비로소 나스의 질문이 갖는 중대한 뜻을 깨달은 모양이다. 누구에게도 말하지 않았는데 그곳을 유키코가 어떻게 알았을까?

"아아, 이제 생각납니다."

기억을 더듬던 이하라가 문득 생각난 표정을 지었다.

제18장 하늘에서 날아온 유서

1

이하라는 일단 돌려보내졌다. 공술에 의문점은 있었으나 유치할 만한 증거가 없었다. 공술 내용에 그에게 불리한 점은 하나도 없었다. 한편 유키코에 대한 의문점은 높았지만 이것도 유치까지 할 단계가 아니었다. 이하라가 생각해 낸 새로운 인물의 조사 여하에 따라서 사태는 완전히 새로운 전개를 보여 줄지도 모른다. 그 인물은 나스가 열거한 오자와를 살해할 조건을 가장 많이 갖추고 있었다.

이하라 호텔의 건설을 위해 자본금 44억 엔으로 설립된 '이하라 관광'은 7월 13일 반액 증자했다. 이것은 200억 예산이었던 호텔 공사비가 250억에 달하면서 50억이 추가되었기 때문에 생긴 건설회사의 미지급분을 처리하기 위해서였다. 그런데 공교롭게도 주식시장이 불경기인 데다가 '넬슨 소동'이라든가 영업성적의 부진이 겹쳤기 때문에 실권주(失權株 : 신주 인수권자가 청약 기일까지 청약하지 않거나 납입일에 돈을 내지 않아 인수되지 않은 주식 - 역자 주)가 나왔다.

이하라 호텔은 동서은행에게 원조를 요청했다. 그러나 동서은행에서는 이하라 교헤이의 경영자로서의 능력에 의심을 가지고 그가 사장직을 물러나지 않는 한 응할 수 없다고 했다.

대체적으로 주주에게 증자 때 새로운 주를 인수하는 것이 커다란 매력이다. 요컨대 주식 액면의 출자로 실제로는 액면 이상의 가치가 있는 주를 싸게 손에 넣을 수 있기 때문이다. 그런데 발행회사의 업적이 신통치 않고 시가와 불입액과의 차이가 없을 때에는 신주 인수의 묘미가 없어진다. 때문에 주주가 인수권을 포기하고 불입에 응하지 않는 실권주가 나온다는 것은 회사의 부진을 광고하는 것과 다름없다.

체면은 손상되고 신용은 형편없이 떨어진다. 설마 실권주가 나오리라고는 꿈에도 생각하지 않았던 호텔 측은 당황했다. 뿐만 아니라 주력 은행인 동서은행이 도와주지 않았다. 이에 딴 협조은행들도 등을 돌렸다. 이 실권주를 헐값으로 모으고 다니는 것이 아사오카 데쓰로였다.

7월 22일 목요일, 이하라 넬슨 호텔 총무과는 아사오카 데쓰로로부터 청구해 온 명의변경 주의 막대한 양에 깜짝 놀랐다. 새로운 명의인(名義人)은 물론 아사오카였고, 판 사람은 이하라 일족의 주요 인물이 태반이었다. 이것에 그 동안 모은 실권주를 합치면 놀랍게도 아사오카의 소유주식은 이하라 관광의 발행 총수의 과반수에 이르고 있었던 것이다. 이에 대해서 이하라 교헤이는 소유하고 있는 10% 가량의 주에 증자불입을 할 수 없으므로 7% 남짓한 약소주주로 전락했다.

아사오카가 이 작전에 쓴 돈은 약 30억 엔이고, 모아 온 주는 680만 주였다. 이것으로 총 공사비 250억 엔의 거대한 호텔의 지배권을 쥔 것이다. 이하라 도메기치가 살아 있다면 경쟁자에게 이토록 무참히 당하지는 않았을 것이다. 거대한 왕국은 균열도 컸고 붕괴하는 것도 빨랐다. 아사오카가 필두로 주주총회가 소집되었고, 전원일치로 이하라 교헤이의 사장 퇴진과 기모토 에이스케의 사장 취임이 결의되었다.

동서은행 파와 이하라 일족 그리고 아사오카의 지시를 받는 일파들의 뜻이 우연히 일치되어 호텔 개업 후 불과 반 년 남짓한 기간에 사장 교체가 연출된 것이다. 이하라 교헤이는 평임원으로 밀려났.

그 위치조차도 다음 번 주주총회 때에는 위험한 것이었다.

2

세 개의 수사본부간의 연락과 왕래가 빈번해졌다. 오자와 살해사건과 고레나리 살해사건이 시체 교환이라는 전대미문의 공모에 의해 이루어졌다고 한다면 먼저 이바라기 서와 요쓰야 서가 합쳐진다.

소렌센 살해사건은 오자와 살해사건의 배후에 숨겨져 있으나 이하라가 소렌센 살해사건에 관련된 의혹은 여전히 짙었다. 그가 사건에 뭔가의 역할을 했다는 혐의는 부정할 수 없다. 이하라의 공술에 의해서 새롭게 떠오른 용의자를 쫓는 한편 이하라에 대한 감시는 계속되었다. 새로운 용의자의 동기가 나타났고 유키코와의 연관도 떠올라 출두요구가 목전에 다가왔을 때 유키코의 모습이 홀연히 사라져 버렸다.

처음엔 마루노우치 서 근방의 호텔에 유숙했던 유키코는 도내에 있는 친정으로 돌아갔다. 마루노우치 서로서는 가까운 호텔에 두고 감시를 계속하고 싶었지만 체포영장도 나오지 않은 참고인을 언제까지 구속할 수도 없었다. 또한 그녀의 호텔 비용을 지불할 재력도 없었으므로 내키지 않았지만 친정으로 돌아가는 것을 허락했던 것이다. 물론 감시 형사는 붙였다. 유키코의 모습이 사라진 것은 친정으로 돌아간 지 1주일쯤 후였다. 형사가 교대하는 틈을 노려 집을 나간 모양이었고, 알아차렸을 때는 이미 어디로 갔는지 모르게 되었다.

집안 식구들에게 물어도 도무지 알 수가 없었다. 당황한 형사가 본부로 연락했다. 그녀가 '외출'을 했다면 목적은 '공범'을 만나는 일이라고 생각되었다. 즉시 지령이 날아갔으나 그때 이미 이하라 교헤이의 모습도 사라졌던 것이다.

"이하라와 유키코가 서로 짜고 달아난 것일까?"

나스도 그저 놀랄 뿐이었다.

그것이 정말이라면 경찰의 중대한 실수가 된다.

"그들은 역시 공범이었군요."

야마지도 안색이 달라졌다.

경찰은 그들의 연기에 감쪽같이 속은 것이 된다. '길을 가다 스친 사람'을 가장하고 경찰을 방심하게 해놓고 참고인 단계에 있을 때 도주를 꾀한다. 체포영장이 아직 발부되지 않았으므로 긴급체포도 할 수 없다. 대체적으로 체포영장 청구의 가장 큰 요건은 도망과 증거인멸의 우려 때문이다. 그러나 참고인 단계에서 행방을 감춰 버려도 그것이 체포영장 발부의 요건이 되는 것은 아니다. 참고인의 신분을 구속할 수는 없다. 그들이 달아난 것을 체포한들 산책중인데 경찰이 지레짐작하고 쫓아왔다고 발뺌을 하면 그뿐이다. 뿐만 아니라 참고인에게 '달아난다.'는 개념이 없다. 그들은 처음부터 자유인인 것이다. 실질적으로 달아난다는 형태의 '이동'을 하고 있으면서도 경찰은 고작 뒤를 미행하는 정도밖에 할 수 없다. 나스 일동은 이를 갈며 분개했으나 지극히 대범한 참고인들을 수배하는 도리밖에 없었다.

3

이하라 교헤이와 고레나리 유키코가 행방을 감춘 채 시간이 흘렀고 그들의 소식은 어느 곳에서도 들어오지 않았다.

나스는 초조와 책임감으로 눈앞이 아찔했다. 마루노우치 서에 이하라 호텔의 메신저 보이가 나스 앞으로 된 한 통의 편지를 배달한 것은 두 사람이 사라지고 약 세 시간 후였다.

"사장님께서 이 편지를 나스 경감님께 전하도록 분부하셨습니다."라며 내놓았는데 나스는,

"어째서 더 빨리 가져오지 않았는가?" 하고 호통을 쳤다.

중학교를 갓 졸업한 듯한 어린 보이는 금방이라도 울 것 같은 표정을 지으며 배달하는 시간을 지정 받았기 때문이라고 대답했다. 시계를 보니 바로 그 시간이었다. 급사는 사장의 명령을 충실하게 이행했던 것이다.

나스는 편지를 뜯는 손도 초조한 듯 어설프게 편지를 펼쳤다.

―경감님께는 대단히 폐를 끼치게 된 것을 깊이 사과드립니다.

나는 며칠 전 주주총회에서 사장을 그만두게 되었습니다. 파면되었다고 하는 편이 정확할지도 모릅니다. 후임 사장은 누이동생의 남편인 기모토 에이스케로 결정되었습니다. 자세한 내막은 흥미가 없으리라고 생각되어 이 정도로 생략하겠습니다만 나는 지금 부친이 심혈을 기울

여 쌓아 올린 거대한 왕국이 순식간에 적에게 먹혀 들어가는 것을 보고 오히려 통쾌함을 느끼며 바라보고 있습니다. 나는 부친에게 도구 이외에 아무것도 아니었습니다.

유키코는 도구인 내가 자신의 의사로서 선택한 단 하나의 여자였습니다. 그 여자에게도 배신을 당한 나는 이미 아무것도 남지 않았습니다. 그녀에게도 나는 도구에 지나지 않았습니다. 그녀의 마음은 딴 남자에게 쏠려 있었습니다. 내게 주어진 그녀의 육체는 형태뿐이었습니다. 나라는 편리한 도구를 움직이기 위한 미끼에 지나지 않았습니다. 그러나 형태라도 미끼라도 좋습니다. 나는 유키코와 동행할 작정입니다. 내 자신의 부주의로 말미암아 이렇게 된 것이니만큼 뒤처리도 내 손으로 해결하고 싶습니다.

소렌센을 밀어 떨어뜨린 것은 나입니다. 죽일 생각은 없었습니다. 그 날 6시경, 위탁경영권 문제로 소렌센의 방에서 이야기를 하는 동안 그와 언쟁이 벌어졌습니다. 그때 그는 내가 가장 싫어하는 '2세'라는 말을 썼고, '2세는 잠자코 보기만 하면 된다.'라며 비웃었습니다.

나는 나도 모르게 그에게 덤벼들었습니다. 어릴 때부터 곧잘 씨름이나 유도를 했습니다만 상대는 거의 부친의 부하들의 아이들이었기 때문에 언제나 일부러 져 주었습니다. 그런데 소렌센은 맹렬히 반격해 왔습니다. 완력이 센 남자였습니다. 나는 삽시간에 창가에 있는 테이블로 밀려 얼굴을 몇 번 얻어맞았습니다. 그때 곁에 오자와가 있었습니다. 나는 부하가 있는 앞에서 외국인에게 무참하게 얻어맞은 것이 견딜 수가 없었습니다. 나는 어릴 때부터 그렇게 자라 왔습니다.

소렌센이 때리는 것을 멈추고 내게 등을 돌리고 창문 쪽으로 향한 순간 나는 뒤에서 힘껏 떠밀었습니다. 결과는 실로 무서운 일이었습니다. 창문이 열려 있었는데 그 높이는 허리보다 높아서 설마 떨어지리라고는 생각도 하지 않았습니다. 그런데 소렌센은 창가에서 아래쪽을 보는 것처럼 허리가 두 겹으로 접혀지더니 참으로 어이없이 떨어져 버렸습니다. 순간 나는 망연자실하여 무슨 일이 일어났는지도 몰랐습니다. 오자와 쪽이 빨리 냉정해졌습니다. 그는 아래쪽을 보고 소렌센이 떨어진 위치를 확인하더니 정신을 잃고 있는 나에게, "사장님, 정신을 차리십시오. 어떻게 해서라도 빠져나갈 수단을 생각해 보겠습니다." 하고 말했습니다.

그때의 오자와는 무어라 말할 수 없이 믿음직했고 구세주처럼 보였습니다. 그러나 과실이라고는 하나 사람을 죽인 책임은 어떻게든 피할 수 없다고 생각되었습니다. 동양 최대 규모의 호텔 사장이 개업 전야에 외국인 총지배인을 밀어 떨어뜨려서 죽였다고 하면 매스컴은 기뻐하며 떠들어대겠지요. 그와 같은 굴욕에 견딜 자신이 없었습니다. 소렌센의 뒤를 쫓아 나 자신도 뛰어내리고 싶었습니다.

그 동안 주위 상황을 냉철하게 관찰하던 오자와는, "다행히 소렌센이 떨어진 것을 아무도 눈치채지 못한 모양입니다. 6시 30분이 되면 벽면에 십자가가 점화되고 많은 사람의 눈을 끌게 되니 그때 소렌센이 떨어진 것처럼 연극을 합시다. 사장님께서는 모른 체하고 방을 나가십시오." 하고 말했습니다. "어떤 연극을 할 셈인가?" 하고 간신히 정신을 차린 내가 되묻자, "이 높이라면 아래에 적당한 완충장치를 해놓으면 충분히 뛰어내릴 수 있습니다. 십자가가 점화된 후 많은 사람들이 보는 데서 뛰어내리는 겁니다. 사람들은 당연히 그때 소렌센이 떨어졌다고 생각할 겁니다."라고 말했습니다. 과연 잘 될 것인지, 어떤 완충장치를 해놓을 것인지, 나는 반신반의했으나 그밖에는 이 궁지를 탈출할 방법이 없을 것 같았으므로 오자와의 권유에 따르기로 한 겁니다. 오자와는 점등 후 20분쯤 지나서 뛰어내릴 테니 내게 그 동안 알리바이를 만들도록 말했습니다. 나는 6시 30분부터 호텔 맞은편에 있는 빌딩 옥상에서 시작될 개업 전야의 축하연에 참석하게 되어 있었으니 거기에 있으면 알리바이는 성립되는 셈입니다.

내가 16층에서 빠져나온 것이 6시 20분경입니다. 스테이션에는 아무도 없었습니다. 축하연에 참석하고 많은 손님들에게 인사를 하면서도 걱정이 되어서 견딜 수가 없었습니다. 다행히 손님들은 내가 십자가

쪽에 정신을 빼앗기고 있다고 해석했습니다. 6시 50분경, 오자와는 16층에서 뛰어내렸습니다. 나중에 그의 말에 의하면 검수(檢收) 창고에 그의 심복 부하가 있어서 납품된 베드 소파를 완충장치로 사용했다는 겁니다. 소렌센이 떨어진 연못 부근에는 바리케이드가 쳐 있어 가까이 접근하지 않으면 안에 시체가 있는 것을 눈치채지 못한 다는 것이었습니다. 오자와는 학생시절에 등산을 자주 했고, 아르바이트로 여름철 등산의 인기 있는 상연물(上演物)인 암벽을 오르는 시범을 해서 높은 곳에서 내려오는 것은 자신이 있었던 모양입니다. 뿐만 아니라 오자와는 개업 전 긴급사태 발생을 대비하여 어른과 똑같은 무게와 크기의 인형을 아래층과 가운데층에서 떨어뜨리고 그 손상 상태로 완충의 관계를 실험한 담당자였습니다.

베이뷰 페이스의 16층(실제로는 15층의 천장에 해당)에서 지표인 지상 8층까지의 고도차는 약 26m, 체중 60kg의 오자와가 그곳에서 뛰어내리면 중력의 가속도에 의해서 지상에 도달할 때 낙하 속도는 매초당 22.57m, 15.280줄(에너지의 단위)에 달한다는 것입니다. 그리고 그 정도 충격이면 베드 소파를 두껍게 겹쳐 쌓아 놓으면 충분히 완충된다는 이야기였습니다. 이하라 호텔은 건물에 되도록 많은 방을 만들기 위한 설계 때문에 각 층의 간격이 좁습니다. 또한 동쪽은 지형상 지표가 높기 때문에 오자와는 완충에 따라서는 20층 부근에서라도 뛰어내릴 수 있다고 말한 것을 기억하고 있었습니다.

그는 경험과 뛰어난 운동신경으로 자신이 있었다고 생각합니다. 그는 소렌센이 떨어진 곳이 연못 속이며 혈액의 응고상태 등으로 정확한 추락시간 판정이 어려울 것이라는 것도 계산하고 있었던 모양입니다. 오자와가 누군가에게 떠밀려 떨어지는 것처럼 연기를 한 것은 타살이라는 것을 경찰당국에 암시하고 훗날 나를 협박하기 쉽도록 하기 위해서였습니다. 소렌센의 죽음이 단순한 사고로 처리되면 협박의 자료가 되지 않기 때문입니다. 망원경으로 본 사람이 있다지만 아래쪽에서 본 경우 실내는 사각(死角)이 됩니다. 창문에서 나올 때 필사적으로 저항하고 있는 것처럼 연기를 하면 아래쪽에서 올려다보는 사람으로서는 방안에 누군가 있다고 착각합니다. 목에다가 자신의 손을 대어도 먼 아래쪽에서는 누군가 목을 조르고 있는 것처럼 보이겠지요. 망원경으로 보았다고 해도 순간의 일이었으니 상대를 자세히 볼 수가 없었을 겁니다.

오자와는 배짱이 좋은 아주 나쁜 녀석이었습니다. 나에게 은혜를 베푼 후, 자신의 장래를 확보하고 나를 평생 협박하기 위해 목숨을 걸고 아슬아슬한 곡예를 연기했습니다. 그러나 어찌되었든 궁지에서 나를 구해 준 은인이었습니다. 나는 그의 어떠한 협박도 감수할 생각이었습니다. 그런데 어떤 요구를 할까 하고 내심 불안하게 생각하고 있는 나에게 그가 최초로 요구한 것은 아내였습니다.

나는 아야코를 조금도 사랑하지 않았습니다. 아야코도 똑같았습니다. 우리들은 부모의 사정으로 정략결혼을 한 겁니다. 기회만 있으면 이혼하고 싶다고 생각했습니다. 오자와의 요구는 참으로 나에겐 일석이조였습니다. 나는 그에게 기회를 만들어 줌과 동시에 장래 이혼의 증거로 하기 위해서 정사 현장을 녹음하도록 부탁했습니다. 다만 아내와의 관계는 나 이외에 누구에게도 알리지 않도록 명령했습니다. 내 의사로 한 일이기는 하지만 외관상 아내를 빼앗긴 '얼간이'가 된 나는 이혼을 공공연하게 할 때까지는 절대 비밀로 해두고 싶었던 겁니다.

오자와는 재밌어 하면서 내 부탁을 승낙했습니다. 애당초 그런 짓을 좋아하는 남자였습니다. 오자와와 나는 헤어지려야 헤어질 수 없는 인연으로 맺어졌습니다. 나의 생사를 쥔 남자였지만 내게는 매우 편리한 남자였습니다. 그는 단번에 많은 것을 요구하지 않았습니다. 사냥감을 단숨에 죽이는 어리석은 짓은 절대로 하지 않았습니다. 오래도록 살려 두고 살찌게 해서 그 맛있고 달콤한 즙을 조금씩 평생 빨아먹으려고 했습니다. 나도 그것을 감수할 생각이었습니다. 그만한 일은 당연하다고 생각했습니다. 그러기 때문에 오자와를 죽이려는 생각은 하지 않았습니다. 비서로서도 유능했고 내게는 필요한 남자이기도 했습니다.

나는 오자와를 죽이지 않았습니다. 소렌센의 죽음을 고백한 지금 거짓말을 할 필요는 없습니다. 그를 죽인 인간은 따로 있습니다. 경감님께 '로렐'의 일을 질문받고 저도 깨달았습니다. 그가 어째서 오자와를 살해했는지 모르지만 유키코와 정을 통하고 있는 것은 그 남자 이외에는 생각할 수 없습니다. 지금 생각하니 짐작 가는 점이 많았습니다.

나는 오랫동안 마음의 부담이었던 살인죄를 고백하니 홀가분합니다. 모처럼 만에 맛본 편안함을 갖고 내가 좋아하는 하늘로 날아갈 생각입니다. 그녀와 함께 말입니다. 그의 이름을 사용해서 불러냈더니 단숨에 달려왔습니다. 유키코의 형태만이라도 갖고 싶은 나는 그녀를 꼭 비행기에 태우겠습니다. 어디로 갈까? 연료를 가득 채우고 그것이 다할 때까지 날 생각입니다. 내가 좋아하는 다치하라 미치조의 시(詩)에 '사람은 모두 바다에 투신자살을 하지만, 나는 하늘에 몸을 던지고 싶다.'라는 구절이 있듯이 나도 하늘에 몸을 던질 생각입니다.

내 자신의 의사로 선택한 여자를 안고……. 이것은 너무나도 거대했던 내 부친에 대한 최소한의 반역이기도 합니다―.

편지를 읽던 중 나스는 일어서서, "아케오다!" 하고 외쳤으나 곧 힘없이 앉아 편지를 계속 읽었다. 지금 비행장으로 쫓아간들 몇 시간 전에 그곳을 날아간 비행기를 붙잡을 방법이 없기 때문이었다.

편지를 읽고 난 나스는 이하라의 자살을 깨닫고 경찰청을 통해서 항공자위대와 해상보안청, 항공국 등 관계기관에 수색을 의뢰했다.

때마침 적도전선에 발생한 태풍이 기세를 올리면서 본토로 접근해 와 기류 상태는 악화되고 있었다.

제19장 또 다른 공백

1

거의 같은 때, 이하라 넬슨 호텔의 신임 사장 기모토 에이스케는 요쓰야 서에서 출두요구를 받았다. 오자와 히데히로와 고레나리 도시코의 살해사건의 중요 참고인으로였다.

태풍이 다가오고 있는 음침한 날씨에 기모토는 출두했다.

마루노우치 서에서 나스 일행도 왔다. 요쓰야 서와 마루노우치 서는 형식적으로는 별개의 수사본부이지만 실질적으로는 이미 합동수사를 하고 있는 형편이었다. 본래라면 이바라기 서와 요쓰야 서가 합동해야 하는데 너무 떨어져 있었다.

편지로 이하라의 자백을 받아 소렌센 살해사건은 해결된 것 같았으나 어찌되었든 간에 범인이 자살하기 전에 체포하고 싶었다.

뿐만 아니라 오자와 살인사건과 관련이 없다면 완전한 해결이라고 할 수 없었다. 이 시점에서 소렌센 살해사건은 이하라의 자백만이 유일한 증거인 것이다.

이하라가 거짓말을 하고 있는지도 모른다. 하나의 살인을 공술해도 딴 범행을 감추려고 하는 것이 범인의 심리로서 그와 같은 사례도 많았다. 따라서 이하라의 오자와 살해 의혹은 여전히 없어지지 않았다.

기모토의 취조로 사건이 어떻게 전개될 것인지 전혀 예상할 수 없었다. 이바라기 서에서는 마쓰바라 경감과 나미토 형사가 출장 왔다.

요쓰야 서는 세 개의 수사본부가 합동하는 것과 같은 체계가 이루어졌다. 수사본부가 기모토에게 쏟는 시선은 몹시 엄격한 것이었다.

이하라·유키코의 배후에 떠오른 이 중요 참고인에게 세 개의 수사본부는 한결같이 '진범'임을 느끼고 있었다.

이와 같은 선입견을 품는 것은 '금기'되어 있으나 수사관의 육감에 호소하는 것이 있었던 모양이다.

그만한 증거도 있었다. 나스는 이하라에게서 기모토의 이름을 끌어냈다. 이하라는 '로렐'에 가기 전 기모토에게만 장소를 가르쳐 준 것이다. 기모토가 행선지를 물었기 때문에 무심코 가르쳐 주었다는 것이다. 그만이 19일 밤 이하라가 있는 장소를 알고 있었다.

기모토가 누군가에게 전하지 않는 한 유키코는 기모토에게 들었다고 밖에는 생각되지 않았다.

기모토와 유키코의 관계가 철저하게 조사되었다. 그리고 기모토가 '이글 비행클럽'의 회원이라는 사실을 알아낸 것이다.

수사진은 놀라는 한편 몹시 기뻤다. 조사에 의하면 그 역시 상당한 '비행기 광'으로서 비행시간 약 600시간으로 단독비행 자격증을 갖고 있는 것도 알았다.

이하라와 유키코의 관계가 처음 떠올랐기 때문에 기모토는 그 배후로 숨겨졌던 것이다. 유키코와는 '비행클럽'에 있을 때부터 사귀어 왔던 모양인데, 그는 이하라와 달리 수수했으므로 그다지 눈에 띄지 않았던 모양이다. '비행클럽'의 명단에 없었던 것도 은폐를 도와주었다. 유키코가 이하라와 같은 클럽에 소속했던 사실을 감추려고 한 것은 기모토의 존재를 숨기고 싶었기 때문이었으리라.

탐문수사라는 질문에 대해 대답을 해주지만 묻지도 않는 말까지 해주는 일은 좀처럼 없다. 그리고 처음부터 기모토가 같은 클럽에 있으리라고는 생각하지 않았던 형사는 이하라와 유키코의 관계에다만 초점을 맞추고 있었으므로 기모토는 수사망에서 제외되었다.

그러나 지금 새삼스럽게 포인트를 맞춰서 조사해 보니 유키코를 비행클럽에 소개한 사람이 바로 기모토였다는 것을 알았다.

뿐만 아니라 기모토의 생가가 유키코의 친정 부근이며 두 사람은 오래 전부터 아는 사이라는 것도 알았다. 유키코는 결혼 전 기모토와 두 사람만의 여행을 몇 번인가 한 사실도 있었다.

기모토의 부친이 전(前) 기모토 호텔의 경영자였고 이하라 도메기치에 의해 호텔을 빼앗긴 것을 고민하다 결국 자살한 기모토 마사스케였다는 것을 알아낸 수사진은 이번 일이 기모토 에이스케의 복수인가 했다. 요컨대 복수를 위해서 이하라 도메기치의 아들인 교헤이에게 살인죄를 씌웠다는 것이다.

그러나 그 때문에 오자와를 죽인다는 것은 이상하다는 의견이 나왔다. 교헤이를 죽인다면 몰라도 그에게 죄를 씌우기 위해 오자와를 살해했다는 것은 아무래도 감이 좀 먼 것 같았다.

"그렇기는 하나, 단순히 본인을 죽이는 것보다 살인죄로 몰아, 사회적 지위를 박탈하고 오명을 씌워 오랫동안 괴롭히는 것이 복수의 목적을 이루는 것은 아닐까?"

이 같은 반박이 있어 수사진의 의견은 통일되지 않았다.

여하튼 4월 19일 밤 기모토의 알리바이가 추궁되었다. 취조에 임한 것은 요쓰야 서의 오카와와 마루노우치 서의 야마지였다. 이하라의 뒤를 이어 사장 자리에 앉게 된 기모토에게는 벌써 그에 알맞은 관록과 자신이 느껴졌다. 그것이 그대로 수사진에 맞서는 자신감으로도 해석되었다. 그의 태도는 처음부터 침착하고 냉정했다.

먼저 입을 연 것은 오카와였다. 그는 부드러운 어조로 기모토의 협력(출두요구에 응해 준 일)에 대해서 고마움을 표시하고 어떤 사건의 참고를 위해 필요하기 때문이라고 말하고, 단도직입적으로 4월 19일 밤의 알리바이를 물었다. '어떤 사건'이라고 한 것만으로 상대에게는 충분히 납득이 갈 것이다. 이미 소렌센과 오자와의 살해사건으로 호텔 관계자들은 경찰의 취조에 꽤 익숙해져 있었다.

기모토는 머뭇거리는 기색도 없이 호주머니에서 수첩을 꺼내 잠시 동안 넘기더니, "4월 19일은 9시 20분경에 퇴근해 곧장 집으로 돌아갔습니다." 하고 대답했다.

그의 집은 세이부 선의 노가다에 있었고 아내와 두 아이들과 함께 살고 있는 것은 이미 조사되었다.

"미안하지만 그날 밤부터 다음 날 아침까지 일을 자세히 얘기해 주시지 않겠습니까?"

"'자세히'라고 해도 별로······. 집에 가서 잤습니다."

"다음 날 아침, 즉 20일 아침에는?"

"물론 회사에 나갔습니다. 일요일이 아니었으니까요. 하긴 호텔은 일요일, 휴일과는 관계없습니다만."

"출근한 것은 9시경입니까?"

오카와의 추궁은 직선적이었다.

"그렇습니다. 어쩐지 내가 오자와 군을 살해한 것으로 의심받고 있는 것 같군요."

기모토는 비꼬는 듯한 웃음을 띠었다.

그는 '어떤 사건'이 오자와 살해사건을 가리키는 것을 명확히 자인한 것이다. 이것은 수사진에 대한 일종의 도전이기도 했다.

오카와는 시선을 기모토에게 고정시킨 채 대답을 재촉했다. 굳이 부정도 긍정도 하지 않는 점에서 본부 쪽의 강한 자세가 엿보였다.

"아, 그렇군. 출근하기 전에 요즈음 손을 대고 있는 새벽 골프를 했습니다."

기모토는 갑자기 생각났다는 듯이 말했다.

"새벽 골프?"

오카와와 야마지는 서로의 얼굴을 마주 보았다.

"오전 6시경, 네리마에 있는 N골프장에 가서 하프를 돌고 왔습니다. 그곳은 딴 곳보다는 한 시간쯤 일찍 열어서 출근 전에 하프를 돌 수 있습니다."

"그럼 6시에 골프장에 가셨습니까?"

"그렇습니다. 새벽에는 캐디가 없지만 회사의 오하라 군이 함께 갔으니 그에게 물어 보시면 압니다."

"오하라 씨라니요?"

"총무과장입니다만 집이 같은 방향이라서 함께 시작했습니다. 아침에는 한가하니 둘이서도 돌 수 있지요."

"그럼, 골프장에 가기 전에 오하라 씨를 만난 셈이군요."
"그렇습니다. 5시 30분쯤 그의 집으로 데리러 갔습니다."
그렇다면 기모토의 공백은 또한 30분이 더 단축된다고 오카와는 생각했다. 오하라가 아니어도 골프장에 기록이 남아 있을 테니 이 증언은 믿을 수 있을 것이다. 문제는 9시부터 다음 날 새벽 5시 30분까지 약 여덟 시간의 공백이다.
"그럼, 퇴근 후 오하라 씨를 만날 때까지 줄곧 댁에 계셨습니까?"
"그렇습니다. 9시가 지날 때까지 회사에서 일하고 다음 날 새벽에는 골프장에 갔으니 그 동안은 집에 있어야지요."
기모토는 웃었다. 형사들의 눈에는 그것이 조소처럼 비쳐졌다. 틀림없이 그랬던 것이다. 그러나 고레나리 유키코와 깊은 관련이 있을 뿐만 아니라 그녀의 남편과 오자와가 살해된 당일 밤의 공백은 절대로 무시할 수 없다.
"그날 밤 자택에 계셨다는 것을 증명할 수 있습니까?"
"자기 집에서 자는데 증명이 필요한가요."
"가족은?"
가족에 의한 알리바이는 신빙성이 약하지만 없는 것보다는 나았다.
"그 며칠 전에 집사람이 아이들을 데리고 친정으로 갔기 때문에 혼자였습니다. 식사는 호텔에서 해결해 별로 불편하지 않았습니다."
"전화라든가 방문객은 없었습니까?"
"없었습니다."
기모토는 단호한 태도로 말했다.
"부인께서 친정으로 가신 것은 특별한 용무가 있어서입니까?"
"아니오, 용건은 없었습니다만. 전부터 장모님께서 손주를 데리고 놀러 오라고 해서요."
대충 그럴 듯한 구실이기는 했으나 부자연스러움이 느껴졌다. 그러나 친정에 가서는 안 된다는 법도 없다.
여하튼 기모토는 밤 9시가 지나서 퇴근한 후, 다음 날 아침 5시경

오하라를 만날 때까지 여덟 시간은 완전히 공백 속에 있는 셈이다.

여덟 시간이면 도메이의 중간지점까지는 왕복할 수 있다. 나스의 '시체 교환설'이 나오기 전이라면 여덟 시간은 절대적인 알리바이가 될 뻔했는데 지금은 통하지 않는다.

오카와와 야마지는 다시 한 번 눈짓을 교환했다. 드디어 으뜸패를 내밀 때가 온 모양이다.

야마지가 문득 대수롭지 않는 어조로,

"고레나리 유키코 씨를 아시지요?"

"옛?"

느닷없이 다른 형사에게 질문을 받고 기모토는 허점을 찔린 듯한 소리를 냈다. 취조관이 도중에 바뀌는 일은 별로 없다.

"집도 가까웠고, 같은 '비행클럽'의 회원이기도 했고, 단 둘이서 몇 번인가 여행도 하셨지요. 상당히 친한 사이로 보아도 되겠군요."

단정하듯이 말하는 야마지에게 기모토는 좋을 대로 해석하라는 태도로 잠자코 있었다. 이런 경우 침묵은 긍정인 것이다.

유키코의 남편이 살해된 것을 기모토는 당연히 알고 있다. 피해자의 아내와 관계가 있다는 것을 추궁하는 형사에게 침묵을 지키는 것은 불리한 추정을 받아도 어쩔 수 없다는 각오였다.

"4월 19일 밤 9시경, 당신은 이하라 교헤이 씨가 긴자의 바 '로렐'에 있는 것을 알고 있었지요?"

기모토의 눈이 움직였다.

"어떻게 알았습니까?"

"꽤 오래된 일이라서 잘 기억나지 않습니다만, 아마 전(前) 사장에게 들었다고 생각합니다."

"9시 조금 전 고레나리 유키코로부터 '로렐'에 있는 이하라 씨에게 전화가 걸려 왔습니다."

이미 유키코를 존대하지 않고 이름을 부르는 야마지에게는 그만한 자신감과 박력이 느껴졌다.

기모토의 냉정하던 눈에 겁에 질린 듯한 것이 스쳐 갔다.
"그런데 이하라 씨는 그날 밤 소재를 당신에게만 가르쳐 줬다고 하더군요."
"그, 그런 엉터리 같은!"
처음으로 기모토의 표정이 심하게 흔들렸다.
출두 요구가 있었을 때 알리바이나 유키코와의 관계를 추궁당하는 것을 이미 각오를 하고 방비대책을 세워 두었을 것이다.
그러나 야마지의 질문은 '기습'이었던 모양이다.
"당신에게만 알려 준 이하라 씨의 행방을 어째서 고레나리 유키코가 알았습니까?"
"그, 그것은……."
순간 기모토는 답변이 막히고 혀가 굳어 버렸다.
"당신이 유키코에게 가르쳐 주었지요."
"아, 아니오. 이하라 사장이 오해하고 있는 겁니다."
"그렇게 말씀하실 줄 알고 몇 번이나 이하라 씨에게 확인했습니다. 절대로 당신 이외에는 말하지 않았다는 겁니다."
"그런 건 믿을 수 없지 않습니까, 인간의 기억은 신용할 수 없는 겁니다. 어쩌면 나 말고 딴 사람에게도 얘기했는지도 모르지요."
"그건 누구입니까?"
"이젠 잊어버렸습니다. 대체로 사장의 소재는 모든 사람이 알고 있는 겁니다. 실제로 내가 오늘 여기 와 있는 것도 많은 사원들이 알고 있습니다. 언제 어떤 상황이 발생할지 모르니까요. 이하라 사장도 누구에게 말했는지 잊어버렸을 겁니다."
기모토는 완전히 원래 상태로 되돌아가 있었다.
그에게 이 같은 해명을 듣고 그 이상 밀고 나갈 수는 없었다. 그러나 야마지도 처음부터 기모토가 이렇게 나올 것은 예측하고 있었다.
그렇기 때문에 오카와에게 인계 받고 갑자기 허점을 찔렀던 것이다. 기모토는 충분한 반응을 보였다.

그런 뜻으로 '으뜸패'는 충분히 그 역할을 했다고 할 만하다.
그 날 기모토의 취조는 거기서 끝났다.
자백까지는 아직 멀었으나 그런 대로 수확은 있었다.
요컨대,
1) 4월 19일 밤 약 여덟 시간의 공백이 있었다.
2) 유키코와의 관계를 암묵적으로 인정했다.
3) '로렐'의 건에 반응을 보였다.
이 세 가지 점이다.

2
같은 무렵, 사이타마 현 아케오에 있는 이하라 교헤이의 사설비행장으로 달려간 요코와타리와 하야시는 부근의 주민으로부터 세 시간쯤 전에 세스나 기가 이륙했다는 것을 들었다.

비행장이라고 해도 땅을 600m쯤 다져 놓은 것뿐이다. 격납고도 임시로 세운 판자 건물이었고, 정비사나 관리인이 있는 것도 아니었다.

"끝장이군."

요코와타리와 하야시는 멍하니 서서 스산한 하늘을 우러러보았다.

이하라의 소식을 전혀 알 수 없는 한편, 기모토의 공술은 즉시 조사되었다. 뒷받침으로 가장 중요한 것은 1)의 기모토의 여덟 시간의 공백이었다. 우선 호텔과 골프장이 조사되었고, 기모토가 틀림없이 4월 19일 밤 9시 20분경에 퇴근했고, 다음 날 아침 6시에는 골프장에 나타난 것을 알았다.

다음은 총무과장인 오하라가 심문을 받았다. 오하라는 노력해서 직위를 쌓은 샐러리맨에게 흔히 볼 수 있는 매우 소심하고 조심스러운 자기보호와 규칙밖에 모르는 남자였다. 그는 기모토의 새벽 골프가 4월 20일 아침에 갑자기 시작된 것이 아니라 한 달쯤 전부터 계속되었던 것을 증명했다.

"전처럼 자주는 아닙니다만 지금도 전무 아니, 사장님은 새벽 골프에 가끔 나가시는 모양입니다. 건강에 좋다며 사장님께서 권해 주셔서 저도 함께 시작했습니다만 밤늦은 영업이므로 도저히 사장님처럼 자주 갈 수는 없습니다. 그래서 저는 일찍 탈락해 버렸습니다."

"당신은 자주 기모토 사장과 동행하셨습니까?"

"예, 실은 별로 내키진 않았으나 사장님과 집이 가까웠기 때문에 권하시면 자연히……."

사정청취를 담당한 야마지 형사는 샐러리맨은 괴롭구나 하고 생각했다. 상사로부터 권유를 받으면 새벽부터 졸리는 눈을 비비며 하고 싶지도 않은 골프를 해야만 하니 말이다.

그러나 수사진은 기모토가 한 달 전부터 골프를 시작한 것은 그날 밤 알리바이를 추궁당할 경우, 부자연스러움을 모면하기 위한 수단이라고 보았다. 이하라는 그 같은 수단을 전혀 사용하지 않았기 때문에 '새벽 볼링'이 부자연스럽게 보였던 것이다. 또한 그 부자연스러움을 강조하기 위해 유키코는 이하라를 불러냈던 것이다.

그러나 이하라를 수사한 후 그를 추궁하는 것이기 때문에 별로 효과가 없었다. 여기서 수사진은 커다란 암초에 걸렸다. 여덟 시간의 공백에 기모토가 유키코와 접촉하기 위해서는 자동차를 운전할 줄 알아야만 했다.

그는 분명히 운전면허를 가지고 있었으나 가벼운 인사사고를 일으켰기 때문에 금년 4월 10일부터 한 달간 면허정지를 받았던 것이다. 정확한 스케줄에 따라 행동하지 않으면 성립되지 않는 범행에 면허정지를 받은 인간이 시체를 실은 자동차를 운전하며 500km 이상을 왕복했다고는 생각되지 않는다.

이하라의 경우 왕복이 불가능한 시간이 바리케이드가 된 것과 같이 기모토를 지켜 주고 있었다.

제20장 살인경로

1

이하라의 비행기는 드디어 소식이 끊어졌다.
오키나와 동쪽 해상에서 진로를 북동으로 돌린 태풍이 점차 빠른 속도로 본토에 접근하고 있었다.
기상청의 관측에 의하면 중심기압 960밀리바, 중심에서 반경 300km 이내가 폭풍지역이 되어 있고, 긴키, 시코쿠 방면으로 지나갈 예정이었다. 큐슈 남쪽 해상의 훈훈한 수중기를 듬뿍 머금은 이 태풍은 대형이며 강한 비구름을 달고 있었다.
코스로도 최악의 것이어서 진로에 해당하는 지역에는 건물마다 폭풍우, 홍수, 풍랑경보가 발부되었다.
일본항공 및 기타의 항공회사는 국내선의 운항을 취소하고 하네다, 이타미 등에 착륙 예정인 국제선도 대체공항으로 가게 했다.
이하라 기는 시시각각 기상상태가 악화되는 가운데 소식을 끊은 채 끝내는 연료도 떨어졌다. 이미 조난은 확실했지만 관계기관은 기상의 극단적인 악화 때문에 하늘에서의 수색 활동을 할 수 없었다.
이하라 기의 행방은 불확실에서 경계로, 경계에서 절망의 단계로 악화되는 속에서 7월 29일 오후 요쓰야 서에서는 '합동수사회의'가 열렸다. 세 개의 본부는 아직 정식으로 합쳐지지 않았지만 회의에는 다른 본부에서도 참석했기 때문에 실질적으로 합동회의라고 해도 된다.
회의에서 첫 발언을 한 것은 요쓰야 서의 이시하라 경감이었다.
"시체 교환설은 유키코와 이하라 사이에서 생각된 일이었는데 그것이 그대로 기모토에게도 들어맞을까?" 하는 의문이 다시 한 번 제기되었다.
이에 대해서 마루노우치 서의 나스 경감은, "유키코와 기모토의 연

관성으로 보아서 이하라 이상으로 가능성이 강하다."고 주장하고 그것을 보강하는 상황으로,

1) 기모토는 19일 밤 9시 이후 도쿄에 있었다.(호텔에서는 퇴근했다)

2) 오자와의 시체가 이바라기에서 발견될 무렵 기모토는 네리마의 골프장에 있었다.

3) 고레나리의 시체가 신주쿠의 맨션에 운반된 것은 같은 날 새벽 4시부터 7시 사이였다.

4) 유키코는 19일 저녁 8시 아시야의 자택에 있었다.(친구의 전화를 받았다)

5) 유키코는 다음 20일 오전 8시에 자택에 있었다.(친구의 전화를 받았다)

6) 5)의 전화는 유키코의 부탁으로 친구가 건 것이다.

7) 오자와는 19일 오후 5시 도쿄에 있었다.(호텔에서 퇴근했다)

8) 고레나리는 19일 오후 5시 55분경 오사카에 있었다.(일본공항 국내선 321기편으로 오사카 공항 도착)

이상 여덟 항목을 들고 각각 오사카, 도쿄에 있던 두 사람의 피해자를 하룻밤 동안에 시체로 만든 다음 장소를 바꿔 놓았을 뿐만 아니라 용의자로 의심받는 사람이 그 장소에서 움직이지 않는다는 것은 '시체교환' 이외에는 불가능하다고 결론지었다.

나스의 발언은 구체적인 데이터가 있는 만큼 설득력이 있었고, 다수의 의견이 나스설에 기울어졌다.

"그러나 기모토와 유키코가 공모했다고 해도 기모토가 어떻게 토요바시까지 갔을까요? 설마 면허정지의 상태로 차에 시체를 싣고 움직였다고는……."

하야시 형사가 당연한 의문을 제시했다. 이하라의 공백 시간과 거의 같으므로 교환지점은 역시 토요바시 부근으로 생각되었던 것이다.

"아무리 생각해도 정밀을 요하는 계획범죄에 왕복 500km의 '면허정지 운전'을 했다고는 생각되지 않습니다만."

"그렇다면 역시 비행기였을까?"

이바라기 서에서 온 마쓰바라 경감이 눈을 치켜 올렸다.

기모토도 단독비행 자격증을 가지고 있었던 것이다.

"누구의 비행기를 씁니까?"

이시하라 경감이 물었다.

"아마도 이하라의 세스나 기로 무단 비행한 것이 아닐까요? 같은 비행클럽에 소속되었고 또 같은 회사에 있으니 아케오의 이착륙장을 알고 있었을 겁니다."

"그렇다고 해도 도쿄에서 아케오까지는 차를 쓰지 않으면 안 되겠지요."

"글쎄, 그 점입니다. 도쿄에서 토요바시까지 왕복과 아케오까지 거리를 비교해 본 것이 아닐까요. 어느 쪽도 위험은 있지만 거리상으로 보면 비교가 되지 않습니다."

마쓰바라는 오사카에서 왔는데도 불구하고 도쿄에서 토요바시까지 왕복과 아케오까지 거리를 조사했던 모양이었다. 틀림없이 도쿄 IC에서 토요바시 IC까지 편도 269km와 도쿄 역에서 아케오까지 38.5km의 거리를 비교하면 도중 검문 등에 걸리는 위험성은 아케오 쪽이 훨씬 적다고 보아도 된다. 경감끼리 토론을 하는 형세이므로 다른 수사관의 발언은 잠시 중단되었다.

"그러나 비행기를 이용한다고 해도 도대체 어디에 내립니까?"

잠시 후 마쓰바라에게 물은 건 가사이 형사였다. 마루노우치 서의 수사로 착륙 가능성은 이미 부정되고 있었다.

"유감스럽지만 그건 나도 모릅니다. 다만 여덟 시간으로는 아케오까지 왕복과 범행 시간을 제하면 역시 도쿄~오사카의 중간지점 부근까지밖에는 날 수 없다고 생각합니다."

마쓰바라는 부드러운 어조로 말했다. 설마 비행기 위에서 살인을 할 수는 없을 것이다. 게다가 오자와의 사망 추정시간에서 생각해 보아도 도쿄 혹은 그 주변에서 살해된 것이 분명하다. 살해 후 시체를 비행기에 싣고 날았다면 비행에 사용되는 시간은 4, 5시간밖에는 남지 않는 것이 된다.

결국 세스나 기로는 오사카까지 왕복할 수 없다. 앞서 조사했을 때 풍속에 따라서 다소 달라지지만 세스나 172기로 초후에서 야오까지는 가는 데 3시간 30분, 돌아오는 데 2시간 30분 정도라고 했다.

자동차가 부정되었고 또다시 비행기가 생각되었지만 시체 교환설은 변함없이 매력 있는 가설이라고 할 수 있었다.

그러나 하나의 가설을 위해서는 도쿄~오사카의 중간 어딘가에 심야착륙을 하지 않으면 안 된다. 과연 그런 장소가 있는가? 또한 어딘가 안성맞춤의 공지를 발견했다고 한들 착륙용 등화는 어떻게 하는가? 간신히 기모토라는 매우 의심스러운 인물을 찾아냈지만 그것을 가로막는 수많은 난점을 돌파할 수가 없었다.

결국 그 날 회의에서는,

1) 기모토의 4월 19일의 비행기록.
2) 세스나 172기 이외의 고성능 비행기를 이용할 가능성.
3) 도쿄~오사카간 비행장 및 착륙 가능한 공터 등에서 기모토의 이착륙 기록.
4) 4월 19일 밤 이착륙에 관해 아케오의 이착륙장 주변의 탐문수사.
5) '면허정지 운전'을 했다고 생각하고 도요카와 주변 수사.
6) 이하라와 유키코의 행방추궁.
7) 신주쿠 스카이 하우스 112호실의 밀실 해명.

이상 7개 항목을 앞으로의 수사방침으로 확정했다.

출석자의 수에 비해서 발언이 적은 회의였다.

2

요코와타리와 하야시는 재차 초후 비행장으로 갔다. 가이 반도로부터 상륙한 태풍이 중부 산악을 따라 본토를 종단하고 일단 동해로 빠져나간 후, 또다시 동북지방을 횡단하고 북태평양으로 나갔다.
　최악의 코스를 통과했기 때문에 각지에 잇따른 홍수와 벼랑이 무너지고 도로와 철로가 차단되었다.
　태풍이 지나간 후에도 추림전선(秋霖前線 : 가을장마)을 자극했기 때문에 계속 비가 내렸다. 일본에서 가장 변화하다고 하는 초후의 하늘도 비구름에 덮여 있었다.
　"이젠 살아 있지 않을 것이다."
　그 어두운 하늘을 우러러보며 하야시가 중얼거렸다.
　이하라와 유키코의 일이었다.
　'하늘에 투신하겠다.'는 말을 남겨 두고 좋아하는 여자를 납치해 하늘 속으로 사라진 남자는 지금 어디에 있을까?
　몇 십 년 만에 온 대형 태풍에 휩쓸려 모기잠자리 같은 세스나 기는 잠시도 지탱하지 못했으리라.
　벌써 소식을 끊은 지 수십 시간이 경과되었는데도 여태껏 행방을 알 수 없다는 현실은, 물질적으로 충족했던 엘리트의 말로가 형사들에게 동정심을 불러일으켰다.
　그로 하여금 '하늘에 몸을 던지게'까지 몰아세운 것도 결국은 부친이 남겨준 거대한 왕국의 부담감 때문이었다. 이하라는 그 무거움에 짓눌렸던 것이다.
　초후 비행장은 그 면적 71만 9천m 중 94%를 미군에게 빼앗기고 있다. 배후에 펼쳐진 거대한 비행장과 대조적으로 좁은 일본 측 구역 내에 초후을 정치장(定置場)으로 하는 각 항공사나 클럽의 관계소 및 사무소 등이 무질서하게 늘어서 있다.
　자갈밭보다 약간 나을 정도인 활주로, 잡초가 무성히 자란 주기장, 노동자들의 합숙소 같은 각 항공사의 가건물, 이곳을 주기장으로 등록하고 있는 기체는 150기, 착륙허가를 받고 사용을 인정하는 것이 200기, 그들이 날개 끝을 맞대고 좁은 주기장에 웅성대고 있는 형상은 장관이라기보다는 참으로 일본의 과밀도를 상징하고 있는 것 같아서 참혹했다.
 그러나 '가건물'의 한복판에 있는 '이글 비행클럽'의 사무실은 클럽의 실력과 전통을 나타내듯이 비교적 훌륭했다.
 클럽 사무실에는 수명의 교관과 사무관이 하릴없이 한가롭게 있었다. 휴일에는 바빠서 정신을 못 차리는 그들도 이런 날씨에는 훈련생이 오지 않으므로 원망스러운 듯 하늘을 보고 있을 뿐이다.
 미리 전화를 해두었기 때문에 낯익은 고모리 이사와 나가이 교관이 두 형사를 기다리고 있었다.
 "아직 이하라 씨의 행방은 모르신다지요. 이젠 가망이 없겠군요. 좋은 회원을 잃었습니다. 그분 같은 베테랑이 어째서 그런 무모한 비행을 했는지 모르겠습니다."
 형사들의 얼굴을 보더니 고모리는 어두운 표정을 지었다.
 그리고 날씨가 좋으면 클럽 회원들도 수색에 협력하고 싶지만 이 상태로는 어떻게 할 수 없다고 혼잣말처럼 중얼거렸다.
 "잠깐, 또 다른 비행기 건으로 물어 볼 말씀이 있어서요."
 요코와타리와 하야시는 나가이 쪽으로 몸을 돌렸다.
 "도쿄와 오사카 사이에 아무도 몰래 야간착륙을 할 수 있는 비행장이나 공터는 없습니까?"
 그런 것은 없다는 대답을 각오하고 요코와타리는 일단 물어 보았다.
 "글쎄요. 아, 미호의 솔밭과 도요카와에 있습니다."
 그런데 나가이는 참으로 담백하게 대답했다.
 오히려 질문한 형사 쪽이 깜짝 놀랐다.
 "저, 정말입니까?"
 저도 모르게 혀가 굳었다. 더구나 도요카와는 시체 교환지점으로 가장 가능성이 많다고 생각되고 있는 곳이다.
 "미호는 일본 비행연맹이, 그리고 도요카와는 아마 자위대가 관리하고 있을 겁니다만 아무도 없습니다. 누구에게 알리지 않고 내릴 생각이라면 내릴 수 있을 겁니다."

"거긴 어떤 비행장입니까?"

"비행장이라고 할 만한 곳은 아닙니다. 특히 도요카와에 있는 것은 전에 군에서 폭격기의 기지로 사용한 곳으로 현재는 사용하지 않아서 상당히 황폐해 있습니다. 그러나 충분히 내릴 수 있습니다."

"그러나 야간엔 어렵겠지요?"

"밤에도 날씨가 좋으면 염려 없습니다."

"착륙용 조명이 없어도 그렇게 할 수 있습니까?"

"등화는 회전전등 하나만 있으면 됩니다. 우선 비행장의 소재를 표시하기 위해서 비행기가 다가오는 시간에 강하게 휘둘러 달라고 부탁하고, 진입시 활주로의 종단에 등을 놔두면 다음에는 비행기에 붙어 있는 착륙등이라는 자동차의 헤드라이트 등으로 충분히 내릴 수 있습니다."

나가이는 아무렇지도 않은 듯이 말했다.

수사진을 방해하고 있었던 커다란 난점이 이와 같이 참으로 간단하게 해결되어 버렸다.

"그……, 도요카와의 비행장 주변에 집이 있습니까?"

"집은 고사하고 바다에 가까운 섬 같은 곳입니다. 아마 낮에도 사람은 별로 가까이 가지 않을 겁니다. 들에는 냉이만 돋아 있고 아무것도 없습니다."

"이하라…… 씨의 아케오 이착륙장에서, 도요카와까지 세스나 기로 얼마나 걸릴까요?"

"날 때의 풍속에 따르겠지만 언제쯤 일입니까?"

"금년 4월 19일 밤입니다."

"컴퓨터로 계산해 보지요. 잠깐 기다려 주십시오."

나가이는 가볍게 일어섰다. 기다릴 겨를도 없이 되돌아와서,

"아케오에서 도요카와로 비행할 경우 먼저 에노시마로 나와 아타미에서 이즈 반도의 하단을 횡단하고 해안선을 따라갑니다. 소형기의 경우, 산은 피할 수 있으니까요. 그렇다면 도쿄에서 도요카와까지 거리

는 170마일, 4월 19일 밤은 쾌청했고 30노트의 역풍이었으니, 순항이며 가는 데 1시간 21분, 돌아오는 데 1시간 26분, 왕복 3시간 47분입니다."

요코와타리와 하야시는 흥분으로 등골이 오싹오싹해졌다.

비행에 3시간 47분이라면 아케오까지 왕복 범행, 시체의 교환 등의 시간을 가산하면 그대로 기모토의 8시간 공백에 맞아떨어지는 것이다.

미호의 솔밭이라면 오사카에서 오는 유키코의 부담이 늘어나고 날이 밝기 전에 이바라기에 시체를 버리고 오전 8시까지 아시야의 자택으로 돌아가는 것이 곤란해진다.

―아마도 도요카와가 틀림없다.

형사들은 자신을 가졌다.

"마쓰모토 나카노 부근에 그처럼 사람이 없는 비행장은 없습니까? 도쿄~오사카간이니 내륙지방에서 교환할 가능성도 있소."

"없습니다. 게다가 그쪽은 산이 높아서 경비행기로는 어렵습니다."

나가이는 단호하게 대답했다.

설사 '무인 비행장'이 있다고 해도 오사카에는 고속도로가 없다. 모든 가능성이 도요카와를 가리키고 있었다.

두 형사는 '이글 비행클럽'에서 돌아오는 도중 전문분야에 대한 탐문수사의 어려움을 깨달았다. 전문가는 물어 보는 일에는 대답해 주지만 묻지도 않는 것까지 '이런 일도 있다'라고 가르쳐 주지 않는다.

그러나 질문하는 쪽은 아마추어이므로 질문해야 할 요점을 잘 모른다. 그래서 관련된 질문을 빼놓게 되는 경우가 많다.

착륙지와 착륙등에 대한 문제는 꽤 오래 전부터 제시되었는데도 시간의 벽을 비행기에 의해서도 무너뜨릴 수 없었다.(시체 교환의 트릭을 깨닫지 못했다) 그 때문에 흐지부지되어 버렸다.

전날 초후로 탐색하러 갔을 때 질문했다면 사건은 더 빨리 풀렸을 것이다.

한편 본부에서는 아케오 비행장의 부지가 원래는 기모토 부친의 사유지로 호텔을 빼앗길 때 함께 이하라 도메기치에게 넘어간 사실을 알아냈다. 기모토는 비행장 지리에 밝았던 것이다. 그의 혐의점이 한결 짙어졌다.

　남은 하나의 문제는 그가 어떻게 해서 신주쿠 맨션의 밀실을 만들었는가 하는 문제였다. 이것이 최후인, 그리고 최대의 문제로 수사진의 앞을 가로막고 있었다.

제21장 분리된 밀실

요쯔야 서의 시모타 형사는 사이타마 현의 W시에서 살고 있었다. 경찰관은 근무하고 있는 도나 부, 현에서 사는 것이 원칙으로 되어 있으나 그는 W시 태생이었고, 아직 양친과 함께 살고 있으므로 예외로 인정받고 있었다.

국철 하나로 도심까지 올 수 있으므로 거리감에 비해 통근 소요시간은 그다지 걸리지 않았다. 세타카야나 도내의 변두리보다는 훨씬 빨리 올 수 있었다.

다만 역에서 집으로 가는 동안 기다란 대피선(待避線)이 있어서 화물열차가 대기하기라도 하면 장시간에 걸쳐 건널목을 점령한다.

어찌된 셈인지 과선교(跨線橋 : 철도선을 건너기 위해 그 위에 가설한 다리 - 역자 주)가 없어서 그 동안 건널목 이용자는 조급한 마음으로 기다리게 된다. 이 건널목 덕분에 지각을 하게 되는 일도 적지 않았다. 이런 식으로 계속되면 모처럼 '예외'도 취소될 우려가 있었다.

건널목 이용자가 여러 번 국철 당국에 건의를 했으나 아직껏 선처되지 않았다. 이 고장사람들은 이 건널목을 마(魔)의 건널목이 아닌 '느림뱅이 건널목'이라고 부르고 있었다.

도로 소통을 방해하는 건널목에 대한 분개만은 아니었다. "선처하겠다, 선처하겠다."라고 말할 뿐 도무지 구체적인 대책을 세우지 않는 국철에 대한 비꼼도 포함되어 있었다.

살인사건 수사가 한 달 안에 해결이 되지 않을 때에는 대체적으로 장기전이 된다. 하루 종일 발이 닳도록 나다니고 밤에는 수사회의로 늦는다. 막상 집으로 가려고 할 때 시모타 형사는 예의 '느림뱅이 건널목'을 생각하면 어쩐지 가는 일이 귀찮아져 본부에서 숙박하는 일이 많았다.

그러나 그 날 시모타는 집으로 돌아갔다. 형사도 때로는 자신의 집에서 자고 싶어진다. 퇴근 시간의 혼잡함이 지났고, 차내는 150% 정도의 승차효율이었다. 보통 월급쟁이라면 퇴근 후 가볍게 한 잔 들이키고 갈 시간인데 시모타로서는 드물게 빠른 귀가이었다.

그는 손잡이에 매달려 한 가지 일에 사고력을 집중시키고 있었다. 언제나 생각은 예의 밀실에 집중되었다. 마루노우치 서 덕택으로 기모토를 지탱하고 있던 알리바이 최후의 문제는 돌파했지만 여전히 밀실의 벽은 무너뜨릴 수가 없다.

애당초 밀실은 요쓰야 서 관할이었다.

합동의 기세가 점점 강화되는 세 개의 본부 중에서 다른 두 개는 척척 성과를 올리고 있는 것과는 반대로 요쓰야 서만이 담당한 문제 —그것도 최후의 유일한—를 돌파할 수 없는 것은 참으로 면목 없는 기분이다.

'정식으로 합동하기 전에 꼭 알아내고 싶다.'

이것이 요쓰야 서 전원의 소원이며 목표였다. 인간의 심리는 비슷해서 월급쟁이가 회사 합병하기 전에 점수를 따놓고 합병 후 조건을 좋게 하려는 심리와 일맥상통하는 점이 있다. 다만 형사들의 경우에는 문제를 풀었다고 해서 합동 후 좋아지는 구체적인 조건은 아무것도 없다. 역시 체면 문제였다.

기모토는 어떻게 해서 그 밀실을 만들었을까? 생각하면 생각할수록 이상했다. 밀실을 만든 목적과 이유는 대충 짐작이 가나 그 방법은 아무래도 모르겠다. 요쓰야 서뿐만 아니라 다른 두 개의 본부에서도 머리를 짜고 있으나 그 체인 록을 외부에서 걸 수 있는 방법은 발견되지 않았다. 가능한 모든 방법을 상상해 보았으나 발견되지 않았다.

'최신 장비'도 없었다. "그 같은 '최신 장비'가 있으면 우리들이 벌써 사용했을 겁니다." 하고 맨션 측에서 단언하고 있었다. 체인 록은 내부에서가 아니면 절대로 걸 수 없는 것이다. 범인이 문을 잠근 것은 새벽 4시부터 7시 사이라고 추정된다. 날이 밝아진 후에는 시체를 운반하기 곤란하므로 이하라가 방을 나간 4시 직후가 가장 가능성이 많다. 그 짧은 시간에 밀실로 만든 것이니 그다지 큰 도구나 복잡한 트릭을 꾸민 것도 아닐 것이다. 누구나 할 수 있는 극히 간단한 일임에 틀림없다.

'어딘가 맹점이 있다. 단지 우리들 눈에 보이지 않을 뿐이다.'

시모타는 너무나 열중한 나머지 앞좌석이 비어 있는 것도 몰랐다. 드디어 알아차리고 앉으려고 했더니 약간 떨어진 곳에 서 있던 욕심이 많아 보이는 중년부인이 민첩하게 뛰어와 앉아 버렸다. 아무리 피곤해도 형사가 여성과 좌석을 가지고 다툴 수는 없다.

시모타는 계속 서 있었다. 싸우기 싫어서가 아니라 지금 앉으면 잠이 들어 버릴 것 같았다. 실제로 그의 좌석을 빼앗은 여자는 벌써 꾸벅꾸벅 졸고 있었다.

'체인 록의 길이는 약 20cm, 상단의 입에 장착(裝着)시키기 위해서는 문을 꼭 닫지 않으면 안 된다. 일단 장착된 체인 록은 홈통을 미끄러져 하단에서 멈춘다. 입과 걸쇠의 상단에서는 간격의 여유가 없었던 체인이 하단에서는 상당한 여유가 생겨 문을 10cm 가량 열 수 있다. 그러나 그 틈으로는 어린애도 들어갈 수 없다. 그렇지만 범인은 틀림없이 방을 빠져나간 것이다. 도대체 어떻게 해서?'

사고(思考)는 다람쥐 쳇바퀴 돌 듯 같은 곳을 빙빙 돌며 피로감만 쌓였다. 앞좌석의 여자는 잠이 들어 기분이 좋은 듯한 숨소리를 내고 있다. 입을 약간 벌리고 다리를 꼴사납게 벌리고 있었다. 선정적이기는커녕 추악하기만 했다.

시모타는 그런 여자 앞에 서 있는 것이 역겨워 장소를 바꾸었다. 이윽고 내릴 역에 이르렀다.

한 가지 생각에 몰두하고 있었기 때문에 여느 때보다 빨리 도착한 것 같았다. 택시를 타면 우회하므로 '느림뱅이 건널목'을 지나가지 않아도 되지만 계단을 뛰어올라가 택시 쟁탈전에 참가할 생각은 없었다.

그는 천천히 계단을 올라갔다. 역전으로 나온 사람들은 사방팔방으로 흩어지고 건널목에 도착했을 때는 몇 사람밖에 없었다.

예상한 대로 기다란 화물차가 건널목을 막고 있었다. 끈끈하고 무더운 밤이라서 땀에 흠뻑 젖었다. 빨리 집에 가서 목욕을 하고 싶었다. 화물열차는 그의 초조한 마음에는 아랑곳없이 떡 버티고 있었다.

느닷없이 화물차가 시모타의 앞에서 이상한 짓을 하기 시작했다. 건널목에 이르는 부근에서 열차가 둘로 갈라지고 건널목의 폭과 같은 정도로 차량 간격이 벌어진 것이다. 차단기가 올려졌다.

"여러분, 이 곳으로 건너 주십시오. 빨리, 빨리."

건널목 파수가 외쳤다. 다급히 건너가면서 시모타는 문득 깨달았다. 요컨대 이것이 국철의 '선처'였던 것이다. 과선교(跨線橋)를 만들 만큼 여유는 없다. 또한 무리를 해서 만들어도 교통은 해결되지 않는다.

여러 생각한 끝에 열차를 건널목에서 일시적으로 두 개로 만드는 것을 생각해 낸 것이다. 건널목 통행에 지장 없는 정도로 열차를 떼어 놓고 통행인이나 차를 통과시키고 다시 연결시켜 발차하는 것이다.

'과연 멋진 것을 생각해냈군.'

시모타는 국철의 지혜에 감탄했다. 이거라면 돈을 들이지 않고 도로 소통에도 그다지 지장이 없다.

건널목이란 원래 열차를 통과시키기 위해 도로를 차단해서 만들어진 것이다. 그런데 도로 소통이 많은 건널목의 경우 도로가 열차를 차단한 것이다.

'참으로 현대적인 사고로군.'

하고 시모타는 생각했다.

건널목을 건넌 후 뒤를 돌아보니 열차는 또다시 연결되어 있었다.

그것을 보았을 때 한 가지 일만을 생각했기 때문에 굳어 있었던 그의 두뇌에 변화가 일어났다.

그를 그토록 괴롭히고 수사진의 앞에 완강하게 버티고 서 있던 밀실의 벽이 소리도 없이 무너지고 있었다.

시모타는 발견한 것이다. 그 밀실에서 빠져 나오는 방법을.

그는 기뻐서 춤을 추듯이 집으로 달려갔다. 수사본부에 아직 누군가 남아 있을지도 모른다. 지금 당장 전화를 걸어서 지금의 발견을 전해야 한다. 할 수만 있다면 국철에 사례라도 하고 싶지만 인사말을 해도 국철에서는 무슨 영문인지 알 수 없으리라.

제22장 구원받지 못한 사람들

1

7월 31일 오전 8시 30분경, 사회인 등산단체인 '동도운표회'의 회원 스키 신이치와 가나오카 타쓰요시는 모처럼 비바람이 멈춘 틈을 타서 북(北) 알프스 아카우시다케 중복의 산길을 무거운 짐에 헐떡이면서 걷고 있었다.

때마침 북 알프스를 따라 태풍이 본토를 종단한 형편이므로 산길은 스산했다. 그렇지 않아도 이 부근은 북 알프스에서도 가장 사람이 들어오지 않는 지역이다.

아카우시다케는 서쪽이 구로베 계곡, 동쪽이 노구치 고로다케나 에보시다케의 속칭 알프스 은좌 뒷골목의 장대한 산맥에 끼어든 문자 그대로 알프스의 중심부에 위치하는 산이다.

이 산은 모든 주요 경로에서 떨어져 있었고, 북 알프스의 다른 산봉우리같이 화려하지도 않았기 때문에 가장 웅대한 경관이 구비되어 있으면서도 등산객이 거의 없었다.

어디를 가나 등산객이 행렬을 이루고 있어 '관광지' 북 알프스에서도 아카우시다케는 여전히 '성역'으로서의 고요함을 보존하고 있었다. 이 부근에 들어오는 사람은 단수가 이만저만이 아닌 진짜 '등산가'뿐이었다.

스키와 가나오카도 '관광지'의 혼잡을 피해 무거운 천막을 지고 수로베 호(湖)에서 이 산으로 들어온 것이다.

그러나 아카우시다케 중복에 있는 스카타미다이라라고 불리는 조그마한 연못들이 흩어져 있는 초원에서 태풍에 말려들어 꼬박 이틀 동안 강풍에 쥐어뜯길 것 같은 텐트 속에 소라게처럼 움츠리고 있었다.

텐트가 강풍에 강한 고소용(高所用)이어서 위험은 면했지만 보통 텐트라면 어떻게 되었을지도 모른다. 태풍이 통과한 후에도 태풍전선의 영향으로 큰비가 줄곧 쏟아졌다.

겨울이 아니었기 때문에 얼어 죽지는 않겠지만 산 전체가 포효하는 것 같은 폭우 속을 간신히 빠져 나와, 두 사람은 겨우 목숨만 건지고 구모노히라를 향해 달아나고 있었다. 길은 아카우시다케의 동쪽 기복이 많은 비탈길로 뻗어 있다. 길이라고 해도 눈잣나무라던가 가는 대나무 등을 자른 그루터기가 여기저기 튀어나오고, 띄엄띄엄 이어져 있는 불안한 것이었다. 구로베 계류의 심연을 사이에 두고 맞은편에 야쿠시다케가 참으로 웅대하게 서 있다. 폭우에 씻겨져 모든 산은 방금 소생한 듯 신선하고 아름답게 빛나고 있었다. 그러나 비바람이 멈춘 사이라도 믿을 수 없다. 언제 다시 시작될지 모른다.

"어이, 저게 뭐야?"

갑자기 앞을 걷고 있던 스키가 비스듬하게 전방의 산 중복에 흩어져 있는 파편과 같은 것을 가리켰다. 아침 햇살을 받아 반짝반짝 반사되고 있는 것들도 있었다. 가까이 갈수록 수많은 파편이 $50 \sim 56 \text{m}^2$의 범위에 걸쳐 있는 것을 알았다. 비교적 커다란 파편은 비틀어지고 뭉개져 충격에 의해서 분쇄된 모양이다.

수목은 잘려서 쓰러지고 벼락의 직격탄을 맞은 것처럼 불에 타서 짓물러 있었다.

"마치 금속의 무덤이군."

"비행기라도 떨어진 것 같은데."

파편의 모체를 추측하면서 다가간 두 사람은,

"역시 비행기 같은데."

"태풍에 당했나 보지."

거의 원형대로 찢긴 꼬리날개 부분과 다리를 발견하고는 긴장했다.

"생존자는 없는가?"

"동체 부분을 찾도록 하세."

그들은 산을 내려가야 한다는 것도 잊었다.

두 사람은 분담해서 찾기 시작했다.
"있다!"
이윽고 스키가 소리를 질렀다.
"두 사람이야. 한 사람은 여자인 것 같아."
"상당히 손상됐군."
달려온 가나오카는 유체를 들여다보며 말했다.
엔진과 프로펠러는 전방의 약간 아래쪽 맞은편에 충격을 받은 상태로 발동기가 파손되어 동체에서 분리되어 있었다. 조종석의 손상은 매우 심했고 계기판은 떨어져 나갔다. 유체는 충격을 그대로 받아 거의 한 뭉치의 고기 덩어리처럼 되어 있었다. 부패나 충식(虫蟲)은 비에 씻긴 까닭인지 별로 눈에 띄지 않았다.
그들이 눈길을 돌리지 않았던 것은 산에서 조난사고 등으로 처참한 시체를 몇 번인가 보았기 때문이었다.
"어, 뭔가 쥐고 있어."
가나오카가 여자의 손바닥을 주시했다.

2
기모토 에이스케에게 재차 마루노우치 서로 출두요구가 있었다.
그는 다시금 그의 알리바이와 밀실의 벽이 허물어진 것을 전해 듣고 엄중한 추궁을 받았다.
"내가 비행기로 갈 수 있었다면 이하라 교헤이도 갈 수 있습니다. 그의 공백시간이 내 것보다 한 시간 짧지만 그래도 가능한 범위입니다. 무면허는 내 면허정지와 같고 자신의 비행기니 조종은 나보다도 잘했을 겁니다. 첫째로 내게는 오자와를 살해할 동기가 없습니다."
"정말로 그럴까?"
"그건……, 무슨 뜻입니까?"
"당신은 전 기모토 호텔 사장인 기모토 마사스께 씨의 아들이지요?"

"그렇습니다. 그게 어쨌다는 거요?"

"기모토 마사스께 씨는 이하라 도메기치 씨에게 호텔을 매수당한 것을 고민하고 자살했소."

"그래서 어쨌다는 겁니까? 벌써 십여 년 전 일입니다."

기모토 에이스케의 얼굴에 감정이 올라왔다.

"당신은 부친의 복수를 위해 이하라 도메기치에게 접근한 게 아닙니까? 그 때문에 지금의 부인과 결혼했고."

"어, 어리석게! 그런 지나간 일을……."

"그런데 도메기치가 병사를 해버렸으므로 대상이 호텔로 돌려졌고."

"무슨 말입니까? 살해된 것은 오자와요. 가령 백 보 양보한다 치고 그와 같은 복수심을 내가 가졌다고 해도 오자와가 살해된 일과 어떤 관계가 있습니까?"

기모토는 나스 경감의 태연한 모습에 점점 불안을 느끼는 모양이다. 상대에게 무언가 결정적인 으뜸패가 있는 것같이 생각된 것이다.

"관계가 없다고 단언할 수 있습니까?"

나스는 뚫어지게 기모토의 눈을 응시했다.

"있을 까닭이 없지 않습니까?"

점차로 더해 오는 불안감에 허세를 부리듯이 기모토는 말했다.

"그럼, 이것을 보시오."

나스는 한 장의 사진을 기모토의 눈앞에 내밀었다. 무심코 그것을 본 그의 눈이 튀어나올 듯이 커졌다.

"이, 이것은!"

"그렇습니다. 당신과 고레나리 부인이 함께 찍혀 있소. 그러나 중요한 것은 그 배경에 찍혀 있는 거요."

기모토의 얼굴에서 순식간에 핏기가 사라졌다.

"배경에 호텔 간판이 보이지요. 그 이름은 기억에 있겠지요. 당신과 고레나리 부인이 단 한 번 이용한 호텔이오. 그런데 운 나쁘게도 오자와에게 들켜 버렸소. 그래서 찍힌 것이 이 사진이오. 당신들은 좀더 신중해야 했었소. 헤어지기 싫어서 함께 나온 것이 실수였소. 게다가 설마 그런 곳에서 아는 사람을 만나리라고는 생각하지 못했소. 그런데 거기는 공교롭게도 오자와가 정사장소로 자주 사용하는 곳이었소."

"어, 어떻게 이 사진을?"

"지금 막 나가노에서 전송되어 온 것이오. 어디서 발견되었다고 생각하나요. 고레나리 유키코가 손에 쥐고 있었던 겁니다."

"옛, 그녀가 발견되었나요? 그래서……."

기모토는 다음 말을 삼켜 버렸다.

소리 내어 말하는 것이 두려웠기 때문이었다.

"그래요, 북 알프스의 산 속에서 등산객이 발견했소. 곧 보도되겠지요. 깊은 산중이라서 보도가 늦어지는 겁니다. 그런데 전송해 온 사진을 보자 내 머리에 떠오른 것이 있었소. 그 네온이 기억에 있었던 거지요. 소렌센 살해사건에서 오자와의 신변을 조사하던 우리들은 그 호텔의 소재를 벌써부터 알고 있었지요. 당신들은 운이 나빴소. 꼭 한 번 이용한 장소가 오자와의 은닉장소이며, 뿐만 아니라 그에게 들킨 거지요. 게다가 사진까지 찍히게 되었고. 오자와는 우연히 그물 속에 뛰어든 맛있는 먹이에 기뻐 날뛰었소. 그리고 그의 협박이 시작되었지요. 고레나리 유키코는 유부녀이고 당신은 당신대로 사위의 신분이니 만약 고레나리 유키코와의 관계를 부인이 알게 되면 당장 이하라 호텔에서 쫓겨납니다. 그렇게 되면 당신은 복수를 할 수 없지요. 마지막 한 걸음 이하라 사장을 몰아내는 지점까지 와 있기 때문에 어떻게 해서든지 오자와의 입을 막아야만 했겠지요. 그래서 고레나리 유키코와 공모했지요. 어떤가요, 그래도 관계가 없다고 하겠습니까?"

나스가 몰아 세우자 기모토는 몸을 떨기 시작했다.

"협박의 재료로 쓰여 진 사진을 유키코는 꼭 쥐고 죽었소. 그녀는 남편을 죽이면서까지 당신과 함께 살고 싶었던 겁니다. 당신 혼자만 호텔 사장 자리에 앉아서 태연하게 지낼 수 있다고 생각했나요?"

기모토의 몸이 갑자기 흔들렸다.

무엇인가 체내에 있는 지주가 부러진 것 같은 느낌이었다.

3

기모토 에이스케는 자백했다.

"유키코와는 서로 열렬히 사랑하는 사이입니다. 장래를 약속까지 했습니다만 우리 집안이 이하라 도메기치에 의해서 파멸되자 유키코도 부친의 의사를 물리치지 못하고 고레나리 도시히코와 결혼했습니다.

나는 내 사랑을 끝까지 이루는 것보다 이하라 도메기치의 비인도적인 방법에 항의를 하고 죽은 부친의 한을 풀어 주는 것이 자식으로서의 도리라고 믿었습니다. 낡은 생각이라고 웃겠지만 부친을 나처럼 잃어버린 사람이라면 이해하리라고 생각합니다.

사업을 하려면 돈이 필요합니다. 사람도 건물도 필요합니다. 경영을 위해 피나는 심신의 노고도 있어야 합니다. 그런데 그것을 이하라 도메기치는 주(株)를 사 모으는 합법을 가장한 비열한 수단으로 강탈해 버렸습니다.

그 때문에 가정이 파괴되고, 직장을 잃고, 생활의 기반을 잃는 수많은 사람들을 그는 전혀 생각하지 않습니다. 자본주의 사회의 당연한 구조라고 비웃으며 유린합니다. 나는 눈에는 눈으로 갚겠다는 복수심으로 이하라에게 접근했습니다. 이하라가 승리자의 여유로 나를 끌어들인 것을 기회 삼아 그가 기모토 가에게 한 짓과 똑같은 방법으로 이하라의 피와 땀의 결정인 기업을 탈취할 생각이었습니다. 빼앗지 못한다면 짓뭉개 버리겠다고요.

그 때문에 무엇을 희생해도 후회하지 않겠다고 맹세했습니다. 이하라 도메기치의 심장이 나쁘고 오래 살지 못 할 거라는 생각이 들자, 그가 가장 사랑하는 아들 교헤이에게 접근한 것도 그 때문이었습니다.

'비행클럽'은 돈이 들었습니다만 나는 부친이 남겨 준 것을 모두 털어 넣었습니다. 유키코는 내 본심도 모르고 내 뒤를 쫓아 입회한 겁니다. 교헤이는 첫눈에 유키코에게 반했습니다. 교헤이의 기분을 깨뜨리고 싶지 않았던 나는 그녀에게 적당히 대하도록 말했습니다.

교헤이도 한 때는 그녀와의 결혼을 진지하게 생각할 정도였던 모양이지만 도메기치의 뜻을 거역할 수 없었던지 아야코와 결혼하게 되었습니다. 유키코도 고레나리 도시히코와 결혼했지만 도시히코가 정신박약에 성격이상자였기 때문에 곧 후회하기 시작했습니다.

교헤이와 유키코가 정을 통한 것은 그 무렵이었습니다. 그의 환심을 사기 위해 내가 부탁한 것과 또 내게서 그런 일을 부탁받은 충격, 도시히코에 대한 증오로 유키코는 교헤이에게 몸을 허락해 버린 것 같았습니다. 어찌되었든 나는 이하라 그룹의 안주머니 깊숙이 들어가게 되었고, 드디어 교헤이를 몰아냈습니다.

고용 사장이긴 하지만 이하라 호텔의 사장이 되었습니다. 이름은 이하라 호텔이지만 이미 실권은 아세아 홍업이 쥐고 있습니다. 이하라 도메기치가 악귀처럼 쌓아올린 이하라 그룹은 바야흐로 파멸한 것이나 다름이 없습니다. 나는 목적을 이룬 셈입니다.

오자와에게 유키코와의 '현장'을 들킨 것은 교헤이를 쫓아내기 직전이었습니다. 정말로 이제 한 발자국밖에 남지 않은 시점에서, 이하라 호텔을 흔들어 버리기 직전에 오자와에게 유키코와의 관계를 들키게 되어 협박을 당했습니다.

천성이 협박범인 오자와는 한꺼번에 많은 것을 빼앗으려고 하지 않았습니다만 우리들로서는 도저히 응할 수 없는 것을 요구해 왔습니다. 그건 유키코의 육체를 요구한 겁니다. 만약 응하지 않는다면 그녀의 남편과 내 아내에게 모든 것을 폭로하겠다는 겁니다. 나는 유키코에게 부탁을 했습니다. 한 번만 응해 달라고.

그러나 유키코는 절대로 싫다고 거절했습니다. 오자와는 생리적으로 싫다고 했습니다. 오자와의 눈빛이 남편인 도시히코의 눈빛과 닮았다는 겁니다. 유키코는 불가사의한 존재였습니다. 내 요청이기는 하지만 교헤이에게는 육체를 허락하고 관계를 정기적으로 계속하고 있으면서도 마음을 주지 않았습니다. 그것이 여자의 생리라는 것일까요.

아마도 교헤이에게는 자기와 같은 환경에 자란 인간의 싫은 점을 느꼈기 때문이라고 생각합니다. 나도 전에는 그들과 비슷했지만 부친을 잃어버린 후에는 복수의 악귀가 되었습니다. 그 악귀가 유키코의 마음을 끈 모양이지요. 암컷의 욕망만으로 교헤이를 받아들이고, 정신적으로는 나에게 마음을 주고 있었습니다.

나는 교헤이에게도 허락했으니, 한 사람쯤 괜찮지 않느냐며 유키코를 모욕하면서까지 부탁했지만 완고하게 들어주지 않았습니다. 들어주지 않는 것이 당연한 것인데도 나는 유키코의 완고한 태도에 난처했고 당황했습니다. 여하튼 오자와의 요구를 들어 주지 않는 한 내 오랜 시간과 인내를 걸었던 계획은 수포로 돌아가 버립니다. 그때 내게 악마와 같은 생각이 떠올랐습니다.

유키코는 남편을 뱀이나 전갈처럼 싫어하고 있었습니다. 나도 아내에게 아무런 감정이 없습니다. 다만 복수의 도구로 이용하는 것에 불과했습니다. 유키코와 내가 결혼을 생각하지 않는 것은 두 사람 사이에 가능성이 없다고 단념하고 있었기 때문입니다. 그러나 가능성은 있었습니다. 만약 도시히코가 죽고 내가 목적을 이룬 뒤 아내와 헤어지면 부부가 될 수 있었습니다.

고레나리 도시히코와 오자와 히데히로 두 사람이 이 세상에서 소멸해 주기만 하면 우리들은 결혼할 수 있다는 생각을 말하자 그녀는 내게 금방 달라붙었습니다. 완전히 체념해 버린 일에 가능성의 서광이 보이자 그녀는 정신을 잃고 열중하게 된 겁니다.

나는 아내와의 이혼에 문제될 것이 없다고 자신했습니다. 왜냐하면 이하라 일족이 양가(良家)임을 자부하는 아내는 나와 결혼한 것을 후회하는 태도를 노골적으로 보이고 있었기 때문입니다. 그녀는 내 쪽에서 제기하는 이혼청구를 절대로 거절하지 않을 겁니다.

유키코의 남편에 대한 증오와 나의 당면한 보신책을 위한 살인 계획은 결혼이라는 생각지도 않았던 새로운 가능성을 보였습니다.

그러나 이것은 절대로 완전범죄가 아니면 안 되었습니다. 범행 후 두 사람 중 한 사람이 붙잡혀도 우리들은 결혼하지 못합니다. 그래서 그 시체 교환의 트릭을 생각해냈습니다. 유키코와 나와의 관계를 아는 사람은 없습니다.

비행클럽의 회원들도 교헤이와 그녀가 친밀해 보이는 것에 현혹되어, 그 그늘에 있던 나의 존재는 알아차리지 못했습니다. 때문에 시체가 도쿄~오사카의 중간에서 교환되면 그만큼 시간을 벌게 되고 알리바이가 생긴다고 생각했습니다. 그러나 두 개의 시체가 동시에 발견되면 동기가 있는 우리들을 누군가 연관시켜 생각할지도 모릅니다. 그래서 고레나리의 시체는 교헤이의 맨션으로 운반해서 밀실을 만들고 확실하게 1~2개월쯤 발견을 늦추도록 한 겁니다. 밀실로 만든 이유나 방법도 모두 경찰에서 추측한 그대로였습니다.

시체 교환지점은 중간지점인 도요카와를 골랐습니다. 고레나리의 시체는 적어도 한 달쯤은 발견을 늦추지 않으면 안 됩니다. 갑자기 행방불명이 되면 곧 의심을 갖고 수색하기 때문에 그가 해외출장 갈 때를 노린 겁니다. 해외에서 행방불명이 되면 수색을 시작할 때까지는 시간을 벌게 되니까요.

그러나 우리들이 그를 쫓아 해외로 나갈 수 없으므로 그가 출국 후 바로 되돌아와야 했습니다. 그것도 누구에게도 알리지 않고 고레나리 자신이 자신의 발자국을 지우듯이 돌아오도록 말입니다.

이 방법은 비교적 간단했습니다. 남달리 의심이 많은 그의 성격을 이용하여 유키코가 그의 출국 후, 아시야의 자택으로 남자를 끌어들이는 기색을 슬며시 보이는 연극을 했습니다.

고레나리는 유키코의 연기에 감쪽같이 걸려들었습니다. 그가 홍콩에서 돌아온 것은 4월 19일 하네다에 도착하는 각 항공회사 국제선의 탑승객 명단을 조사해서 바로 알았습니다. 어느 특정일에 들어오는 국제선 수는 한정되어 있으므로 그다지 시간이 걸리지 않습니다. 고레나리는 아내의 부정을 찾아내기 위해 되돌아오는 것이니, 이쪽의 주문대로 아무도 모르게 와주었습니다.

다만 국제선 비행기는 패스포트와 사람이 일치되어야 하므로 가명으로 탈 수 없으니 이것도 우리들에게는 안성맞춤이었습니다. 그는 우리들이 장치해 둔 덫에 멋지게 걸려들었습니다. 청산가리는 내가 전부터 준비해 둔 것을 유키코에게 주었습니다. 고레나리를 죽이는 데는 그다지 시간이 걸리지 않았습니다. 불륜의 현장을 잡을 셈으로 몰래 아시야의 자택으로 돌아온 그는 뜻밖에도 혼자 있는 유키코를 발견하고 마음이 놓였는지 그녀가 권한 독이 든 맥주를 조금도 의심하지 않고 단숨에 마셨다고 합니다. 몸집이 작은 고레나리의 시체를 차 안에 넣는 일도 별로 힘들지 않았다고 합니다.

한편, 나는 오자와를 살해할 준비를 척척 진행하고 있었습니다. 범행은 탑승객 명단으로 고레나리가 돌아온 것을 확인한 후, 동시에 착수할 예정이었습니다. 다만 여기서 한 가지 착오가 생겼습니다.

처음에는 양쪽에서 자동차로 운반하여 토요바시 부근에서 교환할 예정이었는데 내가 뜻하지 않게 교통사고를 일으켜 면허정지를 당한 일입니다. 토요바시까지 면허정지 상태로 왕복한다는 것은 너무나도 위험했습니다. 그래서 토요바시의 끝 쪽 바다에 면한 곳에 사람이 없는 도요카와 비행장이 있는 것을 생각해내고는 자동차와 비행기에 의한 접촉을 계획한 겁니다.

교헤이는 아케오의 내 선친의 소유지에 사설 이착륙장을 조성해서 자가용기를 정치하고 있었습니다. 관리인은 두지 않았습니다. 전에 때때로 그와 동승비행을 했으므로 비행기의 여분 열쇠를 내가 하나 맡아 가지고 있었습니다.

실행에 착수하기 전 비밀리에 비행기를 정비해 두고 유키코의 연락을 기다렸습니다. 고레나리가 해외출장에 이용하는 항공편은 미리 알 수가 있었습니다. 문제는 그가 언제, 어디서, 되돌아오느냐인데, 그의 성격으로 보아 다음 기항지인 홍콩에서 그 날이나 늦어도 다음 날에는 되돌아오리라고 예측했습니다. 고레나리로서도 당연히 유키코가 정부를 끌어들이는(그것이 연극이라는 것도 모르고) 시간을 계산할 테니 다음 날인 19일이 가장 가능성이 많다고 생각했습니다. 그 무렵 일기 예보도 조사해 두었고 야간비행이 가능하다는 계산도 해두고 있었습 니다.

19일, 고레나리의 이름을 홍콩에서 오는 일본항공 321기편에서 발견함과 동시에 우리들은 긴밀한 연락을 취하면서 행동을 개시했습니다. 나는 오자와에게 전부터 요구하던 금액을 건네겠다고 속여서 메구로에 있는 예의 호텔에서 누구에게도 알리지 않고 기다리라고 명령했습니다. 그때까지 돈의 수수(援受)가 그 호텔에서 이루어졌기 때문에 오자와는 아무런 의심도 하지 않았습니다.

19일 밤 9시 조금 전에 유키코로부터 고레나리를 계획대로 살해했다는 연락을 받은 후, 나는 회사를 퇴근하고 오자와를 기다리는 호텔로 갔습니다. 만약 그날 밤 그녀가 실패하면 계획을 중지할 작정이었습니다. 이때 교헤이에게 오자와 살해 혐의를 씌우기 위해 신주쿠 맨션에서 기다리도록 한 겁니다. 교헤이를 볼링장으로 불러내기 위한 전화는 돌아가는 길에 유키코가 공중전화에서 걸었습니다.

그를 꾀어낸 것은 그날 밤 내가 그의 비행기를 몰래 타는 동안 아케오로 오지 못하도록 하기 위해서였습니다. 설마 그날 밤 난데없이 오는 일은 없으리라고 생각했습니다만 나로서는 절대적인 보증이 필요했던 겁니다. 교헤이를 함정에 몰아넣기 위한 일곱 시간의 공백이 이 도요카와라는 지명을 찾아냈고, 시체 교환의 트릭을 알아내 단서가 된 것은 심술궂은 일이었습니다.

메구로의 호텔에서 오자와에게 돈을 건넨 나는 사이타마 현의 K시에 용무가 있으니 그곳까지 차로 배웅해 달라고 그에게 부탁했습니다. 내가 면허정지를 당한 것을 알고 있던 오자와는 쾌히 승낙하고 그의 차로 데려다 주었습니다. 아케오의 부근에 닿았을 때 주머니 속에 숨겨둔 스패너로 틈을 노려 뒤통수를 한 대 치고 쓰러진 그의 목을 넥타이로 조였습니다. 그는 지금까지 집요한 협박에 비해 어이없게도 간단하게 죽어 버렸습니다.

　이로써 도쿄, 오사카의 위험은 해소되었습니다. 다음은 도요카와에서 교환해 온 고레나리의 시체를 교헤이의 맨션으로 운반하는, 아케오~도쿄간의 40km 운전이 마지막이며 또한 유일한 위험이었습니다.

　그러나 내게는 자신이 있었습니다. 웬만큼 불운한 사고가 겹치지 않는 한 그 동안에 얽히는 일은 없으리라고.

　메구로의 호텔에 들리고 도중에 오자와를 죽이기 위해 이륙한 것은 11시를 조금 지나서였습니다. 그러나 너무 빨리 날아도 유키코가 교환 장소에 도착하지 못하므로 그 때가 꼭 좋은 시간이었습니다.

　활짝 개인 평화스러운 밤이었고 비행에는 아무런 지장도 없었습니다. 도요카와 상공에 닿은 것은 새벽 1시 30분경입니다. 비행장의 위치는 유키코가 회전전등을 흔들어 신호를 해주어서 바로 알았습니다. 진입등은 활주로의 네 구석에 네 개의 라이트를 놓아서 지극히 순조롭게 내릴 수 있었습니다. 모든 것이 계획 대로였습니다.

　우리들은 감개무량한 마음으로 서로 악수를 했습니다만 반갑게 이야기를 나눌 시간은 없었습니다. 아직도 큰 일이 남아 있었던 겁니다.

　시체를 교환한 후 아케오로 돌아온 것은 새벽 3시가 조금 지나서였습니다. 착륙등은 충전 가능한 라이트 두 개를 활주로 말단에 두고 왔습니다. 착륙 후 바로 오자와의 차로 신주쿠의 맨션에 고레나리의 시체를 운반해 갔습니다. 내 수고를 덜기 위해서 유키코가 시체를 싸놓았습니다.

　방을 밀실로 만들어 교헤이가 들어가지 못하도록 해놓고 나카노 야마토쪼까지 갔습니다. 그곳에서 오자와의 차를 버렸고 거기서 노가타의 오하라의 집까지 걸어서 갈 수 있습니다. 사실은 좀더 떨어진 곳에 차를 버리고 싶었지만 새벽이라서 택시를 잡을 수 없었습니다.

　유키코 쪽에서도 교통경찰의 눈을 피해 도메이~메이싱간을 최대 속도로 달려 이바라기 시에 시체를 버린 뒤 아시야의 자택에는 7시 전에 도착했다고 합니다.

모든 것이 끝나고 결혼단계에 이르렀을 때 예상도 하지 않은 일이 생겼습니다. 내 아내가 절대로 이혼에 응하지 않겠다는 것이었습니다. 유키코의 실망은 대단했습니다. 그 때문에 이하라에 대한 연기를 계속 할 수 없어 경찰에서 나와의 관련을 발견하게 된 겁니다. 이것으로 모든 것을 말씀드렸습니다. 나는 지금 유키코를 잃었고, 또 그녀가 내 마음에 얼마나 큰 부분을 차지하고 있었는가를 알았습니다. 결국 우리들에게 가능성은 없었던 겁니다. 없는 것을 원했기 때문에 모든 것을 잃게 되었습니다."

자백을 끝내고 기모토는 실의에 빠져 고개를 숙였다.

4

기모토 에이스케는 살인 및 시체유기로 체포되었다.

세 개의 수사본부는 합동하여 마무리 수사에 들어갔다. 마루노우치서는 직접적인 관계는 없었지만 간접적으로 걸린 것이 많아서 역시 합동했던 것이다.

기모토의 기소가 결정되고 합동본부에 해산이 가까웠을 때 아바라기 서에서 온 나미토 형사가 요쓰야 서의 시모타 형사에게,

"어떻게 밀실을 여는 실마리를 잡으셨습니까?" 하고 물었다.

"아니, 대단한 것은 아닙니다."

시모타는 약간 부끄러운 듯 웃으면서 '느림뱅이 건널목'에서 목격한 것을 이야기한 후,

"일단 건널목에 모인 사람이나 차를 통과시킨 후, 열차는 종전대로 연결되었습니다. 그 순간 나는 체인 록을 연상한 겁니다. 타원형의 쇠사슬이 한 개씩 연결되어 있는 체인은 열차와 꼭 닮았습니다. 체인의 길이가 한정되어 있기 때문에 밖에서는 벗길 수가 없게 되어 있습니다. 만약 이 길이를 조금 더 길게 하면 밖에서도 벗길 수 있겠다 싶었습니다. 열차도 잘라 낼 수 있으니까요.

요컨대 체인을 잠근 후, 체인의 중앙을 분리하고 방 밖으로 나가서 또 연결하는 것이 과연 가능할 것인가 하고 생각했습니다. 그렇게 생각하고 체인 록을 자세히 관찰해 보니 타원형 쇠사슬의 각 고리는 완전한 고리가 아니라 타원형의 중앙부분이 약간 벌어져 있었습니다.

실용보다도 심리적인 안정감을 의도한 상당히 작은 체인입니다. 이 벌어진 부분을 손가락으로는 무리하지만 펜치 같은 공구가 있으면 좀더 넓힐 수 있었습니다. 넓히는 부분에 두꺼운 헝겊이라도 대면 공구에 물린 홈도 생기지 않습니다.

이렇게 해서 기모토는 잠근 체인을 분리해 놓고 방 밖으로 나가 분리된 체인을 또 전과 같이 연결한 겁니다. 사람을 보내 놓고 또다시 연결한 열차처럼 말이지요. 이미 잠겨 고정되어 있으므로 연결해도 본래의 체인에서 10㎝ 여유가 있습니다. 이 여유 사이로 손을 넣어 연결 작업을 한 겁니다. 멋진 것을 생각했더군요."

"그런데 유키코가 쥐고 있던 사진이 오자와가 찍은 거라는 걸 어떻게 아셨습니까?"

이번에 요쓰야 서의 오카와 형사가 입을 열었다.

"두 사람의 표정이지요. 자못 방심하고 있는데 별안간 플래시를 받은 듯한 표정이었지요. 배후에 희미하게 찍혀 있는 호텔의 네온에도 기억이 있었고……. 오자와가 이하라 쿄헤이의 전 부인과 밀회했던 호텔이지요. 오자와에겐 사진 찍는 취미가 있었습니다. 당장 머리 속에 오는 게 있었습니다. 이것이 바로 오자와의 협박재료였습니다."

"그러나 오자와의 방에는 사진의 원판이 없었습니다."

"기모토가 폭력단이라도 동원해서 집을 수색할 거라고 생각했겠지요. 아마도 은행의 대여금고나 사진관에 맡겼을 겁니다."

"그런데 그 같은 사진을 유키코는 어째서 쥐고 죽었을까요?"

마루노우치 서의 구사바가 물었다.

"그것만이 형태로 남아 있는 기모토와의 '기념'이었겠지요. 가엾게도 협박의 재료로 쓰인 사진을 안고 죽어 간 여자의 마음은 슬프고 구원의 길이 없었을 겁니다."

나스는 기분이 암담해졌다.

그는 그때 이하라 교헤이의 유서에 있던 '하늘에 몸을 던진다'는 문장을 상기하고 있었다. 사랑하는 여자와 동반하고 있으면서도 여자의 마음에 자신이 없다는 것을 알고 죽어 간 그는 아마 더 구원할 길이 없었는지도 모른다.

"그들이."

나스는 혼잣말처럼 중얼거렸다.

"평범한 서민의 집에 태어났다면 다른 인생을 보냈을 텐데."

5

약 4개월 후 항공국 사고조사과는 이하라 기의 조난 원인 조사가 끝나고 다음과 같이 보고했다.

1. 사고 개요

'이하라 넬슨 호텔'의 전(前) 사장 이하라 교헤이 씨의 세스나 172형은 소화 40 몇 년 7월 28일 오전 11시경(추정), 사이타마 현 아케오 시의 동씨 소유 미공인 사설 이착륙장에서 이륙했다.

동기는 그대로 소식을 끊고 7월 31일 오전 8시 반경, 도야마 현 지적, 북 알프스 아카우시다케 서면, 표고 2,300m 부근 비탈에 추락한 것이 발견되었음.

2. 탑승자

이하라 교헤이(31세). 소화 30 몇 년 2월, '이글 비행클럽'에 입회, 소화 30 몇 년 7월 자가용 조종사, 육상단발 항공면허의 유효기간은 40 몇 년 1월 23일부터 다음해 1월 2일임.

동승자, 고레나리 유키코(25세). 소화 30 몇 년 3월 '이글 비행클럽'

입회.

3. 기상상황
 동 28일 반경 300km 전후의 대형 태풍 12호가 남방해상을 시코쿠, 긴키 지방을 향하여 시속 25km의 속력으로 육박했다. 태풍 방향으로는 최악의 본토 종단할 우려가 있고, 이 때문에 코스 진로가 되는 각 지는 폭풍우, 풍랑경보가 발령되었다. 중부 산악 방면에 있어서는 기압의 강하가 현저하고 아침부터 취우성(驟雨性 : 소나기)의 강우가 단속되고 있었다. 아카우시다케 부근에는 풍속 20m 이상의 강풍이 휘몰아치고 있었다.

4. 비행경과 및 사고원인
 동기의 비행계획, 통신, 목격자의 증언 등을 일체 얻을 수 없기 때문에 비행경과는 불명하다.
 본 사고는 악천후에 의한 극도의 시정장해(視程障害)와, 기체가 공중분해를 일으킨 것에 의한 것이라고 추정된다.

5. 항공기의 손해
대파.

6. 생존상황
탑승원 두 사람 모두 사망.

후 기

 현재 모리무라 세이이치는 한 해에 3억 엔 이상 벌어들이는, 일본에서 가장 인기 있는 추리 작가다. 뿐만 아니라, 그는 마쓰모토 세이쬬 이후 가장 우수한 추리 작가라는 평을 받고 있다.
 일본의 추리 소설사에는 추리 소설 붐이 일어난 세 번의 시대가 있다고 흔히들 말한다. 종전(終戰) 후의 요코미소 세이시 시대, 1950년대의 마쓰모토 세이쬬 시대, 그리고 현재의 모리무라 세이이치 시대인 것이다.
 수수께끼 풀이 위주의 본격적인 추리 소설로 일본 추리 소설의 기반을 다진 사람을 요코미소 세이시라면, 소위 사회파 추리 소설로 일본 추리 소설을 전 세계에 알린 사람을 마쓰모토 세이쬬라고 한다.
 위의 두 본격적인 추리 소설과 사회파 추리 소설을 융합하여 일본 추리 소설을 현대인의 심금에 파고드는 소설의 차원에까지 끌어올린 사람은 바로 모리무라 세이이치라고 할 수 있다.
 최근 모리무라의 추리 소설이 일본의 어느 누구의 작품보다도 한국의 독자에게 어필하고 있는데, 그 이유는 그의 소설이 가진 현대성 또는 국제성, 다시 말하면 추리 소설 본래의 재미 때문이라고 생각한다.
 모리무라는 그의 출세작 ≪고층의 사각≫으로 1967년에 제25회 에도가와 란포상을 탔을 때, 그는 사회파 추리 작가들이 경시하고 있던 본격적인 추리 소설의 걸작을 만들어냈던 것이다.
 ≪고층의 사각≫에서 그는 호텔 안의 밀실 살인과 알리바이 타파를 엮어서 고도로 짜여진 수수께끼의 세계를 만들어냈다. 이러한 본격적인 추리 소설의 탁월한 작품이 한낱 신인의 붓끝에서 생산되리라고는 아무도 생각하지 못했던 것이다. 그러므로 그는 ≪고층의 사각≫ 하나만으로 추리 문단의 스타가 될 수 있었다.

모리무라는 1958년에 아오야마가쿠인의 영미문학과를 졸업한 후, 10년 동안이나 호텔에서 근무했다. 모리무라가 실제 경험을 통해 초고층 호텔의 온갖 비밀을 샅샅이 알고 있지 않았다면 ≪고층의 사각≫뿐만 아니라, ≪초고층 호텔 살인사건≫의 대담한 구상도 불가능했을 것이다. 독자들도 이미 읽어 알고 있듯이 ≪초고층 호텔 살인사건≫은 다른 작품에서는 찾아보기 힘든 대담성을 엿볼 수 있다. 이 대담성은 작품의 구성에서뿐만 아니라 등장인물들의 화려함에서도 나타난다.

아무튼 이 소설은 현대의 고도로 분화된 경제 성장 시대에 가장 어울리는 작품이 아닌가 생각한다.

                                              1983년 10월
                                              역자 씀